진실에 다가가기

일러두기

– 단행본·앨범의 표제명은 겹화살괄호(《 》)로, 영화·잡지·신문 등의 표제명은
  화살괄호(〈 〉)로, 곡명은 작은따옴표(' ')로 묶었다.
– 원서에서 지은이가 이탤릭체로 강조한 부분은 이 책에서 밑줄로 표기하였다.
– 이 책의 각주는 모두 옮긴이와 편집자 주이다.

STAY TRUE

우정과 상실
그리고 삶에 관한 이야기

진실에
다가가기

Stay True

후아 쉬|Hua Hsu 지음
정미나 옮김

RHK
알에이치코리아

켄 이시다(왼쪽)와 후아 쉬(오른쪽)

부모님과 친구들에게
이 책을 바칩니다.

미래만이 과거를 해석하는 열쇠가 될 수 있으며,
오로지 이런 의미에서만 역사의 궁극적인 객관성을 말할 수 있다.
과거가 미래에 빛을 비추고 미래가 과거에 빛을 비추는 것이
바로 역사의 명분이자 이유다.
− 에드워드 핼릿 카Edward Hallett Carr,《역사란 무엇인가?》(1961)

너도 공허하고 나도 공허하기에
너는 끝내 과거를 떨쳐 내지 못하지
− 페이브먼트Pavement, 'Gold Soundz'(1994)

그땐 차 안에서 너무 많은 시간을 보낸다는 생각 따위는 하지 않았다. 우리는 뭉쳐 있을 수만 있으면 어디로든 차를 몰았다.

나는 늘 내 작은 볼보에 친구들을 태워 줬다. 무엇보다 그렇게 하면 쿨한 사람처럼 보일 것 같았고, 운전하는 동안 친구들이 내가 트는 음악을 꼼짝없이 들을 수밖에 없다는 것도 좋았다. 요리를 잘하는 사람은 아무도 없었지만 우리는 항상 좁은 차 안에 빽빽이 포개 앉아 잔뜩 들뜬 마음으로 칼리지 애비뉴의 마트에 장을 보러 다녔다. 대략 여섯 곡쯤 들으면 닿는 거리였다. 새로 만든 믹스 테이프를 끝까지 들을 요량으로 베이 브리지를 건너가 달랑 아이스크림만 사온 적도 있다. 한 친구를 공항까지 태워다 주고 — 우정을 표현하는 궁극의 행위라고나 할까 — 돌아오던 어느 날 밤 880번 도로 근처에서 24시 대형 마트를 발견하곤 한밤중에 메모장이나 속옷 같은 걸 사러 꼬박 30분을 운전하기도 했는데 그럴 가치는 충분했다. 간혹 카세트테이프에서 긁히는 잡음과 함께 소리가 튀면 누군가 물었다. 이 노래 뭐야? 이미 수백 번은 들은 노래였지만 다른 사람들과 같이 듣는 그런 순간을, 나는 내내 고대했다.

친구들의 성격은 제각각이었다. 그중 몇몇은 앞자리를 차지하는 게 자존심을 건 문제라도 되는 양 극성이었다. 사미는 차에 탔다 하면 라이터를 찰칵찰칵 켜댔다. 어느 날 글로브 박스에 불을 붙이는 사고를 치기 전까지는. 파라그는 내 카세트테이프를 빼내며 라디오를 듣자고 우기기 일쑤였다. 앤서니는 차창 밖만 빤히 내다봤다. 뒷자리에 타게 되면 옆 사람과 비좁게 끼여 앉아서 일인용 안전벨트를 함께 매야 했다.

부모님처럼 도로의 사각지대를 두려워했던 나는 백미러와 사이드미러를 확인하랴 옆 차선을 살피랴 연신 고개를 좌우로 돌려댔고, 그 와중에 펄 잼보다 페이브먼트가 훨씬 뛰어난 밴드라는 걸 알아채는 사람이 있는지 살피려고 슬쩍슬쩍 곁눈질했다. 친구들의 안전과 문화적 풍요로움을 두루두루 챙겨 준 셈이었다.

내가 간직하고 있는 사진 한 장 속, 켄과 수지가 짧은 드라이브를 나서기 전에 뒷자리에 앉아 어깨를 맞대고 있다. 둘은 껌을 씹으며 미소 짓고 있다. 어딘가로 갈 생각에 신나 있었다는 것 말고는 그 드라이브에 대해서 기억나는 게 없다. 기말시험이 끝나고 여름 동안 뿔뿔이 흩어지기 전이면 우리는 한데 모여 버클리에서 몇 시간은 가야 하는 어떤 집에서 밤을 보냈다. 카라반을 달고 차를 모는 그 스릴이란. 마치 비밀 임무라도 수행하듯 차들 사이를 누비고 다른 친구들이 여전히 우리 뒤에 잘 있는지 백미러로 조심스럽게 확인해야 했다. 도로에 다른 차들이 없을 때는 차선을 이리저리 옮겨 다니거나 앞차를 바짝 따라갔다. 나는 그곳에 다녀오는 것보다 더 오랜 시간을 믹스 테이프 만드는 데 쏟았다. 그곳에서 보내는 시간은 대체로 스물네 시간도 안 됐다. 하지만 침낭에서 잠을 잔다는 것, 과제가 없다는 것, 낯설고 새로운 장소에서 아침을 맞는다는 것은 참신한 경험이었다. 그러면 충분했다.

켄이 뒷자리에 타는 일은 거의 없었다. 우리는 밤이면 자주 버클리 주변 여기저기를 돌아다녔는데 켄은 조수석 옆문에 한쪽 다리를 받치고 두리번두리번 둘러보다가 우리가 몰랐던 카페들과 외진 곳에 있는 허름한 술집을 찾아냈다. 그 술집은 우리가 스물한 살이 되고 난 뒤로 자주 들락거리는 단골 가게가 되었다. 켄은 늘 과하게 차려입는 편이었는데 — 칼라 셔츠, 폴로 재킷같이 나라면 절대 안 입을 옷들 — 그 애 나름대로 모험에 나설 채비였는지 모른다. 대개는 담배를 사러 차로 3분 정도 거리에 있는 세븐일레븐에 다녀왔지만 말이다.

그 나이대에는 시간이 느리게 흐른다. 뭔가 일어나길 간절히 바라는 마음으로 주차장에서 시간을 때우며 주머니에 손을 푹 찔러넣고 다음엔 어디로 갈지 궁리하곤 한다. 삶은 어딘가 다른 곳에서 일어나고 있어서, 그곳으로 이끌어 줄 지도만 찾으면 된다고 생각한다. 아니, 어쩌면 그 나이대에는 시간이 빠르게 흐른다. 일어나는 일들을 미처 다 기억하지 못하고 놓쳐 버리며 조바심치게 된다.
하루가 영원같이 느껴지고 1년이 지질학적인 한 시기 같다. 대학
교 2학년에서 3학년으로 올라갔을 땐 어쩐지 이제는 전과 다른 침
착함과 성숙함을 보여 줘야 할 것만 같았다. 그 시절엔 늘 아주 들
뜨거나 아주 가라앉았고 그도 아니면 세상 지루했다. 인류 역사상
그토록 지루해한 사람은 없었던 것마냥. 우리는 숨넘어갈 정도로
웃어댔고, 당시에는 잘 알려지지 않았던 알코올 중독이라는 게 있
다는 사실을 알게 될 지경까지 술을 마셨다. 나는 내가 알코올 의
존증일까 봐 늘 초조했다. 우리는 섬망 상태에 빠져 아주 늦게까지
밤을 새우며 온갖 이론들을 내놓았다. 그 정신으로 적어 놓을 생각
까지는 못했다는 게 탈이었지만. 우리는 남은 평생 비탄에서 헤어
나지 못할 것만 같던, 두고두고 회자될 사랑의 열병을 주기적으로
앓았다.

　한동안은 언젠가 자신이 유례없이 슬픈 이야기를 써나가게 되
리라는 생각에 빠져 있었다.

　푸지스의 노래를 듣던 순간을 기억한다. 그날의 차갑던 공기를
기억한다. 또 그다음 날 아침, 집 안 여기저기 흩어져 있던 친구들
이 하나둘 모일 즈음 켄이 커피가 담긴 머그잔을 들고 테라스로
걸어 나오던 순간도. 그때 나는 생각했다. 쟤는 어떻게 커피를 저
렇게 잘 내리지? 나도 커피 내리는 법을 배워야겠어. 아침 정경을

내다보는 켄의 사진을 지금도 간직하고 있다. 사진 속 켄의 안경에 구름이 반사되어 비친다. 켄은 가끔씩 안경을 썼는데 그럴 때면 진중하고 어른스러워 보였을 뿐 조금도 범생이 같지 않았다.

제대로 된 식사는 아니었지만 어쨌든 아침을 먹은 우리는 큰맘 먹고 백사장으로 나갔으나 날씨가 영 아니었다. 나는 남색 물방울 무늬의 갈색 구제 카디건을 걸치고 노랑과 검정 줄무늬 비니를 쓰고 있었다. 내가 신고 있던 암회색 반스만이 유일하게 우리 세대에 만들어진 물건이었다. 한 사진에서 나는 포수처럼 쭈그려 앉아 심각한 표정으로 조개껍질을 찾고 있고, 켄이 그 뒤에서 내 쪽으로 허리를 숙이고 서서 카메라를 향해 쾌활하게 손짓하고 있다. 플란넬 안감의 남색 재킷, 멋스러운 배기 청바지, 갈색 부츠 차림이다. 켄이 길쭉한 바위에 태연히 올라앉은 사진도 있다. "나랑 후아 사진 좀 찍어 줘." 앤서니에게 부탁하는 켄의 목소리가 귀에 선하다. 켄은 태평한 체하는 중이고 나는 켄 쪽으로 몸을 기울이며 얼빠진 미소를 짓고 있다.

사진 한 장 찍지 않고서 몇 년을 흘려보내기도 하던 시절이었다. 사진을 찍어야겠단 생각 자체를 잘 안 했다. 카메라를 들이대면 일상생활이 함부로 침해당하는 기분이었다. 학보사 일을 하고 있어서 사진을 찍는 데 명분이 있는 경우가 아니라면, 카메라를 들고 돌아다니는 건 별난 행동이었다. 카메라를 가지고 있더라도 종강이 며칠 안 남았을 때나 파티에 갔을 때, 다들 짐을 싸고 있을 때 꺼냈다. 기억의 증거를 벼락치기로 모으려는 것이었다. 누가 사진

을 찍어 주려고 하면 장난스럽거나 가벼운 상황에서도 안절부절
못하며 어색하게 포즈를 취했다. 한번 찍히면 돌이킬 수 없다는 사
실을 의식한 탓이었다. 그나마도 많아 봐야 한두 장 찍고 끝이었
다. 더 찍으면 극성스러워 보였으니까. 순간순간을 이렇다 할 흔적
도 없이 흘려보내다 몇 달이 지나 콘서트나 생일 파티처럼 남겨
둘 법한 순간을 찍고 필름을 현상하면, 그제야 외출 준비 중인 친
구들의 모습이라거나, 필름 한 통을 끝까지 써버리려고 찍은 삶의
자연스러운 단면을 발견하곤 했다. 그동안 잊어버리고 있던 그런
순간들을. 시간이 지나 사진 찍는 일이 흔한 일상이 되었을 때 사
진은 존재를 증명하는 나날의 증거가 되었다. 사진은 일상의 패턴
을 기록한다. 지난 시간을 되돌아보면 기억들의 순서가 헷갈리기
시작한다. 만약 그 일의 증거가 아무것도 존재하지 않는다면.

Huh[16] ,   Here is the answer :

price   number

$$f = (1.20 - 0.02 X)(50 + X)$$

one

number of increasing
sale

$$= 60 + 1.2X - X - 0.02X^2$$

$$= 60 + 0.2X - 0.02X^2$$

w a graph

This year's
world series
very exciting
wasn't it ?
Lot & of speed
play and al
down to the l
at every extr

	X
60	0
60.18	1
60.32	2
60.42	3
60.48	4
60.5	5
60.48	6
60.42	7
60.32	8
60.18	9
60	10

At $1.2 - 0.02 \times 5 = 1.10$ per ice

her income will be maximum

at 60.5

$$y = 60 + 0.2x - 0.02x^2$$

$$= 60 - 0.02(x^2 - 10x)$$

$$= 60 - 0.02[(x-5)^2 - 5^2]$$

Do

아버지가 대만으로 직장을 옮기게 되었을 때 우리 가족은 팩스기 두 대를 장만했다. 아버지가 내 수학 숙제를 도와주는 용도로 사용할 생각이었다. 내가 고등학교에 막 올라간 참이라 악기를 고르는 일부터 성적 관리까지 온갖 게 갑자기 중요해졌다. 그런 데다 바로 몇 해 전인 7학년 때 수학 시험에서 턱걸이로 두 학년을 월반해 그 대가를 치르는 중이었다. 정점을 너무 일찍 찍었달까. 사실 나는 수학을 그다지 잘하지 못했다. 교육을 중시하는 많은 이민자처럼 우리 부모님도 과학 같은 분야에서 우수한 성적을 받아야 한다는 신념이 있었다. 그런 과목은 해석에 내맡겨져 있지 않다는 점 때문이었다. 채점으로 차별하지 못하는 분야니까. 하지만 나는 이런저런 해석에 매달리길 더 좋아하는 체질이었다.

팩스는 장거리 전화보다 저렴한 데다 다른 부담감도 훨씬 덜했다. 괜히 우물쭈물할 일도, 돈 아깝게 말없이 가만히 있을 일도 없었다. 그냥 받을 사람의 팩스 번호를 누르고 기계에 종이를 넣으면 지구 반대편에 있는 상대방에게 전달되었다. 캘리포니아 쿠퍼티노와 대만 신주의 시차가 워낙 크다 보니 저녁에 아버지에게 질문을 보내면 아침에 일어날 즈음에나 답을 받을 수 있었다. 숙제와 관련된 부탁에는 언제나 급하다는 표시를 달았다.

아버지는 질문지 여백에 기하학 원칙을 세심히 적어 보내며, 새로운 직장에서 자리를 잡느라 너무 바쁜 탓에 급하게 쓴 티가 나거나 알아보기 힘들다면 미안하다고 덧붙였다. 나는 설명을 쭉 훑어보고 방정식과 풀이를 베껴 적었다. 세심히 신경 써준 아버지에게 보답하는 의미로 이따금씩 수학 문제들과 함께 미국의 소식도 짤막하게 전했다. 매직 존슨*이 에이즈에 걸렸다는 뉴스를 알려 주거나, LA 폭동을 촉발한 사건의 경위를 전하거나, 자이언츠의 최근 성적을 알려 주는 식이었다. 크로스컨트리**를 연습하고 있다고 털어놓으며 학교 공부를 더 열심히 하겠다는 진심 어린 약속을 하기도 했다. 내가 좋아하는 신곡들을 적어 보내면 아버지는 타이베이의 테이프 노점에서 그 노래들을 구해 들어 보곤 마음에 드는 곡들을 알려 주었다.

난 건스 앤 로지스의 'November Rain'이 듣기 좋더라. 메탈리카

★ Magic Johnson. 미국의 농구선수.
★★ 숲이나 들판 등 굴곡이 많은 코스에서 이뤄지는 경주.

도 아주 좋고. 레드 핫 칠리 페퍼스랑 펄 잼은 별로였어. 머라이어 캐리가 리메이크한 노래('I'll Be There')와 마이클 볼튼('To Love Somebody')은 소름이 돋더라. MTV의 〈언플러그드〉*는 기막힌 아이디어야!

솔직히 십 대인 나에게 아버지와 팩스를 주고받는 일은 조금 시시했지만 아버지는 내가 쓴 말에서 뭐든 잡아내 질문 세례를 퍼부었다. 내가 어떤 수업이 지루하다고 묘사했을 땐 그 표현에 대해 캐물으며 "많은 '어려움'은 감정적으론 '지루'하지만 이성적으로 보면 '유용'한 법"이라고 말해 주었다. 역사 수업에서 1960년대를 배우고 있다는 얘길 했을 땐 이런 질문이 돌아왔다. "JFK의 암살이 정말로 오스왈드Lee Harvey Oswald의 단독 범행이라고 생각하니?"

아버지는 언제나 내 생각을 물었다. 대화를 더 오래 이어 가려고 그랬는지도 모르겠다. 전혀 관심 없는 줄 알았던 스포츠 얘기도 꺼냈던 걸 보면. 우리는 공구 매장에서 만난 두 남자가 잡담을 나누듯 대화를 주고받았다.

레드스킨스**가 빌을 너무 혹사시키는 거 아니야!?

★ 어쿠스틱 사운드 기반의 라이브 프로그램.
★★ Redskins. 미국의 풋볼팀.

뉴욕 닉스는 요즘 어때?

조던 대 버클리의 대결이라니!

이번 월드시리즈 아주 볼 만했어.

　일주일 정도 수업이 없을 때면 언제나, 어머니와 나는 아버지를 보러 대만에 갔다. 가끔은 아버지를 미국으로 오게 하려고 공부에 매진하는 티를 내봤지만, 단 한 번도 뜻대로 된 적은 없다. 우리 가족은 매년 여름과 겨울을 대만에서 보냈다. 그때마다 몇 주가 지나도록 내가 함께 이야기할 사람은 부모님과 두 분의 중년 친구들뿐이었다.

　나는 매번 그 여행을 꺼렸다. 자신들이 작정하고 떠나온 곳으로 왜 그렇게 돌아가고 싶어 하는 건지, 부모님을 이해할 수 없었다.

　아버지는 스물한 살이던 1965년에 대만을 떠나 미국으로 건너왔고 그 갑절의 나이가 되어 갈 무렵에야 다시 대만 땅을 밟았다. 아버지가 대만에서 대학을 졸업하던 시절에는 누구든 할 수만 있으면 고국을 떠났다. 전도유망한 학생이라면 특히 더. 아버지와 함께 둥하이 대학교를 졸업한 물리학 전공생 열두 명 중 열 명도 결국엔 해외에서 진로를 찾았다. 아버지는 대만에서 출발해 도쿄와 시애틀을 경유하고 보스턴에 도착했다. 공항에 내려 수많은 인파 사이에서 두리번거리며 친구를 찾았다. 아버지를 애머스트까지 데려다주기 위해 프로비던스에서 먼 길을 와준 친구였다.

하지만 그 친구는 운전을 할 줄 몰라서 아버지와는 모르는 사이인 다른 사람에게 차를 좀 태워 달라고 부탁했다고 한다. 점심을 살 테니 보스턴 공항에 갔다가 애머스트에 다녀온 후 프로비던스로 돌아오자고. 이 두 청년은 공항 입구에서 아버지를 맞았고 등을 탁 치며 인사를 나눈 후 부랴부랴 함께 차로 가서 아버지의 전 재산 — 책과 스웨터가 대부분인 — 을 트렁크에 실었다. 그리고 보스턴의 차이나타운으로 향했다. 차이나타운은 떠나온 세계로 다시 돌아가는 관문 같았다. 동지애와 선의는 몇 시간이나 운전해 공항으로 어떤 사람을 마중 나가기에 충분한 이유였다. 물론, 북동부의 작은 대학촌에서는 먹을 수 없던 음식을 공항 가까운 곳에서 사 먹을 수 있었다는 점 역시 못지않게 중요했지만.

먼 타국에서 자발적인 유배자로 지내던 아버지는 이듬해 무렵엔 미국인으로 봐도 될 여러 면모를 갖추었다. 뉴욕에 거주하면서 학생 시위를 목격했고 또 직접 참여했다. 어떤 사진을 보면, 한때는 보란 듯이 머리를 기르기도 했고 유행하던 바지를 어정쩡하게 입기도 했다. 아버지는 미국에 막 왔을 때만 해도 클래식 음악 애호가였는데 몇 년이 채 지나지 않아 록그룹 애니멀스의 'House of the Rising Sun'을 즐겨 듣게 되었다. 자신과 같은 초짜 뉴요커에게는 맞지 않는다는 걸 깨닫고 환불하기 전까지 아주 잠깐이었지만 〈뉴요커The New Yorker〉를 구독했고, 피자와 럼레이즌 아이스크림의 매력에 눈을 뜨기도 했다. 아버지와 친구들은 대만에서 대학원 신입생이 들어올 때마다 최대한 빨리 차를 구해 우르르 몰려 탄 다음 신입생을 데리러 갔다. 그것은 하나의 의식이었고 놓칠 수 없는 자유 — 드라이브도 하고 잘하면 맛있는 음식도 먹을 수 있는 — 이기도 했다.

당시 미국인들에게 대만은 잘 알려지지 않은 나라였다. 대만을 안다고 해도 중국과 일본 근처의 외진 섬나라에, 값싼 플라스틱 제품을 만들어 수출하는 국가라고만 알 뿐이었다. 어머니가 어렸을 때 어머니의 아버지는 가족이 모여 식사하는 주방에 칠판을 세워놓고 매일 새로운 영어 단어를 하나씩 적었다. 할아버지는 제2차 세계대전이 발발하면서 의학 공부를 접고 공무원이 되었다. 자식들은 조금이라도 더 나은 삶을 살길 바랐다. 할아버지 할머니는 어머니와 어머니의 형제들에게 '헨리'나 '캐롤' 같은 미국식 이름을 고르게 했다. 어머니와 형제들은 그렇게 그 별나고 낯선 언어, 그들의 삶에 새로운 미래를 가져다줄 영어의 기초를 익혔다. 그들은 〈라이프Life〉를 읽으면서 영어권 세계에 대해 알아 갔다. 어머니가 미국에 차이나타운이라는 곳이 있는 걸 처음 알게 된 것도 이 잡지를 통해서였다.

어머니가 1971년에 (타이베이에서 도쿄를 지나 샌프란시스코에 내려) 미국에 도착했을 때 어머니를 데리러 나온 사람들은 친절하

게도 어머니가 장거리 비행의 여독을 풀도록 하루 정도 느긋이 기
다렸다가 함께 중국 음식을 먹으러 나갔다. 이후 어머니는 미시간
주립대에서 공중위생학을 공부하려 하고 있었다. 그런데 이스트
랜싱에 도착해 셋집을 계약하고, 수강 신청을 하고, 환불도 못 하
는 교재를 한 무더기 산 지 얼마 지나지 않아 아버지에게 전갈을
받았다. 어머니가 미시간주로 이동하고 있을 무렵 타이베이의 집
으로 편지 한 통이 왔고 열어 보니 어머니가 가장 가고 싶었던 일
리노이대 어배너 샘페인 캠퍼스에서 온 합격통지서였단다. 결국
어머니는 미시간 주립대에서 가능한 대로 수업료를 반환받고 바
로 일리노이주로 떠났다.

　1960년대 중국어권 출신 학생들은 비교적 외진 대학촌에서 자
기들끼리 작은 커뮤니티를 이뤄 지냈다. 대부분의 학생은 본국과
다른 날씨나 인사말, 완만한 들판과 끝없이 펼쳐진 고속 도로에 적
응했다. 어머니는 미국 중서부에서도 거리낌없이 다녔다. 어머니
가 일했던 칸카키의 지역문화회관에 흑인이 아닌 사람은 어머니
가 유일했고, 그때 처음으로 미국의 인종 간 분열을 얼핏이나마 접
했다. 여름엔 식당 서빙 아르바이트를 하며 매일 점심으로 아이스
크림을 먹었다. 하지만 동기생들 몇몇은 급격하게 바뀐 새로운 환
경에 잘 적응하지 못했다. 아니, 딱히 마음 붙일 곳이 없어서 힘들
었던 것일 수도 있다. 어머니는 지금도 한 여학생을 기억한다. 어
느 날부터 수업에 들어오지 않더니 캠퍼스를 이리저리 떠돌았고
심지어 한여름에 두툼한 겨울 코트를 입고 돌아다녔다는. 다른 대

만 학생들은 그 학생과 가까이하지 않았다고 한다.

그곳에서 어머니는 친구들과 포트럭* 파티를 열이 사자두**를 만들기도 하고, 청경채를 파는 식료품점이나 관광지로 드라이브를 다녀오기도 하고, 기숙사 여기저기를 돌아다니기도 하며 친구들과 어울려 지냈다. 당시에 대만 출신 학생은 다퉁 전기밥솥을 가지고 있는지 없는지로 가려낼 수 있었다. 어머니는 취미로 그림을 그렸다. 대부분 추상적이고 초현실적인 데다 색채 패턴에 이렇다 할 경향이 드러나지 않았다. 세월이 흐르고 내가 어머니에게 혹시 약을 하고 그린 그림들 아니냐고 물었을 때 어머니는 그 당시에도 대마초는 피운 적이 없다고 딱 잘라 말하며 한마디를 덧붙였다. 하지만 그 냄새는 아직도 기억한다고.

아버지는 매사추세츠대 애머스트 캠퍼스에서 2년간 공부하고 컬럼비아대로 전입했다. 그러다 지도 교수님을 따라 일리노이대로 학적을 옮겼고, 그렇게 부모님이 만나게 되었다. 두 분은 캠퍼스 안에 있는 학생회관에서 결혼식을 올렸다. 당시에 세 시간 거리에라도 차이나타운이 있었다면 식당에서 연회를 열었을 텐데 그러지 못해 아쉬웠다고 한다. 상선 선원으로 취업해 대만을 떠나 이곳저곳을 거쳐 마침 버지니아주에 있던 어머니의 오빠만이 부모님의 가족 중 유일하게 결혼식에 참석했다. 그래도 어머니 아버지

★ 각자 음식을 가져와 함께 먹는 식사.
★★ 사자 머리처럼 크게 빚은 완자.

에겐 친구들이 있었다. 그중 그림을 잘 그리는 한 명이 보드지에 스누피와 스누피 단짝 우드스톡을 그려 학생회관 바깥쪽 잔디밭에 비치해 주었다. 결혼식에 온 친구들은 모두 자신이 좋아하는 음식을 가져왔다.

이민자들이 모이면 곧잘 밀고 당김의 역학을 얘기하게 된다. 고향으로부터 자신을 떠미는 무언가와 저 멀리 어딘가에서 끌어당기는 또 다른 무언가가 있다고. 한 곳에서는 기회가 말라붙고 다른 곳에서는 움터, 더 나은 미래를 약속하는 쪽으로 우리를 이끄는 힘이 있다고. 수백 년 전부터 이런 여정들이 각양각색으로 도처에서 쭉 펼쳐져 왔다.

19세기에 영국과 중국은 우호적인 무역 파트너였다. 두 나라는 중국의 차, 비단, 자기를 영국의 은과 맞바꾸는 식으로 거래했다. 하지만 영국이 우위를 점하려 기회를 엿보다 인도에서 아편을 재배해 중국으로 운송하기 시작했고, 이렇게 들어온 아편은 밀수업자들에게 넘겨져 중국 전역으로 퍼졌다. 중국 정부가 이 약물을 끊어 내기 위한 움직임을 보이자 영국인들은 중국이 항구를 걸어 잠글까 봐 조마조마해졌다. 그로 인해 아편 전쟁이 터져 중국 동남부가 쑥대밭이 되었고 바로 그 무렵 미국 서부에서는 값싼 노동력이 필요했다. 1840년대에서 1850년대, 중국 남자들은 일자리를 구할 수 있다는 희망을 안고 배에 빼곡히 올라탔고 전쟁으로 피폐해진 광둥성을 떠나 미국으로 향했다. 그렇게 철로를 깔고 금을 채굴하며 자신들을 필요로 하는 곳이면 어디든 갔다. 하지만 더는 나아가지 못했다. 복잡 미묘한 법규와 사회적 압박에 떠밀려 도시에서 가장 열악한 구역에 고립되었다. 고향으로 돌아갈 수단도 (때때로는 그러고픈 바람도) 없이 자발적으로 차이나타운을 세워 회비를 걷고 서로 보호하고 보살피기 시작했다. 1880년대 무렵, 미국 경제는 더 이상 값싼 외국인 노동력이 아쉽지 않아졌고 그에 따라 수십 년 동안 중국인 이민을 제한하는 정책이 시행되었다.

그러다 1965년 개정 이민법으로 미국 사회에 명확한 뭔가를 기여할 수 있는 사람들을 대상으로 아시아인의 입국이 허용되었고, 밀고 당김의 역학은 다시 작동했다. 냉전 중 미국의 정책 입안자들 사이에서 자신들의 과학과 기술 혁신이 뒤처지고 있다는 의식이 퍼져 있던 터라 우리 부모님 같은 대학원생들을 국가적으로 환영했다. 게다가 대만에서의 미래는 불확실했다. 이 신대륙에서는 지속적인 성장 가능성이 엿보였다. 부모님을 미국으로 끌어당긴 것은 특별한 꿈이 아니라 그저 변화의 기회였다. 그 당시에도 부모님은 미국에서의 삶이 무한한 약속과 위선, 신뢰와 탐욕, 새로운 기쁨과 자기 회의, 노예화로 이룬 자유임을 이해했다. 이 모든 것이 동시에 존재함을.

부모님은 일리노이주에서 동해안 지역으로 신혼여행을 떠나는 중간중간 사진을 찍었다. 하지만 맨해튼에서 백주대낮에 어떤 사람이 차를 털어 가 현상도 안 한 필름을 죄다 잃는 바람에 이 여행의 실질적인 이야깃거리는 부모님이 퍼뜩퍼뜩 떠올린 기억이 전부였다.

나는 1977년에 어배너 섐페인에서 태어났다. 아버지는 교수가 되고 싶었다고 한다. 하지만 교직을 구하지 못하자 텍사스주로 이주해 엔지니어가 되었다. 우리는 댈러스 교외의 넓은 집에서 살 수 있었다. 댈러스 근교는 자칫 길을 잃을 정도로 넓었다. 몇 년 전 나는 누렇게 바래고 파삭파삭해진 네모난 종이 조각을 발견했다. 그 종이의 역사는 1980년대 초까지 거슬러 간다. 어머니가 지역 신문에서 오려 둔 한 광고 기사였다.

중국 요리 강습 — 쉽게 구할 수 있는 재료와 요리 도구로 이국적인 음식을 만드는 비법 전수. 1회 강습료 12달러. 자세한 사항은 쉬 부인에게 문의 바람. 867-0712

문의 전화는 한 통도 오지 않았다. 부모님은 내가 말끝을 늘이며 카우보이 부츠와 미국식 이름을 갖게 해달라고 떼쓰기 시작할 즈음 가까운 스테이크 하우스에 갔다가 그곳은 '부모님 같은 사람'에게 맞는 곳이 아니라는 말을 듣고 다른 지역에서 그들의 운을 시험해 보기로 마음먹었다.

부모님이 거쳐 온 장소들은 우정과 교우의 발자취나 다름없다. 누군가가 내어 준 빈 다락방에서 지내기도 하고, 가족에게 얘기로

만 듣고 실제로는 만난 적 없는 사람들을 찾아가기도 하고, 몇 시간 거리에 떨어진 작은 도시에서 여름 한 철의 일자리를 얻는가 하면, 경험이 없는 신생 분야에서 일할 기회를 얻기도 했다. 부모님은 대도시보다 친구들, 중국 음식, 좋은 학군, 양로원이 가까이 있는 곳에서 살고자 했다.

1986년 우리 가족이 쿠퍼티노로 이사했을 때 그곳은 아직 과도기였다. 대규모 공장 단지와 농장, 하찮게만 보이던 애플 건물 몇 동이 자리 잡고 있었을 뿐이다. 그때만 해도 아무도 애플 컴퓨터를 쓰지 않았다.

교외 지역의 핵심은 도심 속 불편한 밀집 생활과는 다르게 터전을 잡고 여유롭게 살아가는 데 있다. 시간이 역사와 동떨어져 흘러가는 듯하고, 마치 이전에는 그 자리에 아무것도 없었을 것 같은 느낌을 준다. 하지만 평온함이라는 환상은 차츰 닳고 만다. 잔디를 정갈하게 다듬고 인도를 아무도 걷지 않은 새 길처럼 치워 가며 집 주변을 관리하고, 인접한 도시가 슬금슬금 경계지를 침범하지 못하도록 하려면 노이로제가 뒤따랐다. 교외 지역은 안정성과 관습주의를 연상시키지만 대부분 전통을 유지하지 못한다. 오히려 새로운 열망을 받아들일 수 있는, 깨끗이 닦아 낼 수 있는 석판 같다.

1980년대 말에서 1990년대 초 실리콘 밸리가 번창하면서 아시아계 이민자들이 쿠퍼티노 같은 지역으로 더 많이 이주해 왔다. 외가와 친가의 조부모님이 대만에서 사우스 베이로 이주했고 부모님의 형제자매들 대다수도 그곳에 정착했다. 대만은 멀고도 상상적인 옛 조국이 되었다. 실리콘 밸리의 교외 지역은 말하자면 점진적이고 굴곡진 변화가 일어나는 중이었다. 사양길에 접어든 사업들은 이민 물결을 타고 새롭게 다시 태어났고, 스트립몰*은 중국 음식점과 최신 언밸런스컷 헤어숍의 섬이 되어 사람들로 북적였다. 버블티 카페가 들어서고, 중국 도서를 파는 서점들이 앞다투어 문을 열었다. 주차장에는 개조된 혼다 자동차들과 피부가 탈까 봐 얼굴 전체를 가리는 선캡을 쓰고 팔꿈치 위까지 올라오는 운전용 장갑을 낀 엄마들로 번잡했다.

과거의 흔적이 여전히 남아 재사용됐다. 한때 과수원으로 활용하는 것이 최선이던 공간에 아름다운 가정집들이 들어섰고, 뾰족 솟은 박공 지붕이 인상적이던 레스토랑 시즐러가 딤섬 전문점으로 탈바꿈하기도 했으며, 열차를 개조한 투박한 식당이 면 요리집으로 바뀌기도 했다. 엔지니어들의 이민 물결에 홍콩과 대만의 셰프들이 합류해 캘리포니아로 들어왔다. 비중국계 손님들의 마음을 끌어야 한다는 압박은 점차 사라졌다. 더 이상 '주류'라는 개념에 매달리지 않았다. 목뼈, 닭발 등 다양한 젤라틴 식품, 대만의 최신 드라마를 복제한 비디오테이프, 중국어 신문과 서적, 이 모든 것이 이런저런 생활비를 충당할 쏠쏠한 돈벌이가 되었다.

어머니가 새로 이민 온 중국 사람들을 두고 아시아 식료품 마트 주차장에 쇼핑 카트를 아무렇게나 놔두고 간다는 둥 불평을 늘

★ 번화가에 상점과 식당들이 일렬로 늘어서 있는 곳.

어놓았을 때 나는 부모님이 대만을 떠나온 지 얼마나 오래되었는
지를 새삼 깨달았다. 오직 중국어권 디아스포라만이 1970년대에
들어온 대만 이민자와 1990년에 중국에서 온 이민자를 구분할 수
있었을 것이다. 생김새도 비슷해 보이거니와 양쪽 다 특유의 억양
을 쓴다고 여겨졌을 테니까. 하지만 이 두 그룹은 미국 문화에 관
해서나, 그 문화 안에서 자신의 위치에 관해 다른 관점을 가졌다.
어머니가 말했던 매너 없는 새 이민자들은, 이 지역에 한때 아시아
식료품 마트라곤 달랑 하나뿐이었고 그나마도 그리 좋지 못한 데
다 차로 30분을 운전해야 하는 거리에 있었다는 걸 알지 못했을
것이다.

　부모님이 알뜰히 절약하며 사는 동안에도 용케 살아남은 물
건 중에는 책이 몇 권 있었다. 너덜너덜해진 염가 문고판 베스트
셀러 《미래 쇼크*Future Shock*》*와 《펜타곤 페이퍼*The Pentagon
Papers*》**, 표지에 'C. HSU'라고 써놓은, 시어도어 엘런Theodore Allen
의 소책자 논문 〈계급투쟁과 인종적 노예제의 기원: 백인종의 고

★　1970년 미래학자 앨빈 토플러가 발표한 책. 사회 변화가 점차 가속화되어 개인
　과 집단의 적응이 더욱 어려워진다는 예측을 담고 있다.
★★1970년대 베트남 전쟁에 관한 비밀을 담은 미 국방부의 기밀 보고서 '펜타곤 페
　이퍼'가 세상에 알려진 뒤 미국 사회에 반전 운동이 일었고, 이 책은 이 보고서를
　바탕으로 1971년에 출판되었다.

안*Class Struggle and the Origin of Racial Slaver: The Invention of the White Race*), 닉슨의 중국 방문을 다룬 책과 아프리카계 미국인의 역사를 다룬 책. 아버지는 영어식 이름을 써볼까 싶어 사람들에게 에릭이라고 불러 달라고 했지만 얼마 못 가서 그런 식의 동화가 자신과 맞지 않는다는 걸 깨달았다.

어쩌면 이런 것이 바로 미국에서의 삶이었는지 모른다. 미국에서는 여기저기로 이사를 다닐 수 있었다. 고국에서는 잡을 수 없는 기회를 누릴 수 있었다. 이웃 사람들을 따라 교회에 다니거나, 피자에 입맛을 들이거나, 클래식 음악이나 밥 딜런에 열광하거나, 미식축구팀 댈러스 카우보이스의 팬이 될 수 있었다. 자신이 원하는 대로 이름을 고를 수도 있었다. 미국 대통령들의 이름을 따서 아이 이름을 지어도 괜찮았다. 아니면 어차피 대통령이 될 일도 없을 테니 발음하기 어려운 이름을 짓거나.

애머스트부터 맨해튼, 어배너 섐페인, 플레이노, 리처드슨, 미션비에이호, 쿠퍼티노까지 옮겨 다니던 내내 집에는 언제나 여러 장의 음반, 아버지가 직접 납땜해 조립한 전축, 다이나톤 스피커가 있었다. 아버지는 미국에 들어오자마자 음반을 모으기 시작했다. 처음엔 우편 주문형 LP를 이용했다. 몇 개 안 되는 레코드판을 비싸게 산 다음에 1페니에 열두 장을 더 구입하는 방식으로, 대부분 클래식 음악이었다. 그러다 1960년대 언젠가 이웃집에서 틀어 놓은 밥 딜런의 음악을 듣다가 쥐어짜는 거친 음색에 점점 익숙해져서는 딜런의 음반을 샀고 그 가늘고 특이한 목소리를 음미하게 되었다.

　아버지는 음반을 사면 보드지로 된 음반 커버가 닳지 않도록 투명한 비닐 포장을 뜯어내지 않고 그대로 보관하곤 했다. 낭신의 이름[Hsu Chung-Shih]을 찍어 넣으려고 비닐을 조금 잘라 내기는 했다. 오랜 세월이 지나면서 사람들에게 나눠 준 음반도 있었지만 주옥같은 명반들은 계속 간직했다. 딜런, 비틀스와 롤링 스톤스, 닐 영, 아레사 프랭클린, 레이 찰스, 몇 장 안 되는 더 후, 지미 헨드릭스, 핑크 플로이드의 음반과 모타운* 컬렉션 몇 장, 다수의 클래식 음반, 부모님이 대학원생이던 시절에 서인도 제도 출신의 나이 지긋한 교수님이 디너 파티 중 바이올린으로 연주한 'Sea of Joy' 덕에 빠지게 된 블라인드 페이스, 그리고 존 레논과 조지 해리슨의 솔로 앨범들. 반면에 폴 매카트니의 솔로 앨범은 한 장도 없어서 비틀스 이후 커리어가 끔찍했던 모양이라고 넘겨짚었다. 비치 보이스의 음반도 없었기 때문에 마찬가지로 형편없는 그룹이겠거니 했다. 재즈 음반은 소니 샤록과 린다 샤록 부부의 앨범이 딱 한 장 있었는데 포장도 뜯지 않은 상태였다. 그 부부가 《Thriller》의 수록곡들을 워낙 많이 연주해서 마이클 잭슨의 가족과 친한 사이인가, 하는 생각을 했더랬다.

　아버지의 음반 수집 때문에 나는 음악이 쿨하지 않다고 생각하

★　1960년대를 풍미한 흑인 음악의 산실로, 마이클 잭슨이나 다이애나 로스 같은 전설적인 흑인 팝 가수들을 배출한 음반 회사.

게 되었다. 어른들이 너무 진지하게 다루는 것쯤으로 보였다. 아버지는 건스 앤 로지스를 들었고 나는 라디오에서 야구 시합 중계를 들었다. 아버지는 한 VCR로 MTV를 몇 시간씩 녹화해 놓은 뒤 또 다른 VCR로 그중 최고의 히트곡들을 골라 따로 녹화하는 사람이었다. 타워 레코드*의 통로를 이리저리 둘러보다 당시에 사용할 수 있는 포맷으로 새롭게 출시된, 오랫동안 좋아해 온 곡들을 마주치길 늘 바라던 사람. 아버지는 음악 전문지 〈롤링 스톤*Rolling Stone*〉과 〈스핀*Spin*〉을 사서 올해의 곡이나 최근 10년간 최고의 앨범 목록을 복사해 둔 후 그중에서 자신이 즐겨 들을 곡들을 찾아보곤 했다.

중학교에 들어가자마자 나는 아버지의 이런 취미 덕에 내가 아이들 사이에서 돋보일 수 있다는 걸 깨달았다. 이때부터 나는 MTV를 시청하고 라디오로 음악을 들으면서 다른 애들보다 빠르게 이런저런 유행을 알아채고 얘기할 수 있었다. 단, 젠체하는 것처럼 보이지 않을 만큼만. 허세 부리는 사람이 되는 건 무엇보다 싫었다. 아버지가 산 잡지들을 보고 밴드 이름, 알아 둘 만한 팁, 사소한 정보들을 외웠고, 십 대에게 확실히 먹힐 팝 음악을 골라낼 줄 알게 됐다. 그리고 그때쯤 아버지가 저녁을 먹고 음반 매장으로 나설 때 아버지를 따라가기 시작했다. 우리는 몇 시간을 따로따로 돌아다니다 이따금씩 예상치 못한 통로에서 마주치곤 했다. 모든

★ 미국의 대형 CD·카세트 판매 체인.

음악이 경험해 보지 못한 세계에 관한 가능성, 단서, 초대장 같았다. 우리 가족은 같은 음악을 좋아하더라도 그 음악에서 시로 다른 걸 들었다. 나는 'November Rain'에서 슬래시*의 현란하고 예리한 기타 독주를 들으며 해방감을 느꼈다. 다른 어딘가로 데려가 줄 것만 같은 격정적이고 환상적인 해방감. 반면 부모님에게 슬래시의 위대함은 그의 명연주가 수천 시간의 연구와 연습으로 갈고닦은 노력의 산물이라는 사실에 있었다.

1990년대 초 실리콘 밸리가 호황을 누릴 때 대만의 반도체 산업도 호황을 맞았다. 얼마 지나지 않아 부모님의 친구들은 하나둘 떠나온 지 수십 년이 지난 고국으로 돌아갔고, 자녀들이 미국에서 고등학교를 마치고 대학에 들어갈 수 있도록 두 나라 살림을 시작했다. 미국에서 아버지는 1980년대 말 중간관리자로 승진했다. 하지만 더 위로 올라가는 일은 피부색, 목소리의 미묘한 떨림 같은 자의적 요인에 좌우되는 듯했고, 아버지는 그런 승진 체계에 염증이 난 상태였다. 부모님은 결국 아버지도 다른 친구들처럼 대만으로 돌아가는 게 좋겠다고 결정했다. 대만에는 임원급 자리가 기다리고 있었다. 아버지는 이제 머리를 염색하거나 골프채를 잡지 않아도 됐다. 우리 가족은 그렇게 팩스기 두 대를 샀다.

나는 가끔씩 공항에서 동기생들과 마주칠 때마다 다들 일하러 가는 아버지를 배웅하러 왔다는 걸 자연스럽게 알았다. 우리가 살

★ 건스 앤 로지스의 기타리스트.

던 곳은 이런 사정을 서로 구구절절 설명하지 않아도 되는 여러 도시 중 한 곳에 불과했다. 골드러시 이후로 쭉 지속된 아메리칸드림에 상응할 만한 중국판 아메리칸드림이었다. 일자리를 찾으려는 움직임이 기존과 반대로 태평양을 거슬러 이동한 때는 이때뿐이다.

· · · · ·

이민 1세대는 생존을 고민하고 이민 2세대는 부모가 겪어 온 삶을 이야기한다. 나도 종종 부모님이 살아온 삶의 시시콜콜한 단면들과 소소한 변화들을 소재로 하나의 이야기를 엮어 내려 한다. 부모님은 어떻게 미국 음식에 적응하게 되었을까? 어떤 영화를 볼지 어떻게 정했을까? 《미래 쇼크》를 읽으며 스스로를 자각했을까? 아버지의 삶에 영향을 준 사람은 누구였을까? 부모님의 주변에는 미국인으로서의 새로운 정체성을 만들어 줄 원료들이 있었고, 두 분은 자동차나 지하철로 갈 수 있는 거리 안에서 그런 양식들을 찾아다녔다. 그 당시엔 고국에 돌아가려면 상당한 자금과 수개월간 고안한 신중한 계획이 필요했다. 장거리 전화를 걸어 전화선 반대편의 가족들이 모두 모여 있는 시간을 맞추는 것만 해도 몇 주가 걸렸다.

부모님은 우수한 학교에서 공부하기 위해 미국에 왔지만 그런 학구열에 대한 보상은 아직 뚜렷이 보이지 않았다. 때때로 밀려드는 외로움, 생경한 생활 방식, 언어 장벽은 자신들이 선택한 것이었다. 그러나 부모님은 아시아계 미국인으로서의 동질감은 선택하지 않았다. 아시아계 미국인은 1960년대 말에야 분류 범주가 생겼다. 그런 데다 부모님은 캠퍼스 한편에서 언론의 자유나 시민권을 위해 조직적으로 단결하던 미국 태생의 중국계나 일본계 학생들과는 공통점이 거의 없었다. 중국인 배척법*이나 찰리 챈**에 대해서도, '오리엔탈[Oriental]'이나 '칭크[Chink]' 같은 말에 심히 불쾌해해야 하는 이유도 잘 몰랐다. 부모님만이 아니라 부모님과 같은 집단에 속하는 사람들도 자신이 '모델 마이너리티'***의 대표적인 부류라는 점을 인정하려 하지 않았다. 그런 정체성이 과연 자신들에게 가당한지 확신이 들지도 않았다. 충성심은 그들이 떠나온 세계에 남겨 둔 채였다.

고국에 있는 가족들과의 통화가 얼마나 정겹고 좋았을까? 돌아올 기약이 지극히 막연한 채 고국을 떠나 다른 세계로 건너온 심정은 어땠을까? 부모님은 정붙일 데도 없어 상상 속의 대만을 붙

★ 1882년에 통과된 이민법으로 중국인의 이민을 금지하고 미국 내 화교에 대한 차별을 제도화했다.

★★ 미국인 소설가 얼 데어 비거스가 쓴 '찰리 챈' 시리즈의 주인공. 라디오 드라마, 영화, TV 시리즈로도 제작되었다. 동양인에 대한 서양인의 편견을 보여 주는 인물 묘사로 비판을 받았다.

★★★ 미국에서는 흔히 아시아계 주민들을 일컫는 말. 법을 준수하고 근면성실하게 일함으로써 인종적 불리함을 극복하고 주류 사회에 진입해 성공적인 삶을 사는 사람들을 의미하지만 고분고분 말 잘 듣고 묵묵히 열심히 일하며, 불만 등으로 골치 아프게 하지 않는 사람들이라는 속뜻도 있다.

잡고 살았다. 실제의 섬나라 대만이라기보다 등불 같고 환상사지*
같은 추상적인 대만을. 전화는 특별한 경우에만 쓸 수 있었다. 그
래서 부모님은 동기생들의 얼굴에서 고국의 흔적을 찾고 식재료
를 사러 갈 때 시끌벅적한 소음 위로 흘러오는 희미한 소리에서
고국을 느꼈다.

그러다 그들이 대만과 미국을 마음껏 오갈 수 있는 날이 왔다.
어머니는 1990년대 숱한 시간을 비행기에서 보냈다. 부모님은 대
만을 새롭게 다시 알아 갔다. 우리 가족의 대만 집은 신주에 있었
다. 신주는 타오위안 공항에서 남쪽으로 대략 40분 거리의 작은
해안 도시로, 세찬 돌풍과 해산물 미트볼이 유명했다. 여전히 느긋
하고 조용한 분위기가 풍겼지만 이제는 고속 도로와 조금 떨어진
곳에 대규모 첨단기술 캠퍼스가 조성돼 반도체 기업들의 본사가
전부 그곳으로 몰려와 있었다. 상업 지구에는 초대형 쇼핑몰이 우
후죽순 생겨났다.

부모님은 주말이면 타이베이로 차를 몰고 가 1950년대와 1960
년대에 알던 오래된 찻집과 영화관을 찾아다녔다. 지도 따위는 없
어도 괜찮았다. 몇십 년이 지났어도 길거리의 바오쯔** 맛집이 어
디쯤이었는지는 선명히 기억했다. 부모님은 대만에서 점점 젊음
을 되찾아 갔다. 그곳의 습기를 호흡하고 음식을 먹으며 다른 사람

★ 절단된 팔·다리가 아직 그 자리에 있는 것처럼 느끼는 증상.
★★ 고기소를 넣은 만두.

으로 변모해 갔다. 온 가족이 빛바랜 나무 의자에 앉아 말없이 거대한 그릇에 담긴 우육면을 먹을 때면 나는 가끔 불청객이 된 기분이 들었다. 만약 그곳이 미국이었다면 어릴 적 기억을 떠올리며 낭만 어린 혼잣말을 했을 텐데.

나는 매년 두세 달을 대만에서 지냈다. 그때마다 DJ 케이시 케이젬의 〈아메리칸 톱 40〉을 놓치지 않으려고 국제 라디오 채널인 ICRT를 듣겠다고 떼썼다. 나에게는 그 프로그램이 '진짜 현실'로부터 오는 주간 속보였다. 부모님에게도 십 대 시절, 당시에는 군 방송망에 속해 있던 ICRT를 듣던 시간이 좋은 기억으로 남아 있었다. 시간이 흐르면서 아버지는 최신 음악에 흥미를 잃었지만, 나는 아버지와 함께 방송을 들으면서 유대감을 맺으려고 했다. 그리고 무엇보다, 언젠가 다시 돌아갈 수도 있는 미국의 광채를 아버지에게 일깨워 주려고 했다. 내가 우리 가족이 처해 있던 현실을 이해하게 된 건 얼마간의 시간이 지난 후였다. 부모님이 양쪽 세계에서 살림을 꾸리기 위해 열심히 일하고 있었다는 걸 그때는 미처 몰랐다. 미국인이 되겠다는 목표를 완수하지 못한 채, 아버지의 음반 수집은 차츰 과거의 유물이 되어 갔다.

이 이민의 경험에는 자기 계발이라는 궁극적인 목적이 새겨져 있었다. 나는 십 대 때 학보사나 토론 모임 같은 활동에 매달렸다. 수학이나 과학보다 그런 분야를 더 잘할 수 있을 것 같았다. 아버지가 예전에 쓰던 물리학 노트를 획획 넘기다 보면 그 속에 적힌 공식과 그래프를 나는 평생 이해하지 못하리라는 직감이 들었다. 그러다 어느 날 부모님이 약간 특이한 억양을 쓰고 수동태가 뭔지 잘 모르고 있다는 걸 깨닫기도 했다. 이민 2세대는 부모를 위해 실력을 쌓으려 하면서도 한편으론 그렇게 쌓은 실력을 부모에게 대항할 수단으로 사용한다. 언어 능력이 부모를 뛰어넘을 유일한 방법처럼 여겨졌다. 가정에서는 이따금씩 논쟁이 일었다. 평소에는 얌전하고 조용한 자녀들이 자신의 의견을 의기양양하고 힘 있게 펼치며 함정을 놓았고 부모들은 지치고 짜증이 나서 모국어를 썼다.

나는 어머니와 많은 시간을 함께 보냈다. 어머니는 나를 첼로 레슨, 크로스컨트리 대회, 토론 대회, 음반 매장 등 사우스 베이 여기저기로 데려다주었고, 운전하는 동안 내가 어머니를 즐겁게 해주려고 늘어놓는 시시콜콜한 얘기에 귀 기울여 주었다. 그 보답으로 나는 어머니가 블라우스나 구두를 사러 갈 때마다 한 뭉치의 잡지를 넘겨 가며 참을성 있게 기다렸다. 어머니는 내가 어떤 별난 영화를 대여해 와도 모두 함께 봐주었고 면도하는 법을 가르쳐 주었다. 우리는 금요일마다 인근에 있는 쇼핑몰 발코에 가서 시어스 매장부터 천천히 둘러보다 저녁을 먹으러 푸드코트로 갔다. 어머니는 매장 직원이 말을 걸면 최대한 쾌활하게 "그냥 좀 둘러볼게요"라고 말하라고, 그러면 그냥 내버려둔다고 귀띔해 주었다. 내가 학교에서 다른 애들이 뭘 입고 뭘 신고 다니는지 자세히 말하면 그런 걸 팔 만한 매장을 같이 찾아 보기도 했다.

이민자의 자녀에게는 자신도 부모님도 모두 동화되어 가는 중이라는 걸 자각하는 순간이 온다. 나도 세월이 흐른 후 깨달았다. 어머니와 내가 이 매장 저 매장을 훑고 다니며 찾던 것은 가능한 미래였다는 걸, 우리 둘 다 똑같은 패션과 트렌드에, 또 몇몇 언어에 혼란스러워하고 있었다는 걸, 늦은 밤 아버지와 음반 매장에 다녀오던 그 나들이의 근본적인 목적은 통달이 아니라 발견이었다는 걸. 훗날 나는 완전한 동화란 움직이는 지평선을 향한 경주임을 깨달았다. 동화의 이상은 끊임없이 변하고 억양은 어떻게 해도 완벽해지지 않는다. 그것은 하나의 계약으로 묶인 타협점이었다. 동화는 풀어야 할 문제가 아니라 그저 문제 그 자체였다.

다른 수백만 명의 사람들이 그랬듯 나 역시 1991년 너바나의 'Smells like Teen Spirit'을 들었을 때 '대안[alternative]' 문화라는 것을 처음 접했다. 나는 열세 살이었다. 그 노래는 내가 그때까지 들어 본 곡 중 최고였는데, 내가 스스로 고른 첫 번째 명곡이라는 이유가 컸다.

나는 남들보다 먼저 비밀을 발견했다고 믿으며 그 감정에 푹 젖어 들었다. 어느 늦은 밤 라디오에서 그 노래를 듣게 되었는데 다음 날 학교에서 얘기해 보니 아무도 그 노래를 몰랐다. 그때는 아직 뮤직비디오조차 안 나온 시점이었다. 나는 《Nevermind》가

발매될 날을 진득이 기다렸다.

그 당시엔 '대안'이라는 것이 마케팅 개념이라는 사실도, 너바나가 《Nevermind》 이전에 다른 앨범을 냈다는 사실도 몰랐다. 《Nevermind》는 메이저 음반사가 입찰 경쟁에 참여하면서 만들어진 앨범이라는 사실 역시 전혀 몰랐다. 어떤 정보도 없이, 순전히 내 고취된 기분만으로 좋아했다. 그 앨범을 처음 들었을 때 모든 노래가 바로 앞 트랙의 곡보다 더 좋은 것 같아 도취된 나머지 테이프덱을 멍하니 쳐다봤던 기억이 지금도 생생하다. 귀에 쏙쏙 박히는 노래에 위협적 음성이나 짓궂은 고성을 덧입혀 망가뜨리는 식의 표현이 당혹스럽기도 했다. 잡지와 신문에서 너바나와 관련된 기사란 기사는 뭐든 다 찾아 꼼꼼히 읽으며 너바나가 다른 밴드를 언급한 대목이 있으면 그 말을 베껴 놓기도 했다. 카세트테이프 팸플릿에 찍힌 팬클럽 앞으로 너바나를 높이 평가하는 내 나름의 견해를 편지로 보내기도 했다.

많은 지역에서 너바나는 한때 무명에 가까웠다. 그러다 마침내 너도나도 이 밴드의 진가를 인정하게 되었고 어느 순간부터 학생들은 너바나의 로고가 찍힌 까만 티셔츠를 입고 다녔다. 이런 것을 모든 사람이 마음속에 똑같은 비밀을 품을 수도 있다는 암시라고 봐도 될까? 세상을 우리 자신의 이미지로 다시 만들겠다는 비밀을 모두 함께 품었었다고?

내가 너바나에 끌린 큰 이유는 그들이 얼간이처럼 보이지 않았기 때문이다. 너바나는 MTV에 나오는 다른 모든 노래를 한순간에 미개하고 시시해 보이게 했다. 주류 록 음악은 미국 특유의 마초적인 취향을 가진 사람들에게 잘 맞았다. 그저 오락거리를 찾는 이들부터 무게 잡으면서 기교를 중시하는 사람들까지. 너바나는 그런 주류에 없는 온갖 면을 갖고 있었다. 그들의 영역은 무한했다. 리드 싱어 커트 코베인은 젊은 시절 펑크 록에 대한 기사를 읽은 후 펑크 록이 자신에게 맞는 음악이라는 결론을 내렸다. 그때가 1970년대 중반이었고 실제로 펑크 음반을 들어 본 것은 그 후로 얼마쯤 지나서였다. 훗날 그는 당시를 떠올리며 음악이 자신이 상상한 것만큼 저돌적이거나 활기차지 않아 실망했다고 밝혔다. 그의 상상 속 펑크 록이 결국 이 밴드의 음악 활동을 견인했다. 그는 사람들을 자신이 열광하는 음악 쪽으로 인도하려 작정한 듯 쇼넨 나이프, 레인코츠, 바셀린즈 같은 밴드를 알렸다. 우리들이 오솔길을 지나 도착한 벽지에서 획기적인 발견을 하도록 이끌었다. 그리고 그런 영역들을 찾아다니는 것이 나의 존재 이유가 되었다.

당연한 일이겠지만 어느 순간 너바나 티셔츠를 입고 다니는 동기생들이 너무 많아졌다. 어떻게 모두가 한 명의 아웃사이더에게 동일시할 수 있었을까? 물론 그게 너바나의 탓은 아니었다. 코베인은 자신의 명성에 무관심했고 심지어는 적대적이었으니까. 그 자신도 억지로 떠안은 인기로 그를 탓할 수는 없다. 무엇보다, 그는 잘생기고 카리스마 있는 사람이었다. 나는 국민 윤리 수업 중에 'Smells Like Teen Spirit'을 흥얼거리기 시작하더니 "*And it smells like / teen spirit*"이라고 노래하던 애처럼 젠체하지 않으려고 조심했다. 모두가 알다시피 그 노래에는 그런 가사가 없다.

　나는 밴드와 음반사에게서 공짜 CD를 받기 좋은 방법이라는 얘기에 혹해 아마추어 잡지를 만들기 시작했다. 잡지를 만드는 일은 관심사가 같은 사람들을 찾는 방법이기도 했다. 내 세계관은 음악으로 결정지어졌다. 나는 겸손하면서 수수한, 섬세하면서 냉소적인, 회의적이지만 마음속에 열정을 숨기고 있는 성품을 키웠다. 잔잔한 동시에 요란한 7인치 싱글 앨범들을 구하려고 음반 매장과 우편 주문용 카탈로그를 샅샅이 훑었다. 내 생각에 나는 할 말은 많은데 그 말을 입 밖으로 꺼내기엔 소심한 성격인 것 같았다. 그런 나에게 잡지를 만드는 일은 새로운 자아의 윤곽을 잡고, 새로운 성격을 만들어 내는 하나의 방법이었다. 나는 이미지, 짧은 에세이, 신문 조각을 나만의 버전으로 사실적이고 진정하게 재구성할 수 있다고 믿었다. 잡지는 가능한 미래에 대한 꿈 같았다. 무수한 말장난과 참고 문헌투성이인 문장으로 뚜렷해지는 그런 꿈. 물론 그땐 아직 쓸 수 없던 문장도 많았다.

　대학 입시에 도움이 될 거라며 어머니를 설득해 구매한 초기 버전의 페이지 레이아웃 소프트웨어로 잡지를 제작했다. 페이지마다 네다섯 개의 서체를 써가며 내가 투영하고 싶은 정서적 혼돈을 전달했다. 운전 교육 매뉴얼, 잡지, 중국어 교재에서 오려 낸 이미지들로 만든 콜라주도 넣었다. 음악을 주제로 삼은 글이 많았지만 그때의 나는 마음만 먹었다면 어떤 주제 ― 영화, 문학, 미술 ― 로도 열성적인 글을 쓸 수 있었을 것이다. 나는 내가 발견했다고 생각되면 그게 뭐든 애착을 가졌다. 페이브먼트와 폴보를 찬양하는 장문의 글을 쓴 이유도 두 밴드의 앨범이 내가 운전 면허를 딴 후에 직접 구매한 첫 LP였기 때문이고, 그 음반을 집착적일 만큼 듣고 또 듣다가 두 밴드의 음악에서 이상하고 부조화스럽게 느껴지던 모든 부분이 차츰 자연스럽게 들려왔기 때문이다. 'P'가 아닌 'R' 섹션에서 음반을 찾았다면 다른 밴드들에게 홀리게 되었을 수도 있다. 나는 진지함을 소중히 여겼다. 큰 세상 속에 숨겨진 작은 세계에 진지함을 쏟고 싶었다.

　내 잡지는 진정성 있었지만 냉소적이었다. 유행에 뒤처졌던 이것은 정말로 아무것도 아니었을까? 왜 모두가 이런 식이 아니라 저런 식으로 입는 걸까? 나는 보지도 않은 외국 영화들에 격정에 찬 송시를 헌사했고, 새너제이에 있는 음반 매장 스트리트라이트에서 구할 수 있는 인디 록 밴드의 7인치 싱글 앨범이라면 뭐든 닥치는 대로 들어 보고 이리저리 해체하는 글을 썼다. 드라마 〈엑스파일X-Files〉 팬 픽션도 넣었는데, 한마디로 말하자면 판에 박힌 에피소드들을 비판하는 아주 장황한 글이었다. 나는 쿨함의 특징이 박식한 식견이라 여겼고 내가 거부하는 것들로 나 자신을 규정하려 했다. 하이틴 드라마 〈베벌리힐스의 아이들Beverly Hills, 90210〉, 히피, 사립 학교, 조지 부시, 꽈배기 모양의 가죽 벨트, 경찰국가, 유명해진 이후의 펄 잼을 힐난하는 글도 썼다. 나는 내가 거부감을 느끼는 것에 대해서는 알았지만 그 반대쪽에 무엇이 있을지는 상상하지 못했다.

어쩌면 그때는 누군가 정말로 끝까지 무명일 수 있던 마지막 시절이지 않았을까. 어떤 스타일이나 노래는 소수만이 알아볼 수 있다는 얘기를 하려는 건 아니다. 제자리가 아닌 곳에 놓인 책이나 잊힌 잡지처럼, 무언가가 영원히 망각될 수 있는 위태로움이 그때는 있었다. 나는 그런 문화적 틈새를 다른 사람들이 발견하기 전에 먼저 알아보곤 했다. 나는 부지런한 연구자였다. 아직 주변에서 너바나의 음악을 들어 본 사람이 아무도 없을 때부터 너바나를 알았던 것처럼 온갖 밴드들을 꿰고 있었다. 나는 리서치를 중요하게 여겼다. 신비로운 분파, 사람들이 잘 모르는 정보, 비화를 발굴해 한물가거나 아직 빛을 못 본 밴드들로 새로운 신전을 세웠다.

만화방에서는 사람들이 잘 가지 않는 통로를 살펴보고, 조부모님의 아파트를 여기저기 뒤져 오래된 플란넬 옷, 모헤어* 넥타이, 공장 실험실 가운 따위를 찾아냈다. 어머니에게 버클리대에 태워다 달라고 졸라서 대학생들이 큼지막한 피자 조각을 입안으로 밀어 넣는 모습이나 소설책, 필기장, 음반을 겨드랑이에 끼고 있는 모습을 신기해하며 바라봤다. 잡지에서 읽은 사이버펑크족**, 레이브족***, 동물권 운동가에 대한 기사들은 나에게 새롭고도 올바른 길을 보여 주었다. 정처 없이 헤맨 끝에 자신이 되고 싶은 모습과, 드러내 보이고픈 일면들을 정하는 건 아주 감동적인 일이었다.

★　앙고라염소의 털로 짠 윤이 나고 부드러운 천.
★★　관습과 기존의 질서에 대항하는, 컴퓨터에 대한 전문 지식을 가진 반문화 세대.
★★★ 광란의 밤샘 파티를 즐기는 사람들. 자유와 자기표현, 해방감을 추구한다.

그동안 조난 신호를 보내며 누군가가 나를 구해 주러 오기만 희망하고 있었으니까.

　글의 어조를 읽어 내기란 아주 힘들며, 하물며 반들반들한 감열지에 찍혀 나오는 글이라면 훨씬 더 어려울 것이다. 펜 자국도 알아볼 수 없다. 팩스로 들어오는 글은 빛바래고 아득한 옛날의 계명처럼 느껴진다. 아버지는 내 잡지를 ('출판물'이라고 부르며) 궁금해했고 팩스로 보내 달라고 부탁하기도 했다. 나는 팩스로는 잘 전달되지 않을 거라고 답했다.
　아버지는 내가 스포츠 통계를 외우거나 음반 리뷰를 쓰는 데 쏟는 에너지를 학업에 좀 분산시켰으면 좋겠다고 간곡히 청하기도 했다. 애지중지하는 그 잡지들을 정독하는 것처럼 교과서도 열심히 봐야 한다고. 나는 다음 달에 출시될 예정인 앨범의 명단은 척척 대면서 여태 운전 면허 필기시험도 통과하지 못한 상태였다. "지금 하는 말을 안 좋게 받아들이진 말렴. 엄마 아빠는 너를 사랑하고 그래서 잘 이끌어 주고 싶은 마음에 하는 말이니까. 자주 말하지 않을 뿐 우리는 너의 장점과 강점도 늘 마음에 새기고 있어." 아버지는 자신의 말이 내게 엄하게 느껴졌을 수도 있겠다는 생각이 들 때면 곧바로 말뜻을 분명히 짚어 주었다.

　지난 금요일에는 내가 강인함을 지나치게 강조했구나. 그렇다고 주눅 들 것 없다. 인생은 흥미진진함과 놀라움으로 가득하니까. 상황에 대처하며 인생을 즐기면 된다. 크로스컨트리 연습을 좋아한다고 했지. 언덕을 오른 후 아래를 내려다보면 기분이 좋다고. 바로 그게 아빠가 강조하고 싶은 거야. 등반하면서 좌절감을 느낄 필요 없어. 처음부터 너무 높은 산을 오르려고 하지도 말고. 처음엔 낮은 언덕에서 연습하는 게 좋아. 차근차근 배워 나가렴. 넘어지는 순간에도 다음번엔 어떻게 오르면 좋을지 배울 수 있어. 힘들더라도 그 과정을 즐기렴.

엄마와 나는 예전부터 쭉 너를 자랑스러워하고 있어. 너의 재능뿐만 아니라 유쾌한 성격까지도 대견해. 우린 네가 어떤 선택을 하든 지지해 줄 거야(대부분은! 하하!). 가끔씩 우리가 너무 불안해해도 기분 나빠 하지 마라. 우리는 그저 네가 더 수월히 결정할 수 있도록 돕는 길잡이가 되고 싶어서 그러는 거야. 우리가 너에게 너무 부담을 주고 있을지도 모르지만 일부러 그러는 게 아니야. 마음을 느긋이 갖되 우선순위를 생각하고 시간을 잘 배분하렴.

내가 늘 곁에서 힘이 되어 주지 못해 아쉽구나. 그래도 네 엄마가 있고 너도 아주 의젓해서 안심이 돼. 고민이나 문제가 있으면 전화나 팩스를 하렴. 수업 내용에 대해 제때제때 내 도움을 받지 못해서 곤란하면 말해렴. 과외 선생님을 알아봐 줄 테니. 10학년과 11학년 과정은 전보다 더 힘들겠지만 네가 즐기길 바란다.

사랑을 담아, 아빠가.

과외 교사들은 사실상 도움이 되지 않았다. 대개 대만에서 이민 와 인근 전문대에서 공부 중인 이십 대 대학생이었다. 수학의 기본적인 개념에 쩔쩔매는 내 수준에 과외 교사들도 어디에서부터 시작해야 할지 막막해하기 일쑤였다. 과외 교사의 옷차림과 말투를 유심히 살펴보다 보면 몇십 년 전에 우리 부모님도 저랬을까, 하는 궁금증이 일었다.

고등학교 2학년 무렵 나는 고등 수학 과정을 모두 마쳤지만 GPA*는 그리 좋지 않았다. 그래도 그제야 학보, 잡지를 만드는 일, 토론 모임에 온전히 몰입할 여유가 생겼다. 내가 받은 C 학점을 모두 만회하려면 교과 외 활동을 정말로 잘해야 했다.

어느 날, 아버지가 팩스를 보내왔다. 신주에 비가 내리던 날이었다. "캘리포니아의 화창한 날씨는 '생각과 행동'에도 영향을 미쳐서 '밝은' 생각을 하게 해. 너도 그렇게 생각하지 않니?" 아버지가 왜 그렇게 자주 내 기분을 살피려 했는지 잘 이해되지 않았다. 아마도 내가 미국인 특유의 권태감이나 그보다 더 심각한 병에 잠식될까 봐 걱정한 게 아닐까 싶다.

1994년 4월 커트 코베인이 죽었다는 소식을 들었을 땐 맥 빠지는 기분이었다. 한 달 전에 이미 그의 사망을 애도했기 때문이다. 코베인이 이탈리아 순회공연 중 약물 과다 복용으로 사망했다는

★ 내신 성적.

얘기를 누군가 듣게 되면서, 그 소문이 학교에 파다하게 퍼졌다. 우리는 바로 다음 날 코베인이 아직 살아 있다는 사실을 알았지만 이미 슬픔의 여러 단계를 거치고 난 뒤였다. 저널리즘 수업 중 그 소문을 들은 나는 잡지에서 그의 사진을 잘라 내 핀에 붙이고는 남은 평생 그 사진을 차고 다니겠노라 공언까지 했었다.

코베인이 정말로 사망했을 때는 별로 놀라지 않았다. 몇 해 전부터 그의 건강은 아주 위태로워 보였다. 그는 속이 좋지 않다는 얘기를 자주 했다. 집안에 우울증 내력도 있었다. 명성으로 인한 압박과 쉴 새 없이 이어지는 순회공연이, 그것이 뭐든 간에 그가 느끼던 감정을 더 악화시킨 것 같았다. 거친 목소리와 구부정한 자세는 불편한 감정이 신체에 표출된 것이었다. 세간에는 헤로인이 그 모든 문제에 대한 해소법이었다는 얘기가 돌았다. 코베인은 권총 자살로 시애틀의 자택에서 사망했다. 그의 죽음은 역사 시간에 배운 케네디 대통령의 암살 사건처럼, 듣자마자 의미 있게 다가왔다. 코베인은 무언가를 대변해 주는 존재였다. 어쩌면 그 무언가는 내가 속한 영역은 아니었는지 모른다. 코베인 역시 아웃사이더였지만 나는 그보다 훨씬 더 고립된 아웃사이더인 것 같았으니까. 그날 밤, 나는 아버지에게 팩스를 보냈다. 코베인의 죽음을 이해할 수가 없었다. 아버지는 내 글에 이렇게 답해 주었다.

커트의 사망 소식은 여기에서도 저녁 7시 뉴스에 나왔단다. 나는 엉클 '스폭스'에서 저녁을 먹다가 들었어. 슬픈 일이야. 지금은

MTV에서 고인을 기리는 특집 프로그램을 하고 있어.

　나도 이 일이 사회적 비극이라는 생각에 동의해. 부담이 너무 컸을 거야. 자신의 통제력이나 창의력 등으로는 감당하지 못하는 상황에 몰렸을 때 자살에 이르는 경우가 있단다. 특히 재능 있는 아티스트라면 더. 살아 있는 느낌이 들지 않게 된 거야. 그래서 때로는 '보통의' 사람들이, 부조리함으로 가득하고 타협이 필요한 이 현실에 더 쉽게 적응하기도 해. 삶의 딜레마야. 의미를 찾는 동시에 현실을 받아들여야 하니까. 우리 누구에게나 다 어려운 문제란다. 네 생각은 어떠니?

　코베인의 사망 후, 여러 매체는 그의 허무주의와 자살이 미국의 젊은이들에 대해 무엇을 말해 주는지 다루었다. 코베인의 인기가 너무 많아 티셔츠까지 탐내기는 어려웠지만, 나는 코베인에 대한 기사들을 모아 스크랩북을 만들었다. 프랑스어 AP★ 시험에서 인종 차별, 성차별, 동성애 혐오에 반대했던 코베인을 기리며 사회가 그에게 무슨 짓을 했는지 통렬히 비판하는 글을 써냈다. 우리가 그를 통째로 삼켜 버린 '비극[tragique]'이라고. 나는 시험에 떨어졌다. 확실히 기득권층은 끝내 우리를 이해하지 못할 것 같았다.

★　선수과목이수제.

코베인은 우리의 생각보다 더 깊게 사고했고, 더 큰 갈등을 겪었고, 더 무방비했다. 내가 코베인을 보며 쿨하다고 생각한 면면이 사실은 그의 불안이었는지 모른다. 자신이 너무 노출될까 봐 두려운 마음. 스스로 사랑받아야 한다고 생각하는 것만으로는 사랑받을 수 없는 걸까? 저항의 씨앗은 언제나 잊히기 마련인 걸까?

2주 후, 코베인의 죽음과 우리 세대에 대해 학교 시험에 써낸 글을 복사해 아버지에게 보냈다. 코베인이 나보다 열 살 더 많았으니 '우리 세대'의 범위를 널널하게 잡았다. 이 세대가 느끼는 압력, 목적 없는 시대를 기꺼이 살아가기 위한 몸부림 등 나는 우리 세대 특유의 무언가가 있다고 믿었다. 나는 '역기능', '디스토피아', '불안' 같은 표현을 사용해서 글을 술술 이어 갔다. 뉴스에서 검은색 옷을 입고 코베인의 집 인근 공원을 찾아가 추모식을 벌이는 팬들의 모습, 모르는 사람들끼리 끌어안으며 며칠씩이나 우는 모습을 봤다. 그건 내가 느끼는 것보다 더 깊은 차원의 슬픔이었다. 그래도 아버지는 내 글을 읽고 내 상태를 걱정스러워했다.

네 글이 꽤 일리 있다고 생각해. 중요한 점은 자신의 삶을 사랑하는지, 아니면 때때로 스스로를 미워하고 삶을 받아들이지 못하는지란다. 모든 세대는 저마다의 문제를 떠안고 있어. 젊은 세대가 이상을 품는 동시에 무력감을 느끼는 건 정상적일 뿐만 아니라 사회의 발전을 위해 꼭 필요하단다. 다만 중요한 것은, 삶은 계속되고 또 계속되어야 한다는 거야. 모든 세대가 저마다의 문제를 견뎌 내면서 좌절을 극복하기 위해 최선을 다해야 해. 60년대에 사회는 아주 부유했지만, 베트남 전쟁의 비윤리성이 불거졌단다. 그때 자유주의가 긍정적 힘이 되었지. 인종 차별 폐지, 인권, 반전 문제 역시 '좌절스러운' 상황이었어. 조안 바에즈, 밥 딜런, 닐 영 같은 사람들은 그런 상황을 견디고 살아남아 여전히 왕성하게 활동 중이야. 헨드릭스★, 조플린★★, 모리슨★★★처럼 그러지 못한 사람도 있고.

내가 해주고 싶은 말은 우리가 사회에 이상적인 사고와 마음을 가져야 한다는 거야. 하지만 세상이 변화해야 한다는 사실도 받아들여야 해. 수년, 심지어 수 세대가 걸릴 수도 있고 수많은 죽음이 동반될 수도 있겠지. 그래도 감정만으로는 상황이 바뀌지 않아. 현실적 노력이 있어야 해. 커트는 재능 있는 사람이야. 그 점에는 의심의 여지가 없어. 영향력도 있고. 그의 죽음에 대해서 우리는 아주 정확하게 분석해야 하는 것도 맞단다. 우리 사회에는 여러 가지 문제가 있어. 하지만 너희를 '잃어버린' 세대라는 말로 일반화하지는 않길 바란다. 아빠는 어떤 세대나 그런 시기를 겪는다고 본단다.

★ Jimi Hendrix. 미국의 기타리스트. 약물 과다 복용으로 1970년 27세의 나이에 사망했다.

★★ Janis Joplin. 미국의 사이키델릭 싱어송라이터. 헤로인 과다 복용으로 1970년 27세의 나이에 사망했다.

★★★ James Morrison. 사이키델릭 록그룹 도어즈의 리드 싱어. 약물 복용 합병증으로 의심되는 심장 마비로 1971년 27세의 나이에 사망했다. 헨드릭스, 조플린과 함께 '3J'라고 불리기도 한다. 이 세 사람은 모두 27세에 사망했다.

네 생각은 어떠니? 네 글을 읽으면서 내 영어 실력이 정말 짧다는 걸 느꼈다. '역기능'이 무슨 뜻이야?

다시 한번 말하지만, 우리는 기계나 로봇과 구별 짓는 감정을 가져야 해. 하지만 동시에 그 감정을 통제하고 감정에 휩쓸리지 않도록 조심해야 한단다. 너도 그렇게 생각하지 않니?

• • • • •

나는 열여섯 살이었고 무언가에 휩쓸리고 싶었다. 이듬해 가을이면 집을 떠나 대학 생활을 하게 될 참이었다. 나는 낯설고 새로운 어딘가로 가는 것에 환상이 있었다. 로스앤젤레스는 내 성에 찰만큼 멀지 않았다. 샌디에이고는 시시했다. 시애틀은 충분히 멀었지만 내 진학 목표에 맞지 않았다. 내륙 지역도 싫었다. 뉴욕은 분위기상 내 나이에 맞지 않는 것 같았다. 보스턴도 시시했다. 존스 홉킨스*에게 끌리긴 했지만 '존 홉킨스'라는 학교에는 존스 홉킨스에게 그랬던 만큼 빠지지 못할 것 같았다. 그때는 아주 빈번히 태평양 너머를 오간 후라 사실상 비행기를 타는 것도 그리 색다른 경험은 아니었다. 아버지는 내가 여러 선택지를 찬찬히 따져 보길 바랐고 "버클리대는 캠퍼스도 멋지고 좋은 학교"라고 써주기도 했

---

* Johns Hopkins. 미국의 기업인이자 자선사업가로 존스 홉킨스 대학을 설립했다.

다. 학비 부담이 없고 집과 가까운 데다 동부의 아이비리그에 비하면 엘리트주의가 덜하다고. 하지만 내가 아이비리그에 지원하고 싶다면 그렇게 하라고 덧붙였다. 아버지 말에 따르면 버클리대의 유일한 단점은 그 '옆 동네'였다. 꼭 오클랜드*만 짚어서 한 얘기는 아니었지만 어느 정도는 오클랜드를 염두에 두었을 것이다. 버클리대는 스탠퍼드대처럼 안전하지 않았다. 캠퍼스의 외곽이 주변으로 개방된 구조라서 피플스 파크**를 제집처럼 드나드는 삐딱한 길거리 펑크족과 노숙자들, 마약에 찌든 채 텔레그래프 애비뉴를 어슬렁거리는 히피들을 볼 수 있었다. 불과 몇 년 전인 1990년에는 캠퍼스 인근 술집에서 누군가가 인질들을 잡고 경찰과 밤새 대치를 벌인 사건도 있었다. 범인은 한 학생이 목숨을 잃고 몇 명이 총상을 입은 끝에 사살되었다.

삶은 부모님을 가족들과 수천 킬로미터 떨어진 곳에 데려다 놓았다. 부모님은 온갖 모욕을 참아 내며 여러 불리한 상황을 최대한 활용했고 그런대로 가깝게 발음되는 당신들의 이름에 응답하면서 적응했다. 그러던 중 어찌어찌하다 왔던 곳으로 되돌아가게 되었지만 그 무렵엔 가족들이 하나둘씩 베이 에리어로 이주해 와 서로 가깝게 살고 있었다. 부모님은 삶의 위험성과 변수를 점점 줄여 가며 이른바 일상의 안정을 갈망했다. 내가 확실한 실력을 습득하길,

★ 캘리포니아주에 위치한 도시로, 범죄율이 상당히 높은 편으로 꼽힌다.
★★ 베트남전 당시 반전 시위의 중심지였으나, 이후 노숙자들이 밀집한 치안 사각지대로 전락했다.

다재다능한 실력을 갖추길 바랐다. 버클리대는 멋진 캠퍼스를 갖춘 좋은 학교였고, 이 점에 우리는 동의했다. 하지만 내가 그 학교에 가고 싶던 이유는 거대한 조각의 피자, 주차장 안쪽에 자리 잡은 좌익 서점, 교내 안뜰에서 언론의 자유나 낙태 문제에 대해 부르짖는 괴짜들 때문이었다. 나는 풍요로운 세계로 입학하는 중이었다. 모든 풍요로움 중 적어도 세 가지 — 중고 서점, 음반 매장, 빈티지 옷 가게 — 가 네 블록 반경에 모여 있는 그런 세계로.

나는 미국 아이였고, 따분해했으며, 마음이 맞는 동조자들을 찾고 있었다.

대학 입학 후 2주 동안에는 다들 떼를 지어 돌아다 녔다. 새내기들이 기숙사 한 층은 족히 채울 만큼 모여서 영화를 빌리러 비디오 가게로 가기도 하고, 밴크로프트 쪽 카페에서 2인용 테이블에 여덟 명이 옹기종기 자리를 잡고는 앞 사람이 주문한 음료를 그대로 따라 시키기도 했다. 저도 카페 모카 주세요. 헤이스트 거리의 가게보다 부리토를 훨씬 더 잘하는 맛집이 있다는 소문이 돌았는데, 거기까지 가려면 버스를 타야 했고 그러려면 우선 버스 잘 타는 요령부터 익혀야 했다. 여러 기숙사의 별칭과 평판에 어느 정도 익숙해진 뒤에는 원래부터 잘 알았던 것마냥 행세하기도 했다. 저 기숙사의 별칭은 보스니아야. 음반 매장을 구경하려고 신입생 무리에서 혼자 슬쩍 빠져나오려다 들켜 머쓱해진 적도 있다.

거의 매일 파티가 열렸다. 듀랜트 애비뉴에서 텔레그래프 애비뉴를 지나고 새더 타워*와 탑 도그**를 지나면 다양한 프래터니티와 소로니티***가 모여 있는 거리가 나왔다. 그들은 갓 입학한 신입생에게 공짜 맥주를 나눠 주고, 기존의 친목 동아리를 알려 주거나 새로운 친목 동아리를 만들 기회를 주었다. 나는 자주 그 경사길을 오르곤 했지만 파티에서 몇 분 이상 있어 본 적은 없다. 고등학생 시절에 어떤 상급생에게 주워들은 표현 그대로, 나는 스스로를 스트레이트 엣지[straight edge]라고 규정했다.

스트레이트 엣지는 1980년대 초에 등장한 하드코어 펑크의 하위문화로, 마약, 술, 담배 같은 악습을 원칙적이고도 준정치적으로 거부하는 주의였다. 당시에는 이렇게 정확히 몰랐다. 그저 흥청망청 놀아대는 사람들을 비판하면서 시끄러운 설교조의 노래를 듣는다는 점 정도만 알았다. 나에겐 그런 노래가 어딘지 모르게 반항적으로 느껴졌다. 다른 사람들 모두가 방만한 방향으로 향할 때 보란 듯이 절제력 있는 쪽으로 휙 방향을 꺾는 느낌이랄까.

나는 고등학생 때부터 절친인 파라그, 데이브와 같이 아이다 스프라울 홀 기숙사 3인실을 썼다. 파라그의 아버지는 1960년대에 버클리대 대학원에 입학했는데 기숙사 입주일에 가족들과 함께

★　버클리대의 상징인 시계탑.

★★　패스트푸드점.

★★★ '프래터니티(fraternity)'는 남학생 사교 클럽을, '소로니티(sorority)'는 여학생 사교 클럽을 칭한다. 취미나 학술적 목적이 아닌 친목을 위해 모이는 미국 대학 고유의 클럽 문화.

차를 타고 일찌감치 캠퍼스에 도착해 주 광장 계단에 서서 사진을 찍었다. 파라그의 아버지는 인도에서 건너왔을 때도 그런 포즈로 비슷한 사진을 찍었다.

나는 입주일에 마지막으로 도착하는 바람에 꼼짝없이 2층 침대의 위층을 써야 했다. 아래층은 파라그가 이미 찜해 두어 어쩔 수 없었다. 데이브는 길쭉한 책상 위쪽의 침대를 썼다. 데이브와 파라그는 그 침대에 딸린 책상을 같이 쓰기로 하고, 창문 쪽 책상 하나를 나에게 양보해 줬다. 우리 셋은 비좁은 벽에 어떤 포스터든 마음대로 붙이기로 합의했다. 파라그는 드라마 〈멜로즈 플레이스 *Melrose Place*〉의 여주인공들을, 데이브는 배트맨을 붙였다. 나는 비요크*의 포스터를 너무 큰 사이즈로 사오는 바람에 천장에 붙여야 했다. 내 침대 위로 불과 몇 인치 떨어진 자리에 붙여 놓으니 그녀의 머리가 내 매트리스 전체를 덮을 만큼 거대했다. 며칠을 그런 포스터 밑에서 자다가 슬슬 무서워져서 결국 떼어 버렸다.

우리 셋은 대학 생활에 잘 적응하기 위해 같이 지내기로 한 것인데, 3인실이 2인실보다 그리 넓지 않다는 걸 알았더라면 결정을 재고했을지 모른다. 파라그와 데이브는 자유시간에 주로 체육관을 둘러보거나 농구를 하며 보냈다. 둘은 경영학을 전공하고 싶어 했다. 나는 음반을 찾아보는 것 외에는 내가 뭘 원하는지 몰랐다.

어느 순간부터는 나는 동기생들을 음악적 감수성에 따라 분류

★ Björk. 아이슬란드의 가수.

하기 시작했다. 영화와 책 취향, 벽에 붙여 놓은 포스터, 잡지들에 대해 얼마나 아는지나 구제 옷을 사 입는지도 관심 있게 눈여겨봤다. 내 까다로운 분류 체계에 따르면 사람들은 쿨한 쪽과 쿨하지 않은 쪽으로 나뉘었다. 후자가 대부분이었다. 나는 이런저런 것에 빠져드는 일에 빠져들었고, 사람이든 사물이든 빠져들 만한 이유를 찾았다. 다 닳은 정비공 재킷을 입고 다니던 인도계 친구 한 명이 나를 예술가를 흉내 내는 무명의 헤비메탈 가수에게로 인도하려 했을 때 관심이 가기도 했고, 영어 수업을 같이 듣던 빨간 머리 여자애의 말에 넘어가 스카*에 푹 빠질 뻔하기도 했다. 어쩌면 진정한 펑크족이 되었을 수도 있다. 고등학생 토론 모임에서 알게 된 버클리대 2학년생이 길만 924번지에서 그루비 굴리스**의 공연이 열린다며 같이 보자고 권했을 때 내가 가지 않은 이유는 단지 그루비 굴리스가 누군지, 거기까지 어떻게 가는지 몰랐기 때문이었다. 스트레이트 엣지라는 정체성도 그저 감수성의 징표였다. 다른 부적응 무리에 섞이고픈 열망의 징표. 나는 그런 것을 찾고 있었다.

어릴 때는 이전 세대보다 더 나은 삶을 살 수 있다는 자신감에 차 있기 마련이다. 이전 세대와 다르게 나이 먹을 방법이, 순응해 신념을 버리지 않아도 되는 경로가 있을 거라고 확신한다. 우리 세

★ 자메이카 기원의 대중음악으로, 레게의 초기 형태.
★★ Groovie Ghoulies. 팝 펑크 밴드.

대가 함께 해결책을 생각해 달라질 거라고. 변화를 함께할 사람들, 우리들의 가능성을 구체화할 사람들만 찾으면 되는 일이었다.

켄을 처음 만났을 때 나는 그 애를 싫어했다.

켄은 너무 요란한 삶을 살았다. 적어도 내 기준에는 그랬다. 켄 같은 사람들을 나는 그전에도 많이 만나 봤다. 열여덟 살의 나는 내가 세운 윤리 기준에 푹 빠져 있었고 말을 너무 술술 잘하는 사람은 못 미더워했다. 켄은 내가 가까이 가지 않으려는 유형 — 주류 — 의 사람이었다. 눈에 띄게 잘생긴 데다 말소리에서 불안해하는 기색이 전혀 비치지 않았다. 켄은 우리 방 바로 위층인 4층에 살았는데 그 방에 가보면 켄의 고등학생 시절을 바로 짐작할 수 있었다. 홈타운에 있다는 백인 금발에 전형적인 미인형인 여자친구 사진, 농구 시합에서 친구들과 함께 심판 차림을 하고 같은 시의 라이벌들에게 야유하며 경기를 방해하는 사진. 켄은 매너가 좋았고 백화점 아동화 매장에서 아르바이트를 할 때 그 점을 잘 활용했다. 가격표를 보고 기겁하는 부모들과 참을성이 부족한 아이들 모두의 환심을 끌어내는 재주가 있었다. 숙취 해결에 능숙했고 다른 애들이 방에 찾아오면 흔쾌히 문을 열어 주었다. 식당에서 주문도 잘했다. 켄은 빨리 어른의 삶을 살고 싶어 하는 것 같았다.

켄에게 고등학교는 꿈결 같은 나날이었고 대학 생활이라고 해서 별반 다를 것 같지는 않았다. 켄의 장래 희망은 건축가였다. 켄은 개강 첫 주에 한 프래터니티에 들어갔다. 본인의 말대로라면 "가장 다채로운" 프래터니티였다. 그 클럽에서는 켄이 리더 역할을 해주길 바라는 것 같았다. 펄 잼과 데이브 매튜스 밴드의 노래 ― 나에겐 형편없게 느껴졌지만 ― 가 그 클럽에선 인기였다. 클럽의 멤버들은 야구 모자를 돌려 썼고 그 애들 주변에는 언제나 플라스틱 컵이 널브러져 있었다.

나는 이제 대학생이 되었으니 새롭게 거듭나고 싶었다. 내 생각을 솔직히 말할 줄 아는, 매력적이고 엉뚱한 사람이 되고 싶었다. 모든 것을 조금씩 알고 있고, 무언가에 관해 이야기하길 즐기는 사람. 내가 잡지를 만들면서 풍기고 싶던 인상이기도 했다. 최소한 내 목소리가 나 자신에게도 남들에게도 편안하게 들리길 바랐다. 대학에서 처음 들은 수업에 오백 명은 되는 학생들이 들어왔을 때, 나는 어떤 고유함이든 애초에 그걸 지켜 내는 게 얼마나 어려운 일인지 깨달았다. 내가 듣는 수업 중 가장 정원이 적었던 건 '평화와 갈등 연구'의 한 세미나였는데, 그 세미나의 첫 번째 과제는 일주일간 다른 사람을 비난하고 싶은 충동을 참아 내는 것이었다.

나는 영어 수업을 좋아했다. 한 교수님이 소리 내어 읽는 것만이 시를 이해하는 방법이라고 했기 때문에 시 낭독 연습까지 했다. 그만큼 시를 이해할 줄 아는 사람이 되고 싶었다. 그 학기 초의 어느 날, 나는 용기를 그러모아 손을 들었다. 다른 예비 영어 전공자 오십 명이 나를 돌아봤고, 나는 어니스트 헤밍웨이의 작명을 분석한 내 의견을 밝혔다. 한 2학년생이 그건 잘못된 의견이라고 반박

했고 대학원생 강사도 동의의 뜻으로 진지하게 고개를 끄덕였다. 그 뒤로 무학적 해석은 내 저성이 아니라고 결론짓고 정치학에 집중했다. 자신을 적극적으로 드러내지 않는 학생으로 되돌아가, 뒷줄에 앉아 열심히 듣기만 하면서 여간해서는 한마디도 안 했다.

켄은 기숙사 3층에 자주 들렀다. 자기가 지내는 4층과 달리 우리 층이 남녀 공용이었기 때문이다. 그렇게 내려오면 다 같이 파티에 가자고 애들을 끌어모으거나 발코니가 있는 휴게실에서 공부했다. 가끔은 우리 방에 들어와 자기 이메일을 확인하기도 했다. 우리 셋은 이메일을 쓰잘데기 없는 겉치레쯤으로 생각했다. 우리는 모두 서로의 이메일 주소와 비밀번호를 알았고 일주일에 한두 번씩 아무도 전화선을 쓰지 않는 틈에 한 명이 데이브의 아버지가 아들을 위해 조립해 준 데스크탑 PC로 모두의 메일함을 확인했다. 나는 메일을 보낸 적이 없어서 받은 적도 없었는데, 이 점이 내심 신경 쓰이면서도 아무렇지 않은 척하곤 했다. 하지만 켄은 노골적으로 파고들었다. 큰 소리로 나를 부르며 빨리 방으로 와보라고 다그쳐서 가보면 자기가 파라그랑 이메일을 확인해 보니 내 메일함이 아직도 비어 있더라며 놀리곤 했다.

나는 조용했고 켄은 시끄러웠다. 켄은 자신감이 넘쳐 보였다. 나는 자신 있는 사람들을 미심쩍어했다. 켄은 진지한 호기심으로 질문을 했고 나는 의심에 차 있거나 쿨한 척을 하며 질문을 던졌다. 나는 뭔가를 모를 땐 모른다고 말하고 싶어 하지 않는 편이었다. 아 그 얘기, 나도 들었어.

금요일마다 나는 버스를 타고 유니버시티 애비뉴의 음반 매장에 갔다. 영국에서 수입한 음반을 전문으로 취급하는 곳이었다. 그곳에서 몇 시간씩 죽치고 있으면서 최신 싱글 앨범들을 휙휙 넘겨보고 심드렁한 표정의 점원들과 시답잖은 대화를 나눠 보려 했다. 나는 점원들의 퉁명스러운 태도가 굉장히 쿨하다고 생각했다. 카운터 안쪽을 훔쳐보다 알게 된 어떤 신규 발매 음반을 판매하냐고 물으면 점원들은 그 음반은 파는 게 아니라고, 적어도 나에게는 아니라고 대답했다. 단골 고객들에게 우선권이 있다는 얘기였다. 단골이 아닌 게 너무 아쉬웠다.

음반 매장에서 돌아오면 우리 방에 으레 켄이 와 있었다. 흠뻑 젖은 체육복을 입고 내 책상에 앉아 내가 아끼는 〈틴 비트*Teen Beat*〉★ 머그 잔을 꺼내 쓰고 있었다. 파라그, 데이브와 같이 체육관에서 농구를 하다 이제 막 돌아온 참일 때가 많았다. 켄은 나를 후아신[Huascene]이라고 부르곤 했다. 후아신은 블러의 노래 '팝신[Popscene]'을 살짝 바꾼 내 이메일 주소였다. 어떤 때는 '홈커밍 킹[남자 졸업생 대표]'이라고 부르기도 했는데 그럴 때면 목소리에 비꼬는 듯한 장난기가 가득 묻어났다. 우리가 졸업한 고등학교가 진보적이고 별난 학교라 다들 인기 투표에 항의하는 뜻으로 나를 뽑았다고 설명했는데도 켄은 믿기 힘들어했다. 켄이 워낙 친근하게 굴었고 까불거리는 타입이라 나를 놀리려고 그러는 건지 아

★ 십 대 청소년을 주 타깃으로 한 미국의 잡지. 1967년부터 2007년까지 발행됐다.

닌지도 잘 분간되지 않았다.

캘리포니아 사람들은 단지 캘리포니아에 산다는 이유만으로 특권 의식을 갖고 자라는 경우가 많다. 그만큼 캘리포니아는 사람들이 최종 종착지로 꿈꾸는 곳이다. 캘리포니아 북부와 남부 사람들은 언제나 서로를 적대시하곤 하는데, 버클리대 학생의 99퍼센트는 캘리포니아 북부나 남부 출신 같았다. 두 지역 출신 학생들을 묶는 공통의 요소라곤 모두 아디다스 슬리퍼를 신고 다닌다는 것뿐이었다. 내 생각에 캘리포니아 남부 출신들은 진지함이 없이 가벼웠다. 햇볕을 쬐며 보내는 시간이 많아도 너무 많았다. 북부 지역인 베이 에리어가 정치와 반체제 문화로 알아주는 곳이었던 반면 남부는 디즈니랜드와 할리우드로 유명했다. 캘리포니아주를 관통하는 고속 도로를 그냥 '101'이 아니라 '그 101'이라고 말하는 걸 들으면 유치하게 느껴지기도 했다. 켄은 샌디에이고* 교외 지역인 엘카혼에서 자랐는데 그곳을 세상에 하나밖에 없는 특별한 장소처럼 얘기했다. 해변과 가까운 위치, 이상적인 날씨, 인정 넘치는 사람들, 예쁜 여자들. 하지만 나에겐 이런 것들이 무척이나 일반적인 특징으로 들렸다. 저명한 록 음악 평론가 레스터 뱅스가 1960년대에 엘카혼에서 자랐다는 사실은 굳이 얘기해 주지 않았다. 하기야 켄이 레스터라는 이름을 들어 봤을 리도 없었겠지만.

★ 캘리포니아 남부 지역.

켄의 아버지는 보험 판매업에 종사했고 어머니는 내가 놀러 갈 때마다 인생 최고의 스테이크와 치킨 요리를 만들어 주었다. 켄은 누나를 존경했다. 비록 누나에게 그런 마음을 대놓고 밝히지 않았지만. 켄의 가족은 앙칼스러운 포메라니안 치비를 애지중지했다. 전형적인 미국인 가정 같았다. 그곳엔 내가 의심스럽게 여기던 쾌활함과 낙천성이 있었다.

켄이 나처럼 아시아계 미국인이라는 사실은 켄을 향한 경계심을 더 부추겼다. 이전까지 내가 만나 본, 켄처럼 자신만만한 사람들은 죄다 백인이었다. 켄에게는 다른 아시아계 이민자에게 낯설게 느껴지는 일본계 미국인만의 모호함이 있었다. 일본계 미국인은 대체로 안정적이고, 아웃사이더라는 감정을 잘 모른다. 그들은 이미 오래전에 그런 감정을 내려놓았다. 일본계 미국인 가정은 보통 몇 세대째 이 나라에 살아왔다. 반면 나처럼 최근에 이민 온 가정의 아이들은 심한 어색함을 느끼곤 한다. 금요일 밤에 피자 가게에 가는 것처럼 '미국인스러운' 행동을 할 때 특히 더하다. 이 아이들은 사람들이 곧 자신의 이름을 잊으리라고 확신한다. 내가 자라면서 본 일본계 미국인 애들에게는 미식축구와 낚시에 열광하는 부모님, 포로수용소에 갇혔던 얘기를 특이한 억양이라곤 조금도 느껴지지 않는 발음으로 들려주는 조부모님이 있었다. 그중엔 일본에 한 번도 가본 적 없는 사람들도 있었고, 제2차 세계대전 때 일본에 맞서 싸운 가족을 둔 사람들도 있었다. 우리는 다 비슷한 아시아계로 보이지만, 어느 순간 그렇지 않다는 걸 깨닫는다. 그리고 그 이후부터는 서로의 차이를 아주 깊이 느낀다.

◆ ◆ ◆ ◆ ◆

우정이 피어나는 계기는 다양하다. 우리는 함께 있으면 즐거운 사람에게 끌릴 수도 있고 같이 있으면 언제나 웃게 되는 사람에게 끌릴 수도 있다. 이해관계를 기반으로 하는 우정도 있을 테다. 그런 관계에서는 상대가 가진 매력이 명확하고, 그 상대가 우리에게 해줄 수 있는 일이 우리의 마음을 사로잡는다. 진지한 얘기만 나누는 친구들이 있는가 하면 밤늦도록 술에 취해 웃고 떠들게 되는 친구들도 있다. 어떤 친구는 우리를 더 완전하게 만들고 또 어떤 친구는 우리를 더 나쁘게 물들인다. 친구들과 음악을 들으며 차를 몰아 밤새 영업하는 도넛 가게를 찾아다니는 것만큼 기분 좋은 일이 있을까? 아무 말을 하지 않아도 그 자체로 이상적이다. 물려받은 볼보에 빽빽이 끼겨 타 'God Only Knows'를 따라 부르며 그 노래가 끝날 때까지 차에서 내리지 않는 그런 순간들, 바로 그때 비로소 우리가 왜 평생토록 화합에 이끌리는지 이해될지도 모른다. 아리스토텔레스는 청춘의 우정이 언제나 즐거움을 따라 궤도를 돈다고 말했다. 아리스토텔레스에 따르면 청춘의 삶은,

감정에 이끌려, 즐거움을 주는 대상과 그 순간의 경험을 열렬히 좇기 마련이다. 나이를 먹으면서 즐거움의 대상도 달라지고, 급속

도로 친구가 되었다가 또 그만큼 빨리 멀어지기도 한다. 즐거움의 대상이 달라지면서 우정 역시 변한다. 젊은이의 즐거움이란 금방금방 변하기 때문이다.

그 순간의 경험. 우정의 앞을 내다볼 수 있다면 좋을 텐데. 서로가 점점 나이를 먹고 헤어지리라는 사실을 알고, 어느 날 지금은 상상하지 못하는 이유로 서로가 필요해질 수도 있음을 알 수 있다면. 우리는 우정이 가볍고 일시적이라는 걸 일찌감치 깨닫는다. 우정은 불균형, 보이지 않는 여러 겹, 사소함, 불안감으로 가득하다. 어떤 사람들은 우정이 한결같이 이어져야 한다고 믿고 또 어떤 사람들은 우정이 산발적으로 이어져도 괜찮다고 믿는다. 수년간 서로를 보지 못하다가 다시 만나도 자기들만의 농담이나 대화를 늘어놓을 수 있듯이.

하지만 이 모든 것 이전에는 친해지는 순간이 있다.

내가 실제로 켄을 처음 만난 것은 켄이 옷 사는 걸 도와 달라고 부탁했을 때였다. 학생들은 겨울 방학이 끝나 슬슬 캠퍼스로 돌아와야 했고 그 무렵 나는 이라미와 기숙사 로비에서 빈둥거리고 있었다. 그러던 중 켄이 캐리어 두 개를 끌고 들어왔고 나는 의례적으로 고개를 까딱여 보였다. 기숙사 건물의 엘리베이터가 그날도 고장 나 있어 켄이 한숨을 내쉬었는데, 그 모습에는 그런 불편함을 그날 자신이 소화해야 할 일과의 한 부분으로 대하는 씩씩함이 배어 있었다. 나와 같은 층 방을 쓰던 이라미가 사려 깊은 철학 전공자답게 내 어깨를 툭 치더니 말했다. "가서 도와주자." 나는 속으로 기겁을 했다. 우리 기숙사에는 내가 친해지고 싶은 애들이 있었다. 나는 나와 비슷해 보이는 애들과 가까워질 거라고 확신했다. 식당에서 빈 자리를 찾아 앉았다가 그 친구의 중고 티셔츠, 아이러니컬한 문구가 새겨진 배지에 호감을 보이며 다가가게 되리라고. 어쩌면 같이 밴드 공연을 보러 다니게 될 수도 있다고. 비디오 가게의 외국 영화 코너에서 우연히 마주칠 수도 있고, 밤새 그 친구의 고민을 들어 주다 나도 내 비밀을 털어놓게 될지도 모를 일이었다. 가을 학기 동안 지켜본 결과 켄은 내가 친해지고 싶은 친구가 아니었다. 자신감이 넘치고 정상적인 아이로 보여 그다지 끌리지 않았다. 나는 캐리어 하나를 잡고 계단을 올라가면서 할 수 있는 최대한 과장스럽게 헉헉거리려 기를 썼다. 좋아하지도 않는 앤데, 왜 내가 이런 막노동을 해야 하나 싶어 힘든 티를 팍팍 냈다.

계단을 다 올랐을 때 켄이 고맙다고 말한 후 내 쪽으로 돌아서더니 물었다. "그런 옷은 어디에서 사?" 그때 켄은 한마디로 잘 입고 있었다. 뻔하지 않은 색의 폴로 셔츠를 배기팬츠 안으로 무심히 찔러 넣었고, 신발은 나이키였던가, 아니면 그때가 겨울이었으니 팀버랜드 워커였던가 그랬다. 나는 할아버지같이 입고 있었다. 살에 닿으면 따끔거리는 카디건, 꽃무늬 남방, 걸을 때마다 바스락거리는 코르덴 바지, 닥터마틴 윙팁*. 나는 켄이 나를 놀리려는 줄 알

★ 날개 모양의 가죽 장식이 코끝에 달린 구두.

았다. 하지만 켄은 진지했다. "파티에서 입을 옷을 사야 하는데 도와줄 수 있어?"

나는 파티에 관심이 없었을 뿐더러 프래터니티 파티보다 쿨하지 못한 것은 생각할 수도 없었다. 하지만 켄과 얘기를 나누다 놀랐고, 깊은 인상을 받았다. 켄이 내가 처음 생각한 것보다 훨씬 예리했기 때문이다. 켄은 다른 애들이 나를 보고 맞지도 않는 옷을 여러 세대째 물려받아야 하는 형편이라고 넘겨짚어 버린다는 걸 알아챘다. 나는 켄을 향한 경계심을 완전히 풀진 않았지만 그때껏 그 애와 가장 긴 대화를 나누었다. 어떤 프래터니티 애들과도 그렇게 길게 얘기해 본 적이 없었다. 어쨌든 그 대화를 계기로 나는 켄에게 쿨해지는 방법을 알려 줄 의향이 생겼다.

그날 오후, 우리는 기숙사 로비에서 만나 텔레그래프 애비뉴까지 걸어가 동굴 안처럼 소리가 울리는 한 빈티지 옷 가게에 도착했다. 켄은 젊은이였고, 나는 늙은 사람 같았다. 우리는 같이 중고 폴리에스테르 셔츠, 원래 주인이 이젠 세상을 떠났을 법한 블레이저 같은 것들을 뒤지고 있었다. 감탄이 터지는 옷을 끄집어낼 때마다 사방으로 먼지가 풀풀 날렸다. "눈을 비비게 될 것 같아." 켄의 말에 나는 켄이 더 편하게 느껴졌다. 나는 번들거리는 요란한 노란색 셔츠를 켄에게 추천했다. 켄은 그 셔츠를 대고 거울을 보더니 셔츠가 자신의 아우라를 빨아먹고 있다는 듯 슬픈 표정을 해보였다. 완벽했다. 가게에서 돌아온 후에 나는 대만에서 장난으로 산 플레이보이 벨트를 빌려주려고 켄의 방에 들렀는데, 켄이 방에 없

길래 이 벨트가 패션을 완성시켜 줄 거라는 메모를 벨트와 함께
남겨 놓았다.

알고 보니 클럽에서 1970년대풍 복고 파티를 열기로 했고 켄은
아주 요란하게 꾸미고 나가 확 튀어 보일 작정이었다. "완벽했어."
며칠 후 벨트를 돌려주며 켄이 말했다. 아직도 살짝 들떠 있었다.
"너도 와서 봤어야 했는데."

켄의 거창하고 화려한 외출과 나와는 완전히 다른 세계가 궁금
하긴 했지만 어디까지나 민족을 비교 연구하는 관점에서 일어난
호기심이었다. 나는 금요일 밤에 대체로 책을 읽고 음악을 들었다.
3층 휴게실에 CD 한 무더기와 마르크스나 문화 이론에 관한 책 몇
권을 쌓아 놓고 시간을 보냈다. 나에겐 그런 책들이 시보다 더 직
관적으로 와닿는 것 같았다. 동부 해안의 학교에 진학한 친구들에
게 편지를 쓰며 친구들의 말처럼 그곳 동기생들이 정말 교양 있고
세련된 사람들이길 바랐다. 그러다 잔뜩 취한 누군가 엘리베이터
에서 내려 털썩 주저앉으면 그게 누구든 밝게 맞았다. 불발된 만남
의 이야기에 귀 기울여 주면서, 왜 사람들은 술에 취하면 꼭 자기
가 얼마나 취한 건지를 분명히 짚고 넘어가려 드는지 궁금해했다.

켄은 내가 정말로 나가 놀지 않는다는 걸 알아챘다. 더군다나
내가 알아채 주길 바란다는 것까지 알아챘다. 나는 술을 입에 대본
적도 없었다. 스트레이트 엣지의 이념 때문이 아니라 내 허세 때문
이었다. 나로선 내내 흉봐 왔던 사람들과 같은 행동을 한다는 건

상상도 할 수가 없었다. 켄이 프래터니티 하우스에 나를 초대하면 그런 문화는 내 '미적 취향'이 아니라고 말하면서 거절했다. 대신 그다음 날 아침에 숙취를 해소할 때는 같이 밥을 먹어 주겠다고 말했다.

기숙사 3층 휴게실에는 덱체어 두 개가 놓인 발코니가 있었다. 식당 지붕이 훤히 내려다보였고 때때로 몇몇 애들의 이발 장소로 이용되기도 했다. 금연 구역이었지만 그래도 아랑곳없이 담배들을 피웠다. 어느 날 저녁, 켄은 공부하는 척하던 나를 보더니 발코니에 담배 피우러 나가자고 했다. 하지만 막상 나가서는 둘 다 담배를 피우진 않았다. 켄은 방금 다녀온 파티 얘기를 해주었고 나는 하이데거 얘기를 꺼내며 철학에 대해 아는 체했다.

나중엔 '담배 피우자'라는 말이 얘기하고 싶다는, 우리 사이의 암호가 되었다. 담배 좀 피우고 와야겠어. 과제나, 모르는 사람들로 북적이는 방에서 벗어나고 싶을 때도 마찬가지였다. 우리가 발코니에서 주로 나누던 얘깃거리는 수업, 여자애들(나에겐 대화 기여도가 극히 낮은 대목이었지만), 먼 미래의 꿈이었다. 우리는 아무도 우리를 방해하지 못하게 담배를 피우는 척하며 난간에 기대 둘이서만 얘기를 나눴다. 가끔씩 누군가가 발코니로 나와 담배를 얻어 피울 수 없냐고 물으면 우리도 빌려 피우려던 참이었다고 했다. 누군가 담배에 불을 붙이면 내가 보란 듯이 기침을 하며 말했다. 미안하지만 내가 천식이 있어서.

밤에는 파라그, 데이브, 나 이렇게 셋이 각자의 침대에 누워 보

이즈 투 멘과 비틀스 중 누가 더 뛰어난지 따위의 시시하면서도
아주아주 중요한 문제들을 놓고 입씨름을 벌였다. 그 외에도 별별
얘기를 다 했다. 대체 왜 3인실이 2인실보다 더 작은 걸까? 아버지
가 우리 기숙사에 가져다 놓고 간 사모사* 마지막 남은 하나를 누
가 먹은 걸까? 우리가 진정한 사랑을 만나는 날이 오긴 올까? 앞으
로 4년 동안 우리가 여전히 친구로 지내게 될까? 〈크레이지 토미
보이Tommy Boy〉와 〈백만장자 빌리Billy Madison〉 중 어느 게 더 재미
있는 코미디 영화일까? 켄 그리피 주니어가 정말로 우리 시대 최
고의 야구 선수일까? 우리 방에서 줄기차게 틀어대고 있는 그 낡
은 밥 말리 CD는 어디에서 나온 걸까? 〈엑스 파일〉은 결말이 나긴
할까? 비디오 게임을 과연 스포츠라고 할 수 있을까? 우리는 함께
있으면 이런 식으로 시간을 보냈다. 문화에 대해 이야기하며 샅샅
이 서로 다른 견해를 내보였다. 그렇다고 우리가 답을 찾고 있던
건 아니다. 이기기 위한 토론을 한 것도 아니었다. 오히려 명확한
것은 따분했다. 우리는 그저 세상을 똑바로 보게 해줄 패턴을 찾고
있었다.

　우리는 새로움을 갈망했다. 나는 복도 맞은편에서 지내는 대담
한 히피 알렉에게 킹크스**의 'Waterloo Sunset'에 어린 비통한 정
서를 알려 주었다. 2주 동안 우리 둘은 하루가 저물어 갈 즈음 알

★　인도식 튀김 만두.
★★ Kinks. 영국의 록 밴드.

렉의 방에서 그 노래를 들으며 경외심을 품었다. 때때로 이라미와 켄도 같이 와서 들었다. 파라그는 4층 남학생들 몇이 서로 돌아가며 점심을 산다는 얘기를 듣고 왔다. 듣고 보니 우리의 고등학생 시절 계산 방식보다 훨씬 성숙한 방법 같았다. 그때 우리는 매번 인원수대로 나눠 계산했고 못 받은 돈이 75센트가 넘으면 강제로라도 받아 내려 했다. 어른스럽게 굴고 싶은 마음도 자극되어, 우리는 일주일에 한 번씩 기숙사에서 몇 블록 떨어진 중국 식당 오키드에서 느즈막히 저녁을 먹기로 했다. 그 식당에 가면 집밥이 떠올랐다. 하지만 우리는 중국 음식을 주문하는 것에 익숙하지 않았다. 제대로 맛있게 먹기 위한 음식들의 조합을 잘 몰랐다. 우리는 몇 주 간 그런 외식을 하며 차례로 밥값을 내다가, 파라그가 듣고 온 얘기 속의 학생들은 우리보다 돈이 훨씬 많은가 보다는 결론에 이르렀다.

처음에 켄과 내가 담배를 피우는 척했던 이유는, 지루하기도 했던 데다 둘 다 규칙적인 의식을 아주 좋아했기 때문이다. 그런데 어떤 제스처를 충분히 반복하면 진짜가 되기 마련이다. 어느 날밤, 켄이 프래터니티 파티에서 누군가가 두고 간 담배 한 갑을 가져왔다. 그러더니 자기는 원래 술을 마실 때만 담배를 피운다며 담배에 불을 붙였다. 나는 술을 마시지 않으니 담배 피우는 것 정도는 괜찮지 않나 생각했다. 그리고 이내 담배가 좋아졌다.

규칙적인 의식을 충분히 반복하면 진짜 흡연가가 된다. 흡연은 대화에 자연스러운 끊김을 만든다. 담배에 불을 붙이는 순간 타이

머가 시작된다. 진지한 문제를 논의하다 보면 우리는 꼭 끝까지 가는 경향이 있었다. 연기를 빨아들이며 눈을 내리깔고 윗입술에 담배를 붙이고 위아래로 까딱거리며 말하던 켄의 표정은 아주 진지했다. 나는 내 나름대로 담배를 이렇게 저렇게 잡아 보길 즐겼다. 젓가락처럼 검지와 중지 사이에 끼워도 보고, 벌레를 짓누를 때처럼 엄지와 중지로 잡아도 보고, 중지와 약지 사이 손가락 관절 아래쪽으로 끼워 숨을 들이마실 때마다 얼굴 반쪽이 가려지게도 해봤다. 당구의 큐처럼, 고리 모양으로 만든 검지에 끼워 담배의 불붙은 끝쪽으로 뭔가를 가리켜 보기도 했다.

켄과 나는 이런저런 설을 주거니 받거니 하며 우리의 세상을 더 현실적으로 느낄 수 있는 이야기를 찾았다. TV에 대한 얘기도 많이 했다. 우리는 그동안 뻔한 알레고리를 찾도록 교육받아 온 터라 당연히 대안적 해석을 추구하며 우리의 상상을 지배하는 온갖 수사修辭들을 풀어냈다. 옛날 TV 프로그램들과, 프로야구팀 샌디에이고 파드리스의 1984년 선수들을 죄다 생각해 내려 기억력을 최대한 쥐어짜기도 했다. 누구의 동의도 필요하지 않았다. 그냥 누구든 그때그때 생각나는 대로 말하거나 어릴 적 자신에게 영향을 주었던 어떤 영화에 대한 가장 그럴듯한 해석을 이야기하는 식이었다.

그 시절, 나는 사람을 대할 때 그 사람의 가장 시시한 면에 집착했다. 셔츠를 바지 안에 넣어 입는 사람은 누구든 신뢰하지 않았다. 켄이 나에게 클래식 록을 — 그것도 설상가상으로 펄 잼을 —

들어 보게 하려고 애썼을 땐 걔가 바이러스라도 건네주는 것처럼 몸서리치며 움찔했다. 켄이 졸업 후에 보스턴으로 옮겨 갈 계획이라는 얘길 들었을 땐 샌디에이고 너머로 가려는 그 비전에는 감탄했지만 보스턴은 시시해 보였다. 나는 뉴욕으로 가고 싶었다. 켄이 철학과 이론에 관련된 책을 읽기 시작했을 때 나는 훨씬 더 난해한 철학과 이론 서적을 파고들었다. 한번은 켄이 헤게모니와 사회주의를 다룬 에르네스토 라클라우Ernesto Laclau와 샹탈 무페Chantal Mouffe 공저의 책을 추천했는데 나는 켄이 포스트 마르크스주의 사상에 대해 펄 잼을 칭찬하기라도 한 것처럼 비웃었다. 그래, 나도 그 이름 들어 봤어. 앞에서는 이렇게 말해 놓고는 저자들의 이름을 기억해 두긴 했다.

켄은 자주 여자애들 얘기를 하고 싶어 했다. 나에게 그런 쪽은 개념적으로나 이해하는 영역이었다. 고등학생 때 연애에 대해 배운 것이라곤 〈쉰들러 리스트Schildler's List〉를 첫 데이트에 볼 영화로 고르는 건 완전 최악이라는 정도가 전부였으니 말이다. 로맨스는 내가 여전히 이해하려 애쓰는 무엇이었다. 반면에 켄은 '성욕[libido]' 같은 말도 진지하게 입에 올렸다.

우리는 어느 날부터 카페에서 같이 공부했고, 필요할 땐 도서관에서 공부했다. 가끔씩 나는 켄이 스테이크, 계란, 팬케이크 한 조각으로 숙취를 해소할 때 같이 아침밥을 먹기도 했다. 켄이 들려주는 얘기들은 별나고 재미있었다. 라이벌 프래터니티를 훼방하려고 멤버들과 같이 그 클럽의 스토브와 오븐 손잡이를 몽땅 슬쩍해 온 일화도, 힘이 센 멤버들이 켄의 손을 골드피쉬* 상자 안에 넣고 못 빼게 했던 일화도. 밤을 새워 가며 영화 속에 숨겨진 체제 전복적 의미에 대해 토론하던 중 켄의 열의가 나를 압도할 때는 내가 정말로 특이한 애일까, 하는 의문이 들었다. 내가 불편함을 느낀 이유는, 결국 우리가 서로 그다지 다르지 않음을 깨닫게 되어서였는지 모르겠다. 켄은 내가 나 자신을 위해 세워 놓은 페르소나를 쿡쿡 찌르곤 했다. 그럴 때면 이런 의문이 들었다. 나는 왜 그렇게 별종으로 굴려고 하는 걸까? 무엇 때문에 항상 가장 특이한 메뉴를 주문하려 드는 걸까? 이 모든 게 남들에게 주목받으려는 잔꾀는 아닐까? 특히 켄이 비난조로 말하는 그 '예술에 관심 있는 색다른' 여자들에게 주목받으려고 그러는 게 아닐까? 생각해 보니 나도 잠깐 펄 잼의 첫 번째 앨범을 가지고 있던 적이 있잖아?

우리는 내가 어머니에게 물려받은 볼보로 심야 드라이브를 나갔다. 나는 이런 심야 드라이브 때 들을 생각으로 도어 패널이 덜걱거릴 정도로 요란한 팝송들을 녹음했다. 어느 날 밤, 켄이 어떤 언덕을 가리키며 말했다. "저기로 올라가 보자." 우리는 어느 도로가 그쪽으로 이어지는 몰랐던 탓에 그냥 되는대로 차를 몰아 가까이 다가갔다가 일방통행로에 막혀 되돌아 나오길 반복했다. 그렇게 헤맨 끝에 드디어 언덕 기슭에 이르자 우리는 전조등 불빛을 켜놓고 언덕을 걸어 올라갔다. 불빛이 비치지 않을 정도로 올라와

★ 물고기 모양의 과자.

사방이 어두워진 순간, 이스트 베이 전체가 눈앞에 펼쳐졌다. 켄은 알아 두면 언젠가 차가 생겼을 때 유용하겠다며 왔던 길을 외우고 있었다. "사미 데려오면 좋겠네, 후아신." 사미는 5층에 지내는 예술을 좋아하고 색다른 여자애였다. 쿨한 초록색 골프 재킷을 입어서 친구가 되고 싶던 여자애. 웃기지 마. 내가 코웃음 쳤다.

켄은 우리가 살아가면서 행하는 모든 행위는 여자들의 마음에 들기 위함이라고 생각했다. 옷 입는 스타일, 듣는 음악, 유머 감각, 세심함과 정치 참여, 잡지와 믹스 테이프 만들기. 이 모두가 잠자리로 귀결된다고. 그렇지 않아. 나는 냉담한 표정을 지으며 반박했다. 어떻게 그런 심한 말을 할 수가 있어? 나는 관심을 끌기 위한 행동은 안 해. 아무도 네 행동의 의도를 이해하지 못하면 어떡해? 켄이 물었다. 그건 서투른 생각이야. 나를 이해해 주는 사람들도 있어. 나는 말을 이어 갔고 켄은 내가 알아서 궁지에 빠지도록 가만히 놔두었다. 나는 그냥 푹 빠져서 빠져드는 거라고. 주목받으려고 그러는 게 아니라… 그러니까, 나는 솔직히 육체적 매력이란 걸 믿지 않아. 중요한 건 그 사람의 지성이야…

켄은 그저 고개를 끄덕였고 나는 말을 계속했다. 매력은 신체적 외모를 뛰어넘는 거야. 어떤 사람에게 '섹시'하다고 말하는 건 환원주의적이고 비인간적이라고. 내가 이런 말을 계속 늘어놓는데도 끼어들지 않고 참아 주다니, 켄은 참 인간적이었다. 결국 나는 붙잡을 지푸라기마저 다 떨어졌다. 켄이 넘치는 인정으로 내 불안감을 지적하지 않아 줘서 고마울 따름이었다. 어쩌면 상대가 나를 알아 준다는 것은, 자신이 투명하게 노출되는 이런 느낌이 아닐까?

· · · · ·

어느 날엔 켄이 데이브와 파라그, 나에게 어떤 주소를 알려 주며 다섯 시까지 오라고 했다. 우리는 그곳에 도착해 계속 위층으로 올라가다 사다리를 타고 시끌벅적한 곳에 들어섰다. 어떤 사람 소유의 옥상이었다. 스무 명 남짓의 모르는 남자들이 모여서 어설프게 고기를 구으며 바비큐 파티 중이었다. 켄이 모두에게 우리를 한 명씩 소개했다. 여자가 한 명도 없다는 점이 좋았다. 몇 사람이 스스럼없이 데이브를 에워싸더니 이어서 무슨 안무를 따라 하듯 또 다른 몇 사람이 파라그에 이어 나까지 에워쌌다. 그러더니 우리에게 고향, 희망 전공, 캘리포니아 미식축구 정기 입장권 소유 여부 등을 호구 조사하듯 차분하게 물었다.

여기가 누구의 집인지 전혀 감이 잡히지 않았다. 불꽃이 계속 옥상 가장자리로 날아가 아래쪽 거리를 향해 떨어졌다. 어떤 정치학 전공생과 이야기하면서 이 집의 주인이 누구인지 들었지만 모르는 이름이었고 그나마도 듣자마자 까먹어 버렸다. 햄버거 스테이크를 살피는 켄이 보였다. 여기에 이렇게 올라와 있어도 괜찮아?

"누가 신경 쓴다고? 우리 말고는 아무도 신경 안 써."

몇 차례의 대화가 더 오간 후에야 알게 되었지만 그곳에 있던 사람들은 모두 켄의 프래터니티 회원이었고, 데이브, 파라그, 나를 회원감으로 평가하고 있었다. 그러니까… 우리에게 서약이나 입회 심사 뭐 그런 거를 하게 하려는 거야? 내가 불쾌한 마음 반, 우쭐한 마음 반으로 켄에게 나직이 물었다. 나는 켄이 좋았고 심지어 그 프래터니티 회원 중 한 사람을 추앙하기도 했다. 같은 기숙사를 쓰는 쾌활하고 자애로운 공학 전공자, 데릭이었다. 잠깐이지만 그런 사람과 같은 클럽 회원이 되는 상상을 해봤다. 켄은 얼굴을 붉혔다. "나는 네가 쿨한 사람인 줄 알고 그랬지. 너도 들어와 보면 완전 빠질지도 몰라." 켄이 작은 햄버거 스테이크를 건네주었다. 시커멓게 탄 데다 딱딱했다. "연탄 한 입 해봐, 후아신." 우리는 까맣게 탄 그 작은 소고기 조각을 보며 소리 내 풋, 웃음을 터뜨렸다.

1980년대 말 철학자 자크 데리다는 우정을 주제로 일련의 세미나 강연을 열었다. 데리다는 그 시절에 세계에서 가장 유명한 철학자로 꼽히며 해체 이론과 동의어로 통했다. 말 대 글, 이성 대 감정, 남성성 대 여성성 등 이분법으로 의미를 창출하려는 충동을 붕괴하려 했다. 데리다에 따르면 얼핏 반대되는 것처럼 보이는 이런 이분법들은 서로가 서로를 이루는 불가분한 관계이다. 한 개념이 다른 개념을 이긴다는 이유만으로 어느 한쪽이 더 견고하거나 자기 정의적[self-defined]인 것은 아니었다. 예를 들어 이성애는 끊임없이 동성애를 밀어냄으로써만 존재한다. 데리다에 따르면 잃어버렸거나 억눌린 것을 더 주의 깊게 살펴봐야 한다. 그렇게 살펴봄으로써 우리에게 자연스럽게 생각되는 개념들이 모순들로 가득함을 깨닫게 된다고 데리다와 그의 추종자들은 주장했다. 삶의 이런 혼란스러움을 받아들이면 더 의식적으로 슬기롭게 살아가게 될 것이라고.

데리다의 강연을 엮어 1994년에 출간된 《우정의 정치학The Politics of Freindship》은 아리스토텔레스, 니체, 칸트, 정치 이론가 카를 슈미트의 개념들을 밀도 있고 연상적聯想的으로 파고든 탐색들로 가득하다. 모든 강연이 아리스토텔레스가 했다고 전해지는 말인 'o hiloi, oudeis philos'로 돌아오게 된다. 흔히 '오 친구들이여 친구는 없구나'로 번역되는 말이다. 긍정적이면서도 부정적인, 별난 정서. 일각에서는 이 말을 '친구들이 많은 사람은 친구가 없다'는 더 단순한 의미로 해석하기도 한다. 하지만 데리다는 이 번역문에서 얼핏 엿보이는 역설에 이끌렸다. 친구와 적, 공적 생활과 사적 생활, 산 자와 '유령' 사이에 내재된 긴장에 초점을 맞춰, 새로운 유대의 가능성을 생각했다.

나는 버클리대 수사학 학과에 재학 중인 대학원생을 한 명 알고 있었는데 그는 데리다의 강연을 듣기 위해 매주 비행기를 타고 어바인에 다녀왔다. 강연을 듣고 캠퍼스로 돌아오면 자기가 그 전설적 인물과 얼마나 가까이 앉아 있었는지 얘기해 주곤 했다. 소문으로는 당대 가장 탁월한 사상가에 드는 이 인물이 타코벨★을 아주 좋아한다고도 했다. 그때 나는 데리다가 1990년대에 캘리포니

★ 멕시코 음식 전문 레스토랑 체인.

아 어바인에서 지냈다는 것은 고사하고, 살아 있는 사람인 줄도 몰랐다. 그저 데리다가 탁월한 인물이라는 것만 알고 있었다.

우리는 수업에서, 우리 세계의 근간을 이루는 통념들에 데리다의 회의론을 적용해 보며 많은 문제들과 씨름했다. 그렇게 우리의 고정 관념에 의구심을 던졌다. 그 무렵부터 나는 분해된 것이면 뭐든 '해체되고' 있다고 표현했다. 뭐든 별나면 단지 '포스트모더니즘'한 것이었다. 사실, 진실은 없었을지 모른다. 진실이라는 단어 자체에는 의미가 없었다. 애초에 사람들이 단어들의 뜻에 어떻게 동의하게 되었는가? 이 모든 것에 관해 얘기하는 게 재미있었다. 다문화주의, 여성과 소수자 담론이 여전히 의미 있었다. 하지만 해당 문제가 표준과 위계질서에 관련된 것이라면? 데리다의 해체주의를 비방하는 이들은 데리다의 주장들이 결국 어떤 결론도 내놓지 못한다고 말한다. 하지만 우리는 끊임없이 미묘한 차이를 찾으며 정치적 입장을 가다듬을 수 있다. 공동의 가치에 동의할 수 없다면 어떻게 함께 꿈을 꾸겠는가?

그동안 익숙해진 이분법의 유용성을 포기한다는 건 힘든 일이었다. 이분법은 세상을 훨씬 더 깔끔하게 정리해 준다. 그전까지 나는 내가 거부하는 것으로 나 자신을 정의했었고 그렇게 내린 선택지들은 대체로 정치적인 의미로 굳어졌다. 세상에 대한 이해, 그리고 기대와 관련된 뭔가로. 저 밴드가 아니라 이 밴드에 동조하는 것으로, 기업형 미디어보다 여러 잡지로, 오아시스보다 블러의 시니컬함을 택하기도 했다. 당시에 오아시스의 팬 중에 거칠고 상스러운 운동광이 많은 것 같아 내린 선택이었다. 하지만 대학 첫 학기 중에 오아시스의 새 앨범을 들었다가 두 밴드 모두 엄청나다는 결론을 내렸다. 알고 보니 선택지는 생각보다 많았다.

어느 날 밤, 우리가 기숙사에 있을 때였다. 켄이 우리 층에 나타나더니 과장스러울 정도로 숨을 헉헉거렸다. 무슨 일이 생긴 모양이었다. 켄은 이 방 저 방을 들락날락했다. 우리들의 도움이 필요하다고 했다. 불러낸 애들 중 여학생은 없었다. "내가 가면서 설명해 줄게."

우리는 켄을 따라 편의점에 갔다. 켄은 스내플*을 한 아름 사서 우리에게 두 병씩 줬다. 어떤 라이벌 클럽에서 자기네 클럽 회원한 명에게 갑자기 덤벼들었다고 했다. 그 회원은 말짱하고 그렇게 많이 다치진 않았지만 어쨌든 우리가 그 클럽 하우스의 창문을 박살 내 복수하자는 얘기였다. 잠깐, 뭐라고? 내가 이의를 달았다. 여기에서 '우리'가 누굴 말하는 건데? '우리'는 바보 같은 너네 클럽 회원도 아니잖아. 켄은 의리니 진정한 우애니 타당한 거부권이니 어쩌니 하며 어영부영 말을 넘겼다. 우리가 정식으로 우애를 맺은 건 아니더라도 어쨌든 켄과 우애로 이어진 사이인 건 맞았다. 우리는 켄을 따라 경사 길을 올랐다. 우리 중 누구도 켄을 실망시키고 싶지 않았다.

★ 과일 음료.

우리는 짝을 지어 밴크로프트로 갔다. 나는 어느 틈엔가 무리에서 몇 발짝 뒤로 떨어졌다. 켄은 아무렇지 않은 기색으로 어슬렁어슬렁 그 클럽 하우스로 다가가 스내플 병을 정면 창문에 던졌다. 유리 깨지는 소리가 들리기도 전에 나는 다시 우리의 집결지인 1동 기숙사 안뜰 쪽으로 냅다 뛰었다. 온 힘을 쥐어짜 전속력으로 달음박질치고 있을 때 멀리에서 사이렌 소리가 들렸고, 순간 우리가 체포되는 게 아닐까 걱정하다 바보 같은 생각이라는 걸 깨달았다. 버클리의 다른 어딘가에서도 별의별 끔찍한 일들이 일어나고 있을 테니까. 그 클럽은 복수를 해줄 가치가 있었다. 켄이 도움을 받을 가치가 있었으니까. 나는 1동 기숙사에 가장 먼저 도착했고 그제야 내가 아직 스내플 병을 쥐고 있다는 걸 알았다. 재활용 쓰레기통을 찾아 봤지만 보이질 않아 그냥 쓰레기통에 던져 넣고 다른 애들을 기다렸다. 켄은 마지막에 왔다. "네가 그렇게 빨리 달리는 건 처음 봐." 소리 내 웃으며 말을 이었다. "후아신은 내 손에서 병이 떨어지기도 전에 헐레벌떡 내뺐어." 우리는 기숙사로 돌아왔고 영웅처럼 환호받았다.

켄은 다른 사람들과 함께 살아가는 방법을 본능적으로 잘 알았다. 이튿날 켄은 우리 모두에게 샌드위치를 사줬고 우리는 그 샌드위치를 밴크로프트의 라이벌 클럽 바로 맞은편 벤치에 앉아 먹었다. 판자가 대어진 쓸쓸한 창문을 보며 킬킬 웃을 수 있는 자리였다. 우리는 슈퍼볼에서 우승이라도 한 것 같은 기분이었다. 켄은 사람들을 이용할 줄 알았다. 그렇다고 착취한다는 것이 아니라, 상대가 어떤 사람인지 알고 그가 이상한 일을 하도록 이끄는 재주가 있었다. 양보해야 할 때도 잘 알았다. 데리다는 우정의 동력이 자신과 같은 누군가를 찾는 데 있지 않다고 말했다. 친구는 "상대가 알아주길 바라기보다는 상대를 알려고 하기" 마련이라고 쓰기도 했다. 나는 줄곧 그 반대로 생각했었다.

데리다 같은 이론가들의 설명에 따르면, 현대의 삶은 중심을 찾아다니며 삶의 원동력에 의문을 갖는, 원자화된 개인(atomized individual)들로 가득하다. 데리다의 글은 복잡하기로 유명하며, 인용과 난해한 용어가 수두룩하다. 하지만 관계를 성찰한 대목은 어느 정도 명확한 편이다. 그는 어떤 글에서 우정의 친밀함은 상대의 눈에서 자신을 알아보는 느낌에 있다고 썼다. 일들은 언제나 '이미' 일어나고 있다. 우리는 계속해서 친구를 안다. 그 친구가 더는 세상에 없을 때에도 여전히. 첫 만남 때부터 내가 친구보다 더 오래 살거나 친구가 나보다 오래 살 거란 사실을 안다. 언젠가 친구를 어떻게 기억할지 이미 상상한다. 울적하게 하려고 꺼낸 말이 아니다. 데리다는 쓰길, 우정을 사랑하기 위해서는 "미래를 사랑해야 한다". 동료 철학자 장 프랑수아 리오타르Jean-François Lyotard의 사망 후에 쓴 글에서는 "어떻게 해야 그를 버리지 않으면서 그대로 내버려 두는 걸까"라고 말한다. 세상을 떠난 친구에 대해 진지하게 생각하는 것이야말로 우정의 궁극적인 표현이 아닐까? 그저 산 자와 산 자의 슬픔에 주목하는 추도에 그치지 않는 것.

우리는 내내 읽을 준비가 되지 않은 글들을 읽도록 요구받았다.

대학에 들어온 지 불과 며칠 만에 어떻게 푸코를 이해할 수 있겠는가? 하지만 어쨌든 읽긴 했다. 언젠가 아도르노나 헤겔에게 끌릴 날이 올 것이라고 자신하면서. 당장은 자신에게 꼭 들어맞는 것처럼 들리는 대목에 밑줄을 그으며 그런 사고 체계를 어떤 사용하기 편리한 근거로 축소시켜 갑자기 나이키를 경멸한다든가 하는 식으로 써먹었다. 조만간, 그러니까 한 3학년 때쯤이면 그 전체 사고 체계가 이해되리라고 믿으면서.

현재는 정말 지겨웠다. 우리는 미래를 위해 살았다. 청년기는 이런 식의 소소한 불멸을 좇는 시기다. 뭔가를 남기고 싶어 한다. 싱글 앨범을 녹음해 세상에 내놓는다. 절대 소멸하지 않는 세상으로. 스스로 만든 잡지, 캠퍼스 주변 신문 속에 끼워진 성명서, 카페에 누가 두고 간 잡지의 페이지들 사이에 대항의 단어를 남긴다. 스프레이 페인트로 주차장에 또 하나의 이니셜을 표시해 넣는다. 복잡한 비밀 악수*를 떠올리며 그 부끄러운 흑역사에 웃음을 터뜨릴지도 모를 미래로 나아간다.

우리는 소소한 악행을 좀 벌이기도 했다. 켄과 도서관에서 공부할 때, 여러 아시아계 남학생과 여학생이 서로 작업을 거는 구역의 중간 자리에 앉는 식으로. 그 애들은 자신이 아시안이라는 것에 과도한 자부심을 내세워 우리와는 잘 맞지 않았다. 우리는 소리 내지

★ 어떤 집단이 구성원의 친목 도모를 위해 사용하는, 자신들끼리만 아는 특별한 악수 방법.

않고 드럼 두드리는 흉내를 내기도 하고, 곰 모양 젤리 봉투를 이리저리 미끄러뜨리기도 하면서 포복절도 했다. 우리의 머리 위쪽에는 어떤 백인 할아버지가 그려진 명판이 있었다. 그 할아버지 밑으로는 그분을 기리며 이름 붙여진 무슨무슨 상의 수상자 명단이 쭉 나열되어 있었다. 우리는 가늘고 길게 자른 종이 조각에 우리 이름을 적어 그 할아버지 밑쪽의 빈 공간에 슬쩍 집어 넣었다. 누군가 우리 이름을 발견하기까지 얼마나 걸릴지 궁금해하면서.

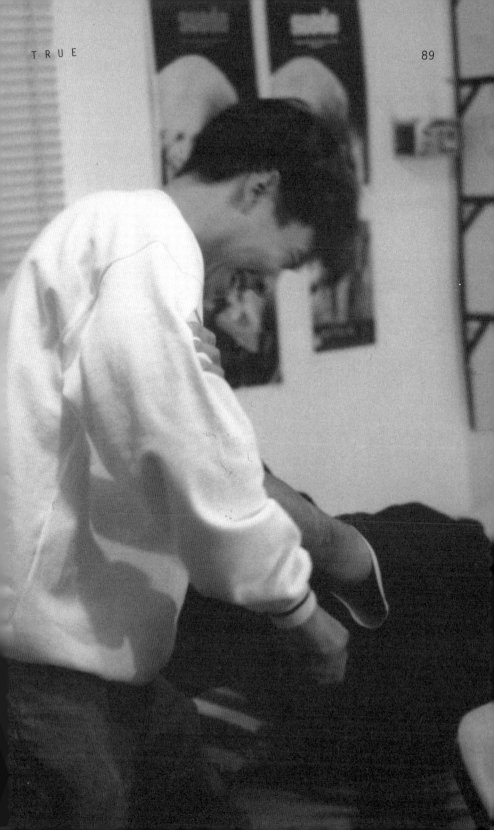

우리는 저녁을 먹고 기숙사 옥상에 올라가 일몰을 기다렸다. 5월이 거의 끝나가고 있었다. 티셔츠와 반바지를 입을 만한 날씨였지만 나는 얼마 전에 중고로 산 줄무늬 울 스웨터를 골라 입었다. 우리는 아이다 스프라울 홀 기숙사의 가장 높은 지점까지 가는 길을 찾으며 기숙사 퇴실 전 마지막 탐험을 하는 중이었다. 곧 있으면 우리는 2학년이 되어 캠퍼스 밖 버클리 도시 여기저기로, 어쩌면 오클랜드로도 뿔뿔이 흩어지게 될 터였다. 듣기로는 내내 샌프란시스코에서 지낸 3학년생들도 있다고 했다. 이제 우리는 서로를 만나려면 자전거가 필요할지 몰랐다. 아니, 심지어 차가 있어야만 볼 수 있을런지도. 그 동네도 버스가 다닐까? 우리는 카메라를 목에 건 채 옥상 사다리를 올라갔다.

밝은 빛에서 충만한 가능성이 느껴졌다. 지상에서 바로 지금보다 더 좋은 시간도, 더 좋은 장소도 없을 거라고 믿고 싶은 순간이었다. 그 자리에는 3, 4층 기숙사생들이 모여 있었고, 다른 기숙사에 살지만 모험 기회를 놓치는 법이 없는 앤서니까지 끼어 있었다. 우리는 서로의 사진을 찍었다. 딱히 친하지 않은 사이에도 함께 단체 사진을 찍었다. 그 순간, 우리는 똘똘 뭉쳐 있었다. 누군가가 우리가 여기에 올라와 있는 것을 보면 다 같이 골치 아파질 상황이니까. 위에서 보니 시계탑이 손을 뻗으면 닿을 것처럼 가까워 보였고 미지의 세계 같던 광활한 캠퍼스가 한눈에 들어왔다. 해가 뉘엿뉘엿 저물어 갔다. 이렇게 보니 비탈길 너머로 펼쳐진 강의실과 사무실과 연구실과 풀밭과 기숙사 들은 되는 대로 아무렇게나 자리해 있었다.

나는 지금도 그때 찍은 켄의 사진을 가지고 있다. 난간에 팔꿈치를 얹고 자기 카메라에서 눈을 떼 샌프란시스코만 쪽을 보고 있는 모습. 어쩌면 그 너머를 보고 있었거나. 확 트인 공간 속, 자신이 어디에 닿게 될지 궁금해했을지도 모르겠다. 내가 간직한 사진에는 켄이 바라보는 곳이 아닌, 켄의 모습만이 담겨 있다.

켄은 언제나 미래를 기대했다. 영화 예고편 상영 중에는 이렇게 속닥였다. "저 영화 개봉하면 보러 오자." 곧 다가올 언젠가, 우리가 이 어마어마한 캠퍼스를 훤히 꿸 날을, 쿠바의 마이너리그팀 슈거 킹스 야구모가 바래고 닳으면서 챙이 딱 알맞게 구부러질 날을, 3학년이 되어 우리가 각자의 전공에 열정을 펼칠 날을, 엘카혼으로 놀러 온 우리를 바로나 리조트로 데려갈 날을, 앳된 얼굴의 클럽 신입 회원들이 조언을 구할 만한 현명한 선배가 될 날을, 스물한 살이 되어 뉴캐슬 브라운 에일과 사무엘 스미스 넛 브라운 에일, 지마*를 맘껏 마실 날을, 바에 가서 뭐든 자기가 원하는 대로 즐길 날을, 하지만 그전에 우선 생일을 기념해 한바탕 사진을 찍을 순간을.

파드리스**가 다시 경기를 잘하게 될 날도, 아베크롬비의 파란 색과 붉은색이 섞인 재킷이 다시 매장에 들어올 날도, 우리에게 돈이 더 많이 생겨 부리토에 사워크림을 약간 넣어 먹어도 사치처럼 여겨지지 않을 날도, 졸업 논문을 준비할 날도, 졸업을 하고 사회에 나갈 날도, 보스턴에서 대학원에 진학한 후 펜웨이 파크 야구장에서 땅콩을 던질 날도***, 우리가 어른이 되어 어리석었던 십 대를 돌아보게 될 날도.

이 모든 날들에 앞서 우리의 다가올 흡연 시간이 있었다. 담뱃갑의 셀로판 띠를 뜯어내는 순간, 그 담뱃갑을 손목에 대고 탁탁 치는 순간, 담뱃갑을 거꾸로 뒤집어 행운의 한 개비가 빠져나오는 순간. 담배 한 갑에서 스무 번의 대화를 더 기대할 수 있었다.

파라그, 데이브, 나는 아주아주 드물게 4인실로 사용하기도 한 그 비좁은 3인실을 우정으로 견뎌 냈다. 달랑 하나 있는 공용 전화선, 사소한 실랑이, 청소기 돌릴 차례를 놓고 벌어진 숱한 논쟁, 곰

★ 탄산주의 일종.
★★ 미국 메이저리그 소속 야구팀.
★★★ 땅콩은 미국 야구장의 대표적인 간식 중 하나이다.

팡이와의 전쟁, 1학년 학생 수가 대략 8,000명에 이른다는 사실에 대한 우리끼리의 사사로운 공포도 다 극복해 냈다. 그렇다고 해서 우리가 계속 같이 살고 싶어 했다는 얘긴 아니다. 파라그는 손과 같이 이사하기로 했고, 둘은 채닝 웨이의 블록버스터* 뒤편에 집을 구했다. 데이브는 고등학교 때부터 알던 한 살 많은 어떤 동기생에게 남는 방이 있으니 자기와 같이 지내자는 권유를 받았다. 이사 나가기 전 마지막 날, 우리 셋은 짐을 싸며 새로운 시작에 대한 기대로 들떠 있었다. 복도 아래쪽 방의 헨리는 이 방 저 방 돌아다니며 자기 캠코더로 그날의 오후를 기록했다. 여러 스테레오 플레이어에서 본 석스 앤 하모니의 'Tha Crossroads'가 흘러나오고 있었다. 나는 헨리를 신경 쓰지 않는 척하다가 내 앞으로 비디오 카메라가 들이닥치자 화들짝 놀라서 그 노래의 *"bone-bone-bone"* 부분을 큰 소리로 부르고는 잽싸게 내뺐다.

나는 앤서니와 함께 드와이트 웨이의 투룸 단층집으로 이사했다. 켄은 세 사람도 지낼 수 있는 공간이면 좋겠다며 기말시험 주간에 우리를 따라와 집을 봤는데, 몇 분 쭉 둘러보더니 프래터니티 하우스에 이사 가기로 마음을 정했다.

우리 집은 캠퍼스에서 다섯 블록 정도 떨어져 있었다. 대담하다고 할 만한 거리였다. 이전 세입자들이 소파, 레이싱 타이어 몇 개, 제도용 책상, 12인치 힙합 앨범 여러 장을 두고 간 탓에 괜스레 우

★ 비디오 대여점.

리가 어른처럼 느껴졌다. 이제 우리에게도 버젓한 소파가 생긴 것이다. 나는 제도용 책상에서 새로운 취미를 만들 수도 있었고, 그랬다면 켄처럼 건축가를 꿈꾸었을 수도 있었다. 우리는 내 볼보에 레이싱 타이어를 갈아 끼우고 길거리 자동차 경주를 벌이고 다닐 수도 있었다. 우리가 원했다면 말이다.

내가 앤서니를 만난 건 파라그와 데이브를 통해서였다. 파라그와 데이브는 우리의 라이벌 고등학교였던 새러토가 고등학교 출신의 친구들 여럿과 자주 어울리다 앤서니를 알게 되었다. 앤서니는 경영학 전공이었는데, 우리 셋집에 가장 먼저 들인 물건도 현금 더미가 그려진 그림 액자였다. 아래쪽에 '나의 첫 백만 달러'라는 문구가 적혀 있었다. 나는 내 방을 좌익 서점에서 집어 온 반기업적 잡지와 전단지들로 꾸몄다. 하지만 난 앤서니의 기업가적 면모를 높이 샀다. 앤서니는 고등학생 때 새러토가 중심가에서 혼자 살았고 스스로를 챙길 줄 알았다. 버클리대 신입생 시절에는 커피 전문점에서 배달 아르바이트로 번 돈으로 짝퉁 티셔츠를 사서 캘리포니아 미식축구 경기장에 가 팔았다. 어떻게 알게 된 사이인지는 모르지만 한때 우리 집에 와서 살았을 만큼 레이서 겸 건축가 겸 DJ인 사람들과도 친했는데 그런 일이 나에겐 놀랍지도 않았다. 앤서니는 수완가였으니까. 중요한 것은, 앤서니가 요리도 잘했다는 점이다.

주방에는 붙박이 간이 식탁이 있었는데 1980년대 이후로 한 번도 닦지 않은 것처럼 때에 찌들어 있었다. 우리는 소파에 덮여 있던 침대 시트를 벗겨 냈고 타이어 위에 테이블 상판을 올려 커피 테이블을 만들었다. 12인치 앨범들은 내 음반 컬렉션에 합쳐 놓았다. 내가 산 작은 삼각형 테이블은 보기엔 멋졌지만 툭하면 넘어졌다. 이제 나는 드디어 내 스테레오 카세트플레이어와 턴테이블을 놓아둘 공간을 갖게 됐다. 우리 집 현관은 드와이트 웨이에 면해 있었다. 이 집에 살게 된 첫 주에 나는 캔버스와 아크릴 물감 몇 개를 가지고 바깥에 나가 그림을 그렸다.

켄은 엘카혼으로 돌아갔다. 어느 날 나에게 편지를 보내 아버지의 AOL* 메일 주소를 쓰기로 했으니 이메일 좀 확인해 달라고 전했다. 기말시험이 끝난 후 친구들 몇이 남쪽으로 여행을 갈 때 나는 함께 가지 못해서 아쉬웠는데, 편지에서 켄은 그 여행에서의 가장 인상적이었던 일들을 얘기해 주었다. 집에 와서 좋긴 하지만 버클리로 다시 돌아갈 날이 기대된다고도 했다. 마지막엔 우리끼리만 아는 농담 하나로 편지를 맺었다. 누가 처음 했던 말인지는 잘 기억나지 않는 그 말로. "진실하자. 켄이."

앤서니와 나는 우리가 아는 사람들 중에 캠퍼스에서 가장 먼 곳에 살게 된 일을 축하하는 의미로 파티를 열었다. 나에겐 생전 처음 열어 보는 파티였다. 파티를 위한 믹스 테이프도 만들었다. 애들이 들어오자마자 바로 빼버리며 우울하지 않은 다른 음악을 듣자고 할 게 뻔한 조합이었다. 앤서니도 나도 술을 마시지 않았지

★ 미국의 한 인터넷 회사.

만 애들에게는 보드카든 맥주든 뭐든 마음대로 가져오라고 했다. 여름이었고 선택 과목을 수강하거나 소매점에서 아르바이트를 하려고 버클리에 남아 있는 친구들이 많았다. 켄은 파티에 참석하기 위해 운전을 하고 왔다. 집들이 선물도 사 왔다. 유리잔 세트였다. 아주 실용적이고도 어른스러운 선물 같았다. 우리도 우리지만 자신을 위해 고른 것이기도 하다며 자주 와서 쓰겠다고 말했다. 켄은 못 챙기고 지나간 내 생일 선물까지 챙겨 왔다. 주소와 전화번호 관리, 명함 수납용 목재 데스크 트레이였다. 내 독자들 관리에 유용하게 썼으면 해서 고른 선물이라고 했다. 그러더니 빈 명함 종이 하나를 꺼내 자기 이름과 주소를 적고는 'I' 색인 밑에 넣었다. "연락하고 지내라." 농담을 덧붙이면서.

이제 곧 다들 자유 시간과는 멀어지게 될 것이다. 우리는 더 이상 따분하지 않을 것이다. 언제나 뭔가 할 일이나 살 것, 새로 찾아보거나 배워야 할 것, 의견 충돌 등이 끊이지 않을 테니. 하지만 바빠질 날을 목전에 두고도 나는 아무 계획 없이 혼자 내 잡지를 이렇게 저렇게 꾸며 보는 금요일이 그 어느 때보다 좋았다. 아무도 읽지 않게 되더라도 내가 쓴 문장에 나 자신을 담아낼 수 있는 그런 자유로운 저녁 시간이 좋았다. 일련의 일방적 지지 및 반대 성명, 몇몇 사이에만 유포될 온갖 선언문도 썼다. 나는 내 잡지를 통해서만 거대한 일을 꿈꿀 수 있었다. 현실은 너무 커다래 실패할까 봐 두려웠다. 하지만 글에는 진심을 숨김없이 쓰며, 소리 내서 말하기엔 엄두도 나지 않을 만한 얘기를 담았다.

사미는 6월과 7월 동안 학교 근방에 있는 셋집을 다른 사람에게 다시 세주고 있었다. 나는 가능한 한 진지한 티를 내려 애쓰며 사미에게 여름 동안 그림을 그리고 잡지를 만들 거라고 얘기했다. 사미는 뉴욕 출신이라 그런지, 버클리에서 그때껏 만난 사람 중 제일 쿨하다고 할 만한 자질이 있었다. 자진해서 내 잡지 제작도 도와 주었다. 나는 매일 커플 세트 샌드위치와 도리토스 한 봉지를 들고 사미의 집에 갔다. 우리는 대개 모하비 쓰리 CD를 들으며 커피 테이블에서 작업했다. 모하비 쓰리의 음악은 그때 처음 들어 봤지만 마음에 쏙 들었다. 눈앞에서 어떤 아름다운 장면이 슬로우 모션으로 펼쳐지는 기분이었다. 나는 내가 이렇게 찬찬히 세상을 관통하길 열망했다. 사미가 모아 둔 CD를 보고 나는 사미를 아주 높이 평가하게 되었다. 나는 잘 알려지지 않은 캐나다의 파워팝★ 싱글곡들에 대한 리뷰를 줄기차게 쓰며 다른 글에서 읽은 과잉적 문체를 따라 했다. 반면 사미가 쓰는 시들은 나에겐 그 뜻이 잘 이해되지 않는다는 이유로 아주 독창적이라는 인상을 주었고, 그 시들과 비교하자 갑자기 잡지에 실리는 내 글이 진부하고 뻔하게 느껴졌다.

2학년 때부터 나는 정식으로 정치학을 전공했다. 모든 수업에

★ 록의 파워풀한 에너지와 팝의 감수성 넘치는 멜로디를 결합시킨 장르.

서 말을 거의 하지 않아도 여전히 A-를 받을 수 있다는 점에 끌려 선택한 것이었다. 말을 많이 하는 사람들의 얘기를 들으며 나에게 도 저런 통찰력이 있으면 얼마나 좋을까, 하는 생각을 하면서 수업 을 따라갔다. 내가 듣는 강의에 들어오는 수강생 대부분은 해변 도 시 출신에, 변호사가 되려고 하는 사교적이고 붙임성 좋은 백인들 이었다. 그래서 나는 수업 참여도 평가 기준에 미달되지 않도록 한 학기에 한두 번 정도 손을 들어야 했고 그런 용기를 내는 일이 그 나마 가장 어려웠다. 나는 변호사가 되고 싶진 않았지만 딱히 다른 진로가 그려지지도 않았다. 그런 불안감이 일반적이라는 사실을 이내 깨닫긴 했으나 거기엔 창작적 불안감도 있었다. 세상에 대해 얘기할 만한 독창적이거나 새로운 소재가 남아 있을까, 싶었다. 나 는 우리 학교의 학보 〈더 데일리 캘리포니아*The Daily California*〉에 어떤 글도 게재하지 못하고 있었다. 어쩌면 나에겐 예술적 재능이 없을지 몰랐다. 확실히 그림 실력도 형편없었다. 나는 서사의 원동 력을, 내 과잉적인 에너지를 정돈해 줄 무언가를 찾고 있었다. 혹 시 몰랐다. 운이 좋다면 나의 열정이 싱크탱크 계열의 직업으로 향 하게 해줄지도.

나는 철학과 문화 이론에 대해 유창하게 술술 말하고 싶은 마 음에 수사학 강의를 듣기 시작했다. 대학 첫 학기 때 들었던 수사 학 세미나는 푸코를 가능한 한 촘촘히 읽어 보는 시간이었다. 나는 이 학과의 급진적 교수법을 따라 보려고 무간섭주의 접근법을 취 했다. 소문으로 듣기로는 수사학 교수들은 캠퍼스 전체를 통틀어 사무실에서 거리낌 없이 담배를 피우는 유일한 사람들이라고도 했다.

나는 수사가 뭔지 잘 몰랐다. 다만 내가 고등학교 시절 내내 수사학이란 단어를 잘못 써온 것 같긴 했다. 누가 의견을 사실로 받아들이려 할 때마다 그건 그냥 수사에 불과해, 라고 말했으니. 수사학 강의 프로그램은 아리스토텔레스부터 TV, 의미의 구조, 이기심의 본질, 언어의 부질없음에 이르기까지 다양한 주제를 다루었다. 한 사전에서는 '수사[rhetoric]'를 설득의 기술이라고 정의했는데 나에겐 그런 의미가 전혀 와닿지 않았다. 결국엔 내가 맞았을 수도 있다는 생각이 들었다. 정말로 모든 것은 말 그대로 수사에 불과할지 모른다고. 이 점이 나에겐 아주 흥미로웠다.

켄은 더는 건축가가 되고 싶어 하지 않았다. 이제는 로스쿨에 가고 싶어 했고 그러던 차에 설득의 기술을 배워 놓으면 나중에 유용할 것 같아 나처럼 수사학 강의를 들으려 했다. 나로선 이 낯선 여정의 동지이자, 나 자신을 비교 평가해 볼 상대가 생겨 반가웠다. 우리는 언어를 다루는 입문 수업을 들었다. 약속의 '이행'에 담긴 의미에 초점을 맞춘 강의였다. 나는 켄의 노트에 낙서를 끄적이며 강의 책상에 다리를 심하게 쩍 벌리고 앉아 있는 강사를 그렸다. 우리는 시간의 철학을 다룬 전공 심화 과정도 들었다. 나 혼자만의 생각일 수도 있지만 매번의 수업이 약을 빨고 대화하는 것 같았다. 수업에서 우리는 하이데거와 비트겐슈타인을 읽으며 우리가 이해한 부분들을 공상 과학 소설에 적용하며 두 갈래로 갈라진 시간, 역설, 루프, 그리고 쪼개진 두 분파가 충돌할 경우 뒤따르는 대재앙에 대해 골몰했다. 아직 아무도 생각하지 못했을 뿐 이런 난제에서 빠져나올 탈출구가 있을지 몰랐다.

나는 어디든 다른 곳에서, 내 어설픔이 무심함으로 통할 만한 어떤 새로운 곳에서 펼쳐질 미래를 열망했다. 학교는 마음 편한 장소였고 내가 어울리는 주변 애들은 나를 좋아해 주거나, 적어도 나를 너그럽게 봐주는 편이었다. 하지만 나는 애들에게 심히 애매하게 굴었다. 누가 새로운 모험을 제안할 경우에 대비해 언제나 빠져나갈 구멍을, 탈출구를 만들어 놓았다. 머릿속으론 나에게 그런 모험을 해볼 자질이 있다고 여기면서도 그랬다. 나는 언젠가 내가 완성된 원고와 같은 사람이 되길 고대했다. 천부적 재능으로 세상을 막힘없이 술술 이해하며, 어설픈 초고 시절의 티가 전혀 엿보이지 않는 그럼 사람이 되고 싶었다.

앤서니가 그 가을 학기에 우리 자취 집에서 찍은 사진 한 장이 있다. 앤서니는 시도 때도 없이 사진을 찍었다. 자신에게 우리의 삶을 기록할 의무라도 주어진 것처럼. 그날은 1996년 10월이었다. 파라그, 켄, 나는 벽면을 다 차지할 만큼 큼직한 화이트보드 달력 아래쪽 침대에 앉아 있었다. 달력에는 여름 방학 동안 사미와 내가 채워 놓은 일정이 빼곡했다. 나는 그 달력을 과제물, 매일매일의 지출액, CD나 영화의 발매일이나 개봉일, 다른 사람들이 나를 재미있는 사람으로 봐주길 바라며 했던 이런저런 말들("후아는 할 말이 많으면서도 말하기를 귀찮아 한다니까.")을 기억하는 데 활용했다. 그날 인사차 들른 파라그는 가장 자신감 어린 각도를 시험하듯 등을 구부정하게 숙여 무릎에 팔꿈치를 댄 자세를 하고는 실실 웃고 있었다. 켄은 우리 사이에 앉아 장난스럽게 내 쪽으로 몸을 기울였다. 막 이발을 하고 즐겨 입는 프레드페리 셔츠와 카펜터 진*을 입고 있던 나는 모두를 웃겨 보려고 켄을 밀어 찌부러뜨렸다. 눈을 감은 채로 켄의 귀를 핥는 시늉을 하니 켄은 의기소침해하는 척했다. 그리곤 카메라를 똑바로 쳐다보며 떨떠름하게 웃는 시늉을 했다. 슬랩스틱 코미디에서 고통스러워하는 이성애 캐릭터를 연기하는 것처럼.

켄이 같이 공부하려고 집에 찾아왔던 그때 나는 막 CD 두 장을 사 온 참이었다. 그중 한 장은 너바나의 라이브 실황 모음집 《From the Muddy Banks of the Wishkah》**였다. 이미 이 콘서트 음반의 해적판을 가지고 있었지만 음질이 형편없어 커트 코베인의 마이크 위로 두꺼운 담요를 덮어 놓은 느낌이었다. 하지만 새로 산 이 실황 음반은 현장의 긴박감이 전해질 만큼 선명했다. 코베인이 죽고 난 다음에도 세상에 너바나의 음반이 더 나올 수 있다는 게 놀라웠다. 나는 너바나가 절정의 인기를 누리던 때 다른 밴드로 관심을 옮겼었는데, 다시금 너바나의 음악을 들으면 고등학교 시절이 떠올라 향수에 잠기곤 했다.

★ 호주머니가 많고 통이 넓은 청바지.
★★ 커트 코베인이 사망한 이후 2년이 지난 1994년에 발매된 너바나의 라이브 앨범.

코베인의 사후에 발견된 그 음반에는 신비스러운 면이 있었다. 우리가 자신에 대해서 새로운 뭔가를 발견할 수 있다는 가능성이랄까. 코베인의 노래들은 숨 막히는 현실을, 다시 말해 그의 현실을 표현했다. 그의 현실을 구성하던 고통이 코베인의 삶을 넘어 미래로 옮겨져 와 우리에게 받아들여질 수 있다고 생각하니 신기했다. 이 CD의 매 순간순간에서 부담과 발버둥이, 그리고 앞으로 일어날 일의 조짐이 읽힌다는 것이 인상적이기도 했다. 코베인이 사망한 후, 그에 대한 온갖 사소한 것들이 하나의 서사로 끼워 맞춰졌다. 권태, 좌절, 불안, 외로움, 기쁨, 이 모든 것이 한데 묶였고 그 총체는 단지 그의 일상을 특징 지은 불안정함만이 아니었다. 그의 음악을 떠받친 격정적 생명력이기도 했다는 것이 그의 사후에 분명해졌다.

켄도 너바나를 좋아했다. 그러나 이때는 아직 아니었다. 읽던 글이나 마저 보자고 자꾸만 보챘다. 내가 보기에 켄은 'Smells Like Teen Spirit'이 대히트를 친 이후부터 너바나에 빠진 유형 같았다. 또 펄 잼을 더 좋아했다. 한번은 무진 애를 쓴 끝에 B면*이 있는 음반을 찾았다고 자랑스레 말한 적도 있다. 나는 내가 펄 잼을 이렇게나 좋아하는 사람과 친구가 될 수 있다는 건 나 자신이 성장했다는 증표라고 생각했다. 하지만 같이 보내는 시간이 늘수록 과연

★ 레코드판은 앞면을 A면, 뒷면을 B면이라고 부르는데 A면은 타이틀 곡 및 주요 수록곡이, B면은 정규 앨범에는 없는 미발표곡 및 리믹스곡이 실린다.

내가 성장해서 그런 것인지 자신이 없어졌다. 켄은 워낙에 쿨한 애였으니까. 프래터니티 파티에서 여자에게 말을 걸든 나를 따라 음반 매장에 가든 부담 없어 했고, 그런 두 상황을 왔다 갔다 하는 것에 별 노력이 필요하지 않아 보였다.

당신은 당신이 산 물건으로 세계를 구성한다. 당신이 구입하는 모든 것은 잠재적 관문이다. 완전히 새로운 자신으로 태어날 수도 있는 변화의 관문. 대담한 문구의 셔츠, 모든 가구를 재배치해야 놓을 수 있는 각진 커피 테이블, 유행을 따르는 영어 전공자들이 너도나도 가지고 다니는 방대한 소설 등. 마이너한 취향의 소유자임을 알리기 위한 물건을 사면서, 계산대 대기 줄에서 당신과 똑같은 물건을 사는 다른 사람을 단 한 명만 마주치길 기대하기도 한다. 어쩌면 나 역시 근사하고 각진 커피 테이블 위에 《끝없는 농담 *Infinite Jest*》* 같은 책을 무심히 놓아두는 그런 사람이 될지 모른다. 어떤 책을 당연히 가지고 있으리라고 짐작되지만 그러지 않는 사람이 될지도 모른다. 나는 아메바 뮤직**에 가면 몇 시간이 지나도 똑같은 코너('록', '인디')들만 왔다 갔다 했다. 그곳엔 재즈와 이른바 월드 뮤직 전용 코너도 있었는데, 언젠가는 그런 장르도 이해하고,

---

* 데이비드 포스터 월리스의 1996년작 장편 소설. 내용의 방대함과 쉽게 설명되지 않는 주제의식 등으로 포스트모더니즘 소설의 걸작으로 평가받는다.
** 미국의 대형 독립 레코드샵.

더 나아가 세상을 이해하는 사람이 되길 고대하기도 했다. 순전히 잡지에서 읽은 해설 때문에 정글 뮤직★ 12인치 음반을 신 직도 있다. 처음엔 이 음반이 불량인 줄 알았다. 신경질적인 드럼 연주와 베이스 멜로디만 이어지면서 자꾸만 바늘이 튀었다. 곡의 나머지 부분은 언제 나오는 거야? 하지만 얼마쯤 후에 이 음악은 원래가 이런 식이라는 걸, 이런 식의 베이스 멜로디가 새로운 음악의 세계로 이끌어 주는 관문이라는 걸 깨달았고 더는 참고 들을 수가 없었다. 언젠가부터는 카페와 레코드 매장에서 레이브 음악 전단지를 집어 오게 되었다. 세상에는 아직도 들을 음악이 얼마나 더 많이 남아 있을지 생각하면 전율이 느껴졌다.

　친밀한 사람과 같이 쇼핑을 할 때 평소 내가 꺼리는 매장에 기꺼이 스스로를 질질 끌고 들어가기도 한다. 나는 머스크향이 풍기는 남성복 매장에 들어가 켄이 새 재킷이나 야구 모자를 살 수 있게 배려해 주곤 했고 그러면 켄은 답례로 나를 따라 아메바 뮤직 맞은편에 있는 서점 코디스에 가주었다. 그렇게 많은 잡지가 구비되어 있는 서점은 평생 처음이라, 나는 그곳에 갔다 하면 내가 켄을 기다려 주던 시간보다 훨씬 더 오래 머물렀다. 내가 그렇게 새로운 잡지, 독립 만화, 유럽 음악 잡지를 찾아보는 동안 켄은 나로선 별로 관심 없는 코너('남성 라이프스타일')를 둘러보며 참을성 있게 기다려 주었다. 어느 날은 켄이 처음 들어 보는 잡지 두 권을

★　1990년대에 영국에서 유행한 전자 댄스 음악의 일종.

샀다. 하나는 〈맥심Maxim〉의 첫 호였다. 수영복 차림의 모델들과 여러 호색한 아이템들로 가득했다. 켄은 그 잡지의 기사들이 내가 생각하는 것보다 훨씬 괜찮다고 단호하게 말했다. 다른 한 권은 〈마이트Might〉라는 작은 지역 잡지였다. 이 잡지에서 켄의 마음을 끈 것은 표지에 적힌 자극적인 문구였다. "흑인들이 백인들보다 끝내줄까?"

켄은 가끔씩 내 옆에서 숙제를 하면서, 내가 반소비주의를 주제로 한 칼럼에 신중히 주석을 달고 있거나 개인적으로 높이 평가하는 다른 잡지에 대한 리뷰를 쓰는 모습을 지켜보더니 마침내 내 잡지에 자기도 글을 싣게 해달라고 했다. 나는 켄에게 질문을 퍼부어댔다. 켄에게 무슨 결정적인 기회를 줄지 말지를 정하기라도 하는 것처럼 호되게. 우리는 취향이 달라도 아주 달랐다. 내 판단으론 켄의 음악관은 아무래도 내 잡지에 싣기가 곤란할 것 같았다. 결국 켄은 자신이 가장 좋아하는 팀 샌디에이고 파드리스에 막 합류한 스타급 선수 월리 조이너에 대한 짧은 글을 썼고 출력해서 나에게 건네주었다. 이건 내가 지향하는 취지와는 잘 맞지 않겠는데. 그리고 내 독자들이 세계 각지 출신들로 아주 다양하기도 하고… 독자들이 별로 관심 없어 할 거야… 야구 얘기에는. 켄은 내 지적을 침착하게 받아들이더니 스포츠 팬덤, 약체팀, 내가 어렸을 때 아주 좋아했던 샌프란시스코 자이언츠의 위선에 대해 상투어가 가득한 글로 원고를 수정했다. 나는 차기 호에 실어 보겠다고 말하고는 원고를 철해 놓았다.

나는 인디 음악에 관한 여러 이메일 리스트서브*를 구독하기 시작했다. 이메일은 더 이상 쓸데기없는 골칫거리가 아니었다. 이제는 수업이 끝나면 서둘러 집으로 가야 하는 이유였다. 나는 리스트서브 메시지를 강의 교재보다 더 열심히 봤다. 이메일은 글쓰기의 새로운 장르처럼 느껴졌다. 위트와 친밀함을 담은 그 나름의 고유한 기록. 리스트서브의 어떤 사람이 마침 내가 사는 곳 근방의 풀턴 스트리트에 살고 있었다. 그가 어느 날 저녁 나를 초대해 자기 친구들의 음반 몇 장을 틀어 주었다. 밴드를 하는 사람과 아는 사이인 누군가를 알고 있다고 생각하니 기분이 끝내줬다. 하지만 그와는 이메일로 얘기하는 게 더 마음 편했다. 나는 시카고나 핼리팩스나 마드리드에 살아 실제로는 만날 일이 없을 것 같은 다른 멤버들에게 영혼을 담은 장문의 메시지를 보냈다. 대학교 이메일 주소를 쓰지 않아 오히려 교양 있어 보이던 사람들과 믹스 테이프나 잡지를 주고받았다.

내가 발견 중인 이 세계를 켄과 함께하지 못해 좀 아쉬웠다. 켄이 언젠가 나에게 밴드를 하는 지인이 있는 사람들을 만나 보고 싶다는 말도 했었기 때문이다. 하지만 아무리 생각해도 켄의 확신을 흔들 방법이 없는 것 같았다. 켄은 인간이 천성적으로 선하고 개방적이라고 봤다. 나는 저급한 수준의 CD 모음을 보면 그 사람

---

* 특정 주제에 관한 내용을 다수에게 메일링할 수 있는 프로그램. 리스트서브에 있는 목록을 구독하면 그 목록으로 보내지는 모든 메시지를 받을 수 있다.

의 도덕성을 의심했다. 켄은 이런 나의 입장에 흔들리지 않았다. 그러기는커녕 내 가벼운 조롱을 참으며 모하비 쓰리와 푸시 킹스 노래를 녹음해 달라고 했다. 나중에는 켄이 내 잡지를 왜 보는 건지 의아하기도 했다. 그래도 켄이 무언가에 회의감을 내비칠 때면 아주 작은 승리감을 느꼈다. 너도 냉소와 절망의 편에 붙으라고! 켄은 펠트로 된 붉은 별을 재킷에 달고 다니며 그게 뭐냐고 묻는 사람 누구에게나 내가 마르크스주의자라고 밝히던 내게 영향을 받았을지도 모른다.

학기 중반에 접어들 무렵의 어느 날, 담당 교수님이 우리에게 프랑스 영화감독 크리스 마커Chris Marker의 〈환송대La Jeté〉를 보여 주었다. 파멸에서 벗어나기 위해 시간 여행을 하려는 미래 문명을 그려낸 영화였다. 돌연 어떤 고상하고 어려운 문제를 이해해 보려는 마음이 밀려들어, 우리의 얕은 물리학 지식을 그보다 훨씬 더 얕은 하이데거 철학 지식에 접목해 보았다. 그렇게 단순한 구성으로 그렇게 큰 감응을 끌어내다니, 나는 마커 감독의 재능에 홀딱 빠져들었다. 영화는 일련의 흑백 정지 이미지들과 최소한의 내레이션으로 구성된다. 영화를 보며 잡지를 연상했던 걸 보면 나는 마커 감독의 기지를 더 심도 있는 차원에서 감상했던 것도 같다. 나도 정지 이미지와 내레이션으로 단편 킬러 영화를 만들 수 있을 것 같았다. 물론, 좋은 스토리를 짜낼 수 있다는 가정하에 가능한 얘기겠지만.

나는 〈환송대〉를 혼자 찬찬히 보려고 비디오테이프를 대여해 집으로 가져왔다. 켄도 그 영화를 좋아했고 내가 언제 영화를 다시 볼지 알려 달라고 하기까지 했다. 나는 유난히 집착이 강한 편이었다. 이 영화에 심취한 데에도 어딘가 남다른 구석이 있었다. 켄은 이해하지 못할 수도 있는 그런 구석이. 나는 뭔가를 좋아하면 독점하고 싶어 했다. 내가 과제로 접한 하이데거의 소논문을 샀던 반면 켄은 그냥 내 것을 복사했다. 우리 둘 다 교수님이 보여 준 또 다른 영화 〈가늘고 푸른 선*The Thin Blue Line*〉을 좋아했지만 운전하면서 들으려고 그 영화의 사운드트랙까지 산 건 나뿐이었다. 나는 마커 감독을 나 혼자 소유하고 싶었다. 그래서 켄에게 영화를 언제 다시 볼지 아주 모호하게 알려 줬다. 그래 봐야 바보 같은 생각이었지만. 켄이 워낙 자주 놀러 오기도 하거니와, 대여 기간도 일주일밖에 안 되는데 단지 혼자 보려고 연체료를 문다는 건 분별없는 짓이었다.

우리는 영화를 감상하며 한 번 더 푹 빠져들었다. 〈환송대〉는 상영 시간이 28분이라 되감아 다시 보며 영화에 담긴 역설과 가능성을 차근차근 얘기하기가 어렵지 않았다. 나는 계속 내 생각에 영화를 끼워 맞추고픈 저질적 충동을 느끼고 있었지만 그런 절대적 경외감을 다른 사람과 함께 나눈다는 것이 즐거웠다.

〈환송대〉의 배경은 제3차 세계대전 이후다. 인류의 유일한 생존자들은 지하에 살고 있다. 과학자들은 누군가를 이전이나 이후의 시간대로 보낼 방법을 찾고 있지만 시간 여행자 대부분이 그 과정에서 미쳐 버린다. 그러다 마침내 "현재를 구하기 위해 과거와 미래를 소환하는" 임무에 적격인, 강인한 정신의 죄수를 찾게 된다. 죄수는 전쟁 전이던 어린 시절의 기억에 시달리고 있다. 그 기억이 자꾸만 언뜻언뜻 떠오른다. 공항에서 기다리고 있는 아름다운 여인과 그 여인의 품에 채 닿지 못하고 죽어 가는 남자. 느낌만 있을 뿐 뭔지 알 수 없는 단편적 기억들.

하지만 이 기억의 힘이 그를 시간 속으로 끌어당겨, 다른 여행자들에겐 부족한 일종의 회복력을 부여해 주는 듯하다. 그는 깨닫지 못하고 있으나 사실 이 기억은 경고다. 그가 세상을 구하고 나면 그의 쓸모가 다할 것이며 그에 따라 기억 속의 그 죽는 사람이 바로 자신이라는. 그는 루프에 갇혀 운명을 벗어나지 못한다. 우리는 영화를 보고 또 봤고 그때마다 그의 세상은 끝이 났다.

◆ ◆ ◆ ◆ ◆

켄은 한 손으로 성냥 켜는 법을 독학해, 떼어 쓰는 종이 성냥 한 개비를 구부린 다음 휙 튕겨 불을 붙였다. 나도 연습을 거듭한 끝에 그렇게 할 줄 알게 되었다. 우리는 흡연의 의식적인 특성을 즐기는 바람직한 흡연자가 되었다. 한번은 공부하다 담배를 피우던 중에 켄이 전 여자친구 얘기를 꺼냈다. 고등학생 때 사랑하는 사이였지만 대학에 오고 몇 학기 지나자 그 사랑의 감정이 완전히 옛

일이 되었다고 했다. 둘은 어느 호숫가 선창에서 발가락이 물 위를 스칠 듯 앉아 있었다고 한다. 햇볕을 쬐고 싶다는 그녀의 말에 그곳에 그렇게 앉아 있던 중, 그녀가 켄에게 말했다. "내 삶은 언제나 꿈같았어." 그녀는 인기가 많고 다정한 성격에 얼굴도 예뻤다. 풍족하게 살았지만 누구에게도 무례하게 군 적이 없었다. 그런 점이 문제가 되었던 것은 아니다. 켄은 한때 그녀를 사랑했고 그녀가 보여 주는 온갖 선한 모습을 사랑했다. 뭔가 다른 차원의 문제였다. "그런 말을 하다니, 넌 그런 말이 믿겨져?" 켄이 나에게 물었다.

나는 무슨 뜻으로 묻는 건지 이해가 안 갔다. 아직도 걜 좋아하는 거야? 다시 예전의 사이로 돌아가고 싶어?

아니, 그건 아니라고, 켄이 한숨을 내쉬며 말했다. 이제는 나에게도 실망한 듯한 기색이었다.

켄이 담배 한 모금을 빨아들였다. "내 삶은 언제나 꿈같았다니. 꿈같았다니." 같은 말을 되뇌었다. 어떻게 자신이 그런 감정에 공감할 수 있을 거라고 생각했는지 당혹스러워했다. "난 삶이 꿈같았던 적이 없어."

우정에서 중요한 것은 이해받으려는 마음이 아니라 알아주려는 마음이다. 켄은 내가 왜 떠돌이처럼 입고 다니는지 이해해 볼 셈으로 때때로 내 낡고 해진 카디건이나 두꺼운 폴리에스터 셔츠를 입어 보려 했다. 내 관점과 입장을 가늠해 보려는 자기 나름의 방식이었다. 켄의 얘기를 듣고 나니 켄이 어떤 사람인지 혼란스러웠다. 나는 재미있는 냉소가가 되길 즐겼고 계속 어딘가에 속해 있지 않은 상태가 편했다. 켄은 내가 아는 사람 중 냉소와 거리가 가장 멀었다. 그것도 정말 꿈같은 삶을 살아온 애일 거라고 넘겨짚을 정도였다. 반쯤 농담으로 백인과 사랑에 빠지는 일이 어떤 위험성을 갖는지 얘기할까, 하는 생각도 했다가 어떤 상황이든 켄이 자기 좋을 대로 하도록 놔두기로 결심한 적도 있었다. 그런데 알고 보니 켄이 황금빛으로 가득한, 수월한 삶을 살아왔으리라고 여겼던 내 지레짐작은 크게 잘못 짚은 것이었다. 그 순간 나는 켄에게 보호 본능을 느낄 정도로 놀랐고, 또 한편으론 그럼에도 삶의 가능성에 원대한 비전을 품고 있다는 점에 살짝 경외감이 들기도 했다.

캠퍼스 내 스프라울 광장 계단에서 제시 잭슨*이 연설하던 모습을 처음 봤던 때가 기억난다. 그때 제시 잭슨은 소수 인종 우대 정책을 옹호하고 나설 것을 요구했다. 영웅을 그렇게 가까이에서 본 데다가 그런 사람의 역사 속으로 소환되고 있다고 생각하니 정말 인상 깊었다. 몇 주 후 잭슨 목사는 다른 명분에 이끌려 다시 우리 학교에 왔고, 몇 달 후에도 또 찾아와 우리에게 공개적으로 지지를 표명할 것을 상기시켰다. 제시 잭슨이 내내 캠퍼스에 있는 듯한 느낌이었다.

우리는 이런저런 일에 동참했다. 1996년 11월, 캘리포니아에서

---

* Jesse Jackson. 마틴 루터 킹 목사의 후계자를 자처하는 흑인 인권운동가.

는 대학 입학과 공공 계약 시 소수 인종을 우대하는 정책을 무효화하려는 취지의 발의안 209호[Proposition 209]에 대한 주민총투표가 실시되었다. 그 학기에 나는 캠퍼스 튜터링 센터에 일자리를 얻어 작문에 도움이 필요한 학부생들을 도와주었다. 학기 초반에 나는 내 책상에 앉아 미래의 비즈니스 리더나 엔지니어, 미식축구 선수, 버클리의 그늘에서 자란 오클랜드 출신의 1세대 학생들을 바라보며 우리 캠퍼스의 다양성에 감탄하게 되었다. 그 자리에는 글솜씨를 쌓으려 온 사람들과, 자신의 잠재력을 발견하기 위해 온 사람들이 어우러져 있었고 우리 모두는 서로서로 가르쳐 줄 것이 많았다.

발의안 209호의 통과가 확실시되기가 무섭게 거리에서 시위가 벌어졌다. 그날 저녁, 나는 캠퍼스 시계탑으로 갔다. 이미 일부 학생 시위자들이 시계탑 꼭대기의 난간에 사슬로 몸을 묶은 채 법안이 파기되기 전까지 내려가지 않겠다고 버티고 있었다. 한 여학생은 경사 길을 뛰어 올라가 1960년대의 유명한 자유 언론 운동가, 마리오 사비오Mario Savio의 사망 소식을 알렸다. 발의안 209호의 통과가 그에게는 너무 견디기 힘든 일이었던 모양이라고 우리는 생각했다. 누군가 확성기를 쥐고 이 끔찍한 시스템이 멈추도록 온 몸을 내던지리라고 외치기 시작했다. 나는 대체 얼마나 더 많은 사람들이 나서야 정말로 그런 일이 일어날지 답답했다.

나는 그곳이 어디든 시위대를 따라갔다. 때로는 여전히 1960년대에 머물러 있는 기분이었다. 그때는 어디에 가든 그런 기분이 들

었다. 흑표범단*에 대한 책을 닥치는 대로 찾아 읽고 보니 버클리
나 오클랜드 주변에서 흑표범단원들이 자주 눈에 띄었다. 나이 지
긋한 남자들이 운동을 벌일 당시의 가죽 트렌치코트를 여전히 입
고 있었다. 나는 단거리 달리기 선수 존 카를로스와 토미 스미스가
1968년 멕시코시티 올림픽에서 주먹을 치켜든 사진**을 내 방에
붙였다.

그 뒤에 사회학 교수님이 그 당시 멕시코시티에서 두 선수와
함께 있었다는 사실을 알게 되었다. 교수님이 바로 그 주먹 시위의
아이디어를 준 장본인이었다. 나는 어느 날부터는 인종학 도서관
을 들락거리며 1960년대 운동에 대한 자료를 읽어 보기도 하고
내 잡지에 실을 이미지를 복사하기도 했다. 오래전 시위 유인물의
복사본을 다시 복사하다 보니 이미지는 빛바래고 흐릿했다. 나에
게 잡지는 더 이상 무료 CD를 편취하기 위한 수단이 아니었다. 이
제는 자기결정권과 표현의 자유라는, 폭넓은 정치적 정신의 일환
이었다.

어느 주말에는 애시비 벼룩시장에 갔다가 멜빈이라는 이름의
할아버지를 만나게 되었다. 옛 포스터의 컬러 복원판, 휴이 뉴턴
Huey Newton과 바비 허튼Bobby Hutton의 배지, 연설 녹음테이프 등 흑

★ Black Panters. 1960-1970년대 미국의 흑인 과격파 단체.
★★ 두 사람은 멕시코시티 올림픽에서 금메달(토미 스미스)과 동메달(존 카를로스)
   을 수상했으며 당시 연단에 올라 검은 장갑을 낀 손을 들어 올려 흑인 차별에 항
   의하는 '블랙 파워' 메시지를 전했다.

표범단의 기념품을 팔던 분이었다. 나는 스토클리 카마이클Stokely Carmichael의 연설 테이프와 프레드 햄튼Fred Hampton의 배지를 샀다. 멜빈은 자기가 팔고 있는 사진 속 남자들과 옷차림이 비슷했다. 젊은 시절인 1960년대에 흑표범단에 들어갔다가 그때부터 쭉 〈커메모레이터commemorator〉라는 신문을 발행 중이었다. 나는 혹시 도움이 필요하다면 돕겠다고 자청했다.

2주 후의 어느 비 내리는 토요일 아침, 나는 차를 몰고 흑표범단의 기념위원회로 향했다. 오클랜드 소재 작은 가두 건물에 위치한 곳이었다. 멜빈과 다른 한 남자가 나를 맞아 주었다. 두 사람 다 가죽 재킷 차림이었고 도우려는 내 열의를 어떻게 생각해야 할지 몰라 하고 있었다. 나는 스티로폼 컵에 담긴 커피를 대접받았다.

멜빈과 있던 다른 남자는 원래 시애틀 지부 소속이었다. 나는 남자에게 내가 글로 읽었던 어느 유명한 총격전에 참여했는지, 또 태평양 연안 북서부에서 활약한 토착민 출신 운동가 레너드 펠티어Leonard Peltier와 만난 적이 있는지 물었다. 남자는 잠시 뜸을 들였다. 커피를 홀짝이며 나에게 장단을 맞춰 줄지 내 기대를 저버릴지 저울질하다 들고 있던 컵을 들여다보며 입을 뗐다. "음, 그래요. 그 사람 기억나요."

멜빈은 컴퓨터를 가리켰다. 기사 몇 개의 서식을 짜는 데 도움이 필요하다고 했다. 들어 보니 다음 호에서는 캘리포니아 북부의 소도시 앤더슨에서 일어난 석연찮은 린치 사건을 크게 보도할 계획인 것 같았다. 삼십 대 흑인 남성의 시신이 나무에 매달린 채 발

견된 사건이었다. 그렇게 해서 나는 그날 내내 기사 원고 교열, 캡
션과 페이지 조정 등의 작업에 매달렸다. 팔다리가 잘린 피해자의
흑백 시신 사진이 표지에 배치되었다. 그런 참혹한 장면을 접하니
서체와 테두리를 이렇게 저렇게 손보며 안절부절못하고 있는 게
아주 하찮은 일 같았다. 내가 작업을 다 마쳤을 때 멜빈이 사무실
로 돌아와 인사를 건넸다. 몇 부 보내 주겠다고 해서 내 주소를 알
려 주었더니 멜빈은 동기생들에게도 나눠 주라고 했다. 멜빈은 때
가 1997년이 되었는데도 KKK단이 재부상하고 있다고 한탄했다.
이제는 겁이 나거나 피해망상에 시달리는 게 아니라 그저 체념이
든다고 했다. KKK단은 결코 사라지지 않는다면서.

  실제 1960년대는 어땠을까? 우리 학교가 이렇게 잘 알려진 역
사와 근접한 관계라는 사실 때문에 정말로 그런 일이 있었다는 게
더욱 믿기지 않았다. 우리 주위에는, 버클리대의 자랑스러운 시위
전통을 다룬 영화로 신입생 오리엔테이션 주간에 상영하는 다큐
멘터리 《버클리 인 더 식스티스Berkeley in the Sixties》에 그려진 사건
들을 겪고 살아남은 사람들이 돌아다니고 있었다. 어떤 이들은 몸
앞뒤로 피켓을 걸고 딱히 누구에게랄 것도 없이 성명을 낭송하며
여전히 캠퍼스를 배회했다. 그런가 하면 또 어떤 이들은 캠퍼스를
떠나지 않고 교수가 되었고, 우리 세대가 제각각의 명분으로 분열
되어 사소하고 의미 없는 것에 에너지를 쏟고 있다고 낙담하기도
했다. 이들은 더 이상 투쟁을 하지 않았다.

  우리 학년에는 이란계 미국인 학생이 있었는데 이 애는 작고한

전설의 래퍼 투팍 샤커를 주제로 모든 학년이 참여하는 학생 주도
형 수업을 개설한 장본인이었다. 중세 문학에 대한 강의 중에 일어
난 일이었다. 그 애가 얼마 전에 살해당한 그 래퍼는 물론, 힙합이
라는 장르가 우리 세대에게 영웅적 행위와 기사도 개념을 어떻게
다시 생각하도록 했는지에 대해 자신의 생각을 말했다. 그러더니
투팍의 어머니인 아페니 샤커가 흑표범단에서 활동하던 시절부터
1990년대 힙합이 주류로 편입된 시기에 이르기까지 여러 면을 두
루두루 다루는 수업을 해보는 게 어떠냐며 추천 도서까지 제안했
다. 이 수업*은 진지한 열의로 가득했고 전국에서 몰려든 기자들
은 대학에서 랩 음악이 수업 주제가 될 수도 있다는 사실을 얼빠
진 듯 바라봤다.

누구든 독창적이고 별난 시도를 해볼 수 있다고 생각하니 설렜
다. 우리의 선배들이 바로 이런 세상을 위해 싸웠던 게 아니었을
까? 다양성 있는 캠퍼스는 성공의 징표였을까, 아니면 우리 모두
가 다 일률적이고 따분하고 속물적인 궤적 속에서 하나가 될 수
있다는 증거였을까? 투팍은 이때 핵심 교과 과정이라는 개념에 타
격을 입힌 것이었을까, 아니면 이제는 그가 미국의 무법자로 환영
받으면서 '모두를 위한 공간'이라는 미국의 기막힌 재능을 더 확실
히 증명한 것이었을까?

★ '역사 98: 투팍 샤커의 시와 인생'.

켄은 자신이 듣고 있던 심화 과정의 수사학 세미나 얘기를 해주며 대화가 호전적으로 변했다고 했다. 이제는 서로를 공격하며 흑인과 백인 사이에 선을 확실하게 긋고 있다는 얘기였다. 가만히 듣다 보니 술집에서 벌어진 싸움판 같았다. "이 백인 여자애가 울기 시작하는 거야." 켄이 말했다. 그 뒷얘기를 간추려 보자면 이랬다. 얼마쯤 지나자 울음을 터뜨리는 사람이 더 늘었다. 켄은 이 대화에서 입장이 확실하지 않았다. 하기야 애초에 누구도 켄을 주목하는 사람이 없었으니 상관 없었겠지만. 어쨌든 공모니 피해자 행세니 컬러 블라인드니 어쩌니 하는 개념어들이 테니스공처럼 강의실을 왔다 갔다 하고 코앞에서 비난의 말들이 날아다니는 와중에 켄은 흑인도 아니고 백인도 아닌 채로 그 한복판에서 다른 사람은 아무도 눈치채지 못하는 제스처들과 세세한 점들을 찬찬히 살펴봤다. 켄은 눈물을 뺄 일이 없었다. 사실, 그 자리에서 거의 보이지도 않는 존재였다. 나에게 여러 사람들에 대해 자세히 얘기해 줄 때의 켄은 활기에 차 있는 동시에 혼란스러워했다.

우리는 둘 다 아시아계라, 고분고분하고 공부 잘하는 인종이라는 고정 관념을 의식하고 있었다. 하지만 우리는 서로 아주 다른 세계의 사람이었다. 켄이 우리 집에 올 때 가끔씩 깜빡하고 신발을 안 벗어서 아주 이상했던 기억이 난다. 내가 자라면서 본 일본계 미국인들은, 우리 신참 이민자들이 어떤 모습이 되면 좋을지를 가늠하기에는 좀 별난 모델이었다. 나는 한 강의에서 제2차 세계대전 중 일본인들이 억류되었던 일이 있었다는 흥미로운 얘기를 들고 켄에게 말했다. 켄은 실제로 수용소에서 자란 가족들이 있었다며 기어을 떠올리더니, 자기가 전해 듣기론 당시에 아이들은 하루 종일 운동을 하고 노느라 상황이 얼마나 나쁜지도 잘 몰랐단다. 책에서나 배우는 역사와 그런 연관 고리를 가질 수 있다니, 놀랍고 신기하면서도 한편으론 켄이 살짝 부러웠다.

나는 바로 이런 점 때문에 우리가 다르다고 생각했다. 켄은 미국 문화에 나로선 상상도 할 수 없는 권리감이 있었다. 자기가 쉽고 주류적인 이름인 켄 말고 히로시 야마사키 같은 이름을 가졌다면 아주 다른 삶을 살았을 거라는 농담을 하기도 했다. 나는 주변부에 머무르며 큰 세계 안에서 작은 세계를 구상하는 내 삶에 별 문제가 없었다. 학보 〈더 데일리 캘리포니아〉에 보낸 글들이 번번이 무시되며 작가다운 작가가 되고 싶다는 꿈이 첫 학년 내내 박살이 났을 때도 그랬다. 2학년 초에, 캠퍼스 내의 유서 깊은 아시아계 미국인 신문 〈슬랜트Slant〉를 한 선배 커플이 재발행하려 애쓰고 있다는 전단지를 우연히 보게 되었다. 나는 한 학기 동안 이 〈슬랜트〉에서 쌓은 경험을 살려 차이나타운의 한 지역 신문사에 인턴으로 들어간 뒤에 영화제, 미술 전시회, 연극 공연 등을 다룬 기사를 썼다. 웬만한 사람이면 이름을 들어 본 신문사에서 일한다는 건 언감생심이었고, 기꺼이 구석에서 고군분투했다. 그 구석이 내 세계이기만 하다면 상관없었다.

한동안 나는 켄이 한국계 미국인 코미디언 헨리 조와 놀랄 만큼 닮았다고 생각했다. 케이블 TV로 스탠드업 코미디를 봤을 때

조는 편하고 사근사근한 인상을 주었고, 억양 없는 단조로운 말투
에, 모음을 길게 늘이며 말했다. 그의 장기는 관찰 코미디였고, 소
재들은 남부 지방에서 아시아인으로 살면서 얻은 것이었다. 다시
말해 그의 관찰 코미디는 일상적 인종 차별에 대한 쾌활하고 겸손
한 응대인 셈이었다. 나는 인턴 기간 중 조의 홍보용 사진을 집으
로 가져와 켄의 얼굴 옆에 가져다 대봤다. 조는 아주 재능 넘치거
나 재미있는 코미디언이 아니었던 터라 그때 켄은 내가 자기를 멸
시한다고 여겼다. 그래서 오해를 풀기 위해, 어쨌든 얼굴이 좀 알
려지긴 한 유명인이고 TV에 나오는 사람과 닮아서 좋겠다고 너스
레를 떨었다.

　어느 날, 〈더 리얼 월드_The Real World_〉의 캐스팅 담당자가 프로
그램의 참가자감을 물색하러 켄의 프래터니티 하우스를 찾아왔
다. 이 프로그램에서는 전국의 여러 캠퍼스에 비공식적 네트워크
를 마련해 놓고 누구든 관심 있는 사람이 있으면 정식 오디션을
제안했다. 켄은 흥미가 생겨 알아봤다. 나는 켄이 선정될 거라고
확신했다. TV 스타로 떠오른 켄을 내 잡지에서 어떻게 다루면 좋
을지 상상하기까지 했다. 켄은 어땠는지 모르겠다. 설령 사람들의
눈길을 끌고 싶었다고 해도, 나에게 그런 마음을 드러내지는 않
았다.

　지원자들은 다 같이 거실에 모여 오디션을 보며, MTV의 관계
자들에게 신비감과 호감을 풍기기 위해 기를 쓰고 있었다고 한다.
켄은 그러기는커녕 캐스팅 담당자에게 프로그램에 왜 아시아계

미국인은 한 번도 출연시키지 않았느냐고 물었다. 〈더 리얼 월드〉는 다양한 유형의 정체성과 개성을 담기 위해 노력해 온 프로그램인데 왜 아시아계 미국인은 배제되었느냐는 얘기였다. "그 여자가 하는 말이, 우리한텐 그럴 만한 개성이 없대." 켄이 나에게 말했다.

　이후로 나는 그 프로그램뿐만 아니라 그 프로그램에 출연하려 시도했던 사람 모두를 비웃었다. 나는 영화나 TV에 나오는 일 같은 건 생각도 안 해봤다. 어쨌든 우리는 그따위 시시한 데나 나가기에는 너무 쿨했다. 켄은 그 일을 원칙의 문제라고 봤다. 우리 세대는 이전 세대보다 더 개화되고 개방적이고 다채로웠다. 벽이 무너져 내리는 것도 봤다. 하지만 막강한 힘의 캐스팅 담당자께서 표방하는 현실에는 우리 같은 사람들이 들어설 자리가 없었다.

　켄은 세상 속에서 존재감을 갖고 싶어 했다. 그런데 이제는 그런 일이 불가능하리라는 사실을 깨달아 가는 것 같았다. "나는 문화가 없는 남자야." 켄이 이 말을 했을 때 나는 두 가지 면에서 놀랐다. 감상에 젖은 극적인 어조와 이미 자신을 한 남자로 보고 있다는 사실 때문에.

　그 시절 우리는 시트콤을 자주 화제로 올렸다. 뻔한 내용을 그토록 재미있게 만드는 그 모든 수사나 캐릭터 유형을 찾아내며 이런저런 특이한 시트콤들을 잊지 않으려 했다. 우리가 기억하는 모든 시트콤을 통틀어도 아시아계 배달부나 메인 캐릭터의 주변부를 맴도는 아시아계 인물이 나온 경우는 별로 많지 않았다. 나는 우리가 얘길 나누면서 그저 시간을 보내는 것 같았는데, 켄은 세상에 대한 하나의 이론을 맞춰 나가고 있었다.

　진정한 자신이 된다는 건 어떤 의미일까? 1990년대 중반, 캐나다의 철학자 찰스 테일러Charles Taylor가 인간이 개인의 정체성이라는 문제를 어떻게 다뤄 왔는지 탐구했다. 그 이전까지는 이런 문제가 제기된 적이 없었다. 태어날 때부터 명확한 지위가 정해지고 위계질서에 따른 족쇄에 갇혀 살며 그것을 정상적인 질서로 받아들였다. 봉건 제도와 구세계적 유대가 해체되고 사회·경제 이동성이 유연해짐과 더불어 일시성의 개념이 사람들의 정신을 감화시켰다. 이제 사람들은 궁금해하기 시작했다. 우리에게 표면을 벗겨 내야 발견할 수 있는 고유의 본질이 있는 건 아닐까? 아니면 고유의 본질은 없으며 우리는 언제나 자기 발견, 자기 창조, 수정의 과정 중에 있는 게 아닐까? 사람에 따라 이런 과정은 일종의 끝없는 표류와 탐색이기도 하고, 자신의 정체성을 더 단단하게 만드는 시간이기도 하다. 하지만 우리 모두가 추구한 것은 결국 같다. 자신을 자신이게 하는 그런 특징.

　테일러는 이런 특징을 진정성[authenticity]이라고 이름 붙였는데 이 진정성은 현대 생활에서 도달할 수 없는 지평선이 되었다. 진정성은 진정성의 부재를 통해서만 의미를 갖는 개념이다. 우리는 어떤 사람이 허식을 부릴 때 비진정성과 거짓을 알아본다. 그런데도 진정성을 느끼려 안간힘 쓴다. 그래 봐야 헛수고임을 아는 경우에도 마찬가지다. 테일러에 따르면 모든 사람은 일종의 예술가로, 자신이라는 존재의 특성들을 붙잡고 창의적인 씨름을 벌인다. 말하자면 "나 자신에게 충실하다는 것은 곧 나 자신의 독창성에 충실한 것이며 자신의 독창성은 나만이 분명히 표현하고 발견할 수 있다. 그 독창성을 분명히 표현함으로써 나는 나 자신의 독창성을 특징짓는다"는 얘기였다. 자신에게만 너무 몰두하는 얘기처럼 들리겠지만 사실 자신에게 충실하기는 외부와의 접촉 없이는 불가능하다. 자신의 성격을 구축하는 일은 하나의 게임이다. 남들의 기대와 맞서 싸워야 하는 게임. 테일러의 설명대로, 진정성은 대화를 전제로 하며 대화를 하려면 주변 사람들과 소통해야 한다. 우리는 남들에게 인식되려고 애쓴다. 가까운 친구에게 들을 수 있는 말이, 너는 도저히 이해하지 못할 그런 별종이라는 얘기일지라도 자신을 알아주길 원한다.

그해 겨울, 나는 내 다섯 번째 잡지를 마감하느라 밤을 꼬박 새웠다. 이번 호에는 한 페이지를 할애해 내가 즐겨 찾는 웹사이트를 쭉 소개해 놓았고('카를 마르크스 관련 대박 사이트', '페이브먼트의 라이브 실황 녹음곡들, 전곡 리얼오디오 재생 파일'), 나도 종종 가서 혼자 춤을 추는 오클랜드 창고에서의 광란의 파티 얘기, 신문사 인턴 활동 중에 취재했던 아시아계 미국인들의 영화제 현장 보도, 앤서니를 통해 만난 예쁘고 스케이트 잘 타는 여학생의 시 한 편도 실었다. 사실, 그 애에게 시를 받았을 때는 슬펐다. 읽어 보니 자기가 좋아하는 남자에 대한 얘기였고 그 남자가 내가 아닌 것이 확실었기에. 어쨌든 수줍음의 미덕을 보여 주는 감성적인 7인치 싱글 앨범 여러 장의 리뷰도 실었다. 또 내가 캠퍼스에서 스케이트보드 타는 장소로 즐겨 찾는 곳들과 1980년대의 홍콩 영화 중 내가 좋아하는 작품 일곱 편을 두 페이지에 걸쳐 소개해 놓았다.

환영문에는 이런 글을 썼다. "잡지는 삶에 대한 하나의 비유다. 한 사람의 창작물이자 목소리이자 삶이다… 그 누구도 왜곡할 수 없고, 누구든 받아들일 수도 싫어할 수도 있는 표현의 한 형태다… 창조하고 파괴하고 뒤엎자. 표현하지 않으면 아무도 관심을 갖지 않는다. 그것이 타당한 말일지라도. 그러니 나가서 영상을 찍고, 소란을 피우고, 잡지를 복사하면서 세상에 지울 수 없는 흔적을 남기자." 나는 5호 몇 부를 카페 '윌 베를린'이나 '밀라노'에 있는 잡지와 신문 안쪽에 끼워 놓고 나왔다. 마침내 코디스의 구매 담당자를 설득해 위탁 판매로 몇 부를 비치해 놓기도 했다. 유니버시티 애비뉴에 있는 엘리트주의적인 음반 매장의 한 직원에게 한 권을 선물로 건넸다가 그가 그걸 판매용으로 진열해 놓은 걸 본 게 계기였다. 누군가 돈을 주고 살 만한 상품으로 여겨졌다니, 기분이 우쭐했다.

캠퍼스에는 소수 인종 우대 정책을 옹호하는 데 너무 열렬해 보이는 단체가 있었다. 그 단체의 일원 중에 실제로 버클리대에 다니는 사람이 있기나 한 건지도 불확실했다. 한번은 자신들을 규탄

한 〈더 데일리 캘리포니아〉의 한 칼럼에 격분해 배포용으로 신문을 쌓아 둔 가판대 옆에서 집회를 열었다. 확성기를 든 남자가 소리쳤다. "여러분, 저쪽으로 가서 파시스트 같은 〈데일리 캘리포니아〉를 무더기로 집어다 저 분수에 버리고 오세요!" 동료 시위자가 그에게 뭐라고 속닥였다. "아 참, 맞는 말이네. 여러분 〈데일리 캘리포니아〉를 무더기째 집어다 재활용합시다." 이 단체가 CIA의 지원을 받으며 다른 학생 운동가들의 평판을 떨어뜨리려 활동 중이라는 소문도 돌았다.

어느 날 켄과 나는 새더 게이트에서 그 단체가 벌이는 시위를 마주하게 되었다. 서로 이유는 달랐지만 켄도 나도 그들의 시위가 실망스러웠다. 그때 나는 오클랜드의 방과 후 프로그램으로 과외 활동을 시작했다가 학생 운동가들의 세계와 얽히게 된 참이었고 이 단체에 대한 불신이 나에게도 고스란히 전염되어 있었다. 켄의 경우엔 실용주의적 실망감에 더 가까웠다. 전략적인 해결책을 중시하던 켄은 이런 문제는 법정에 가서 싸우는 것이 좋지 않겠냐는 생각을 했다. "이런 식의 시위로 무슨 일을 이뤄 내길 기대하는 거예요?" 떼로 몰려 있던 시위 주최자들에게 켄이 물었다. "사람들에게 우리의 어려운 처지를 알리는 거요." 한 여성이 말하며 우리에게 전단지 한 장을 건넸다. 나는 그 말이 어리둥절하게 들렸다. 그녀는 백인이라 사회에 인종 차별을 부활시키려 애쓰는 우익의 표적이 아니었기 때문이다. 그녀와 그 동료들은 출입구를 막고 있었다. 그들을 지나쳐 캠퍼스로 들어가는 사람에게 수치를 주려는 문구가 붙어 있었다. "백인 남성 전용."

우리는 백인 남자가 아니었다. 그건 우리도 알았다. 우리는 우리를 누구라고 설명해야 할지 막막했지만 시위대가 말하는 영역에 들지 않았다. 켄은 우리 둘이 같이 학보에 논평 글을 써보자고 했다. 켄은 진지하고 개혁적인 질문들을, 나는 비꼬는 듯한 농담을 엮었다. 이런 운동에는 바리케이드만이 아니라 교육, 법적인 이의제기, 제도 내에서의 점진적 변화를 위해 힘쓰는 사람들도 필요했다. 수업을 들으러 가려는 동지들을 갈라놓는 그런 행동은 어리석은 짓인 데다 분열을 일으킬 만도 했다. 특히 우리같이 사실상 백인 남자도 아닌 경우라면 더욱더. 우리는 논평 글을 의기양양한 기쁨이 깃든 어조로 마무리하며 그들의 옹졸함을 들추어낸 것에 통쾌해했다.

몇 달이 채 지나지 않아, 나는 사람들 앞에 나서서 큰 소리를 내고 구호를 외치고 노래하고 악의 척결을 부르짖는 이런 일이 꼭 뭔가를 이루려는 시도는 아님을 이해하게 되었다. 때로는 그저 다른 사람들과 한목소리를 내려는 시도일 때도 있다고. 무리 속에서 익명성을 바탕으로 서로가 서로를 위해 함께하는 것임을. 뭘 어떻게 해야 할지 알아서라기보다 뜨거운 감정을 주체 못 해서 누군가를 향해 외치는 것임을. 설령 그것이 잘못된 대상을 향한 외침이더라도.

하지만 새더 게이트에서 시위를 마주했던 그 순간엔 뭘 어떻게 해야 할지를 잘 몰라 그냥 게이트를 지나 걸어갔다.

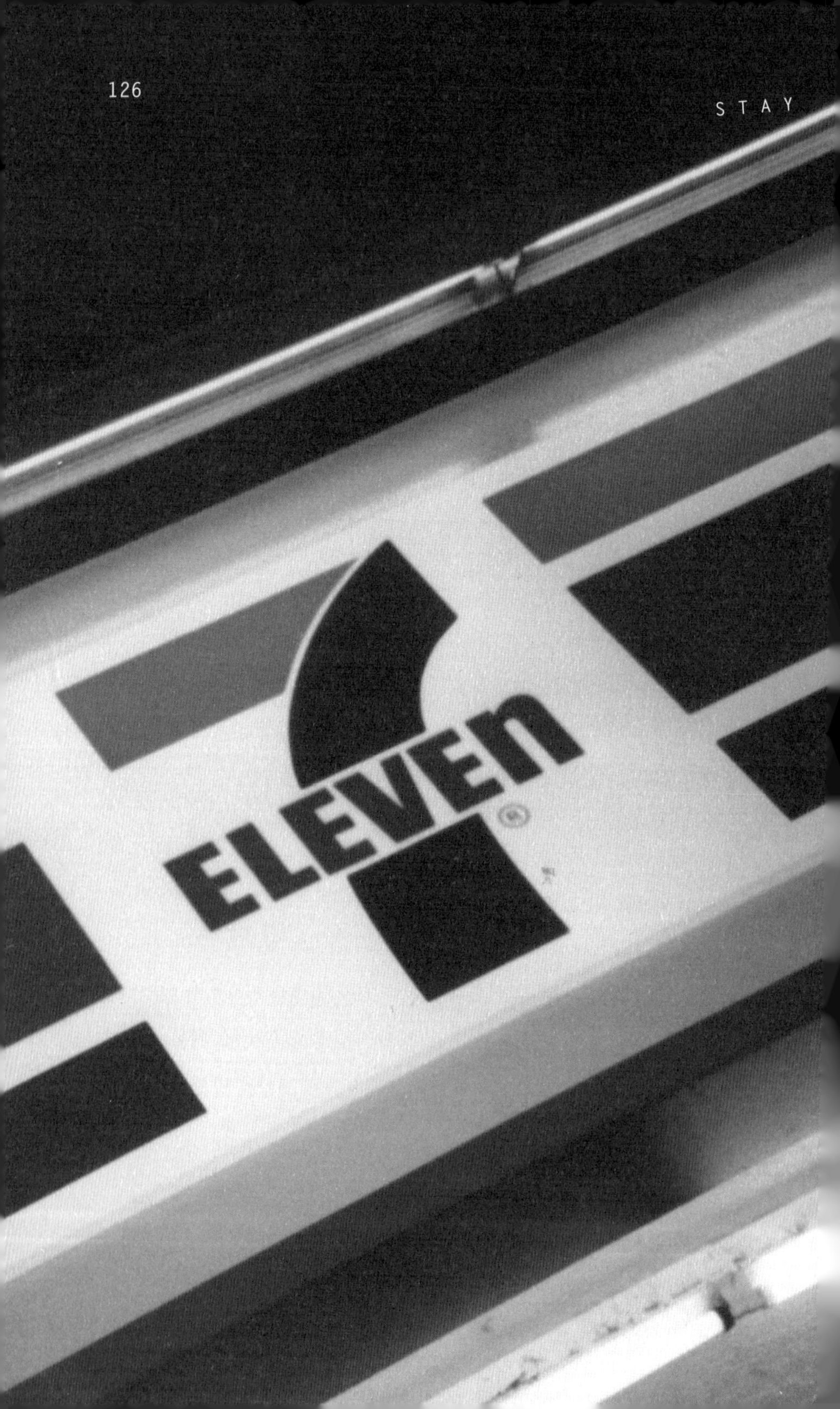
ELEVEN

켄과 도서관의 백인 할아버지 명판 밑 자리에서 공
부하던 중, 켄에게 담배 한 대 피우고 오자고 했다.

나는 켄과 같이 걷는 게 좋았다. 우리는 서로 어울리지 않는 두
사람끼리 세상을 누비며, 같은 것에 주목해 일상 속의 소소한 묘미
와 별난 순간들에 젖어 들었다. 이를테면 피자 가게의 남자가 지나
가는 행인을 향해 특유의 걸걸한 목소리로 "뜨끈뜨끈한! 치즈! 피
자!"를 외치는 순간도 그랬다. 그 외침은 어느새 우리에게 일상어
처럼 익숙해져, 이제는 밥 먹을 시간이 되었다는 신호나 다름없어
졌다. 때때로 누군가와 마주칠 때도 있었는데 켄의 당당한 자신감
덕에 나 역시 나름의 방식으로 당당하고 자신감 있는 사람으로 비
치곤 했다.

담배를 다 피웠을 무렵 우리는 이미 텔레그래프 애비뉴까지 와
있었다. 그래서 켄에게 잠깐 아메바 뮤직에 들어갔다 오지 않겠냐

고 물었다.

음반 매장은 어둠이 내리고 나면 다른 에너지를 뿜는다. 뭔가를 찾아 밤 속을 헤매는 사람들로 가득하다. 켄은 이 통로 저 통로로 옮겨 다니는 내 뒤를 졸졸 따라다녔다. 나는 내가 그 근래에 빠져 있던 앨범인 비치 보이스의 《Pet Sounds》 전곡이 실린 기념판 박스 세트를 보여 주었다. 내가 어릴 때 부모님은 비치 보이스의 앨범을 소장하고 있지 않았고, 그때만 해도 나는 그런 소장 여부로 앨범의 가치를 판단하곤 했다. 그러다 비치 보이스의 명곡으로 꼽히는 'God Only Knows'의 미친 완벽주의에 대해 얘기하는 기사를 읽고 나서야 《Pet Sounds》를 찾아보게 되었다. 들어 보니 정말 좋았다.

이 밴드는 하나부터 열까지 진짜가 아니었다. 밴드의 이름이 '비치 보이스'인데도 한 멤버만 실제로 서핑을 했을 뿐 다들 야외 활동보다는 실내에서 보내길 좋아하는 유형이라, 이들이 마술이라도 부리듯 만들어 낸 그 기분 좋은 느낌은 모두 우발적인 것이었다. 그 경쾌한 화음은 협력과 우정의 반영이라기보다 리더 브라이언 윌슨의 세세한 조정이 낳은 결과물에 더 가까웠다. 브라이언은 자신의 환각적 상상을 소리로 옮기는 데 너무 집착해 거의 제정신을 놓을 때까지 스스로를 밀어붙였다.

나는 세계적인 명곡의 반열에 오른 'God Only Knows'의 일곱 가지 버전을 가리켜 보였다. 기가 막히지 않아? 나는 마음속 감탄을 입 밖으로 토해 냈다. "그러니까 너한테는 이 일곱 가지 버전이다 필요하다고!" 켄이 내가 듣고 싶던 바로 그 말로 받아 줬다.

1966년에 'God Only Knows'를 녹음할 당시, 브라이언은 남동생 칼에게 그 노래를 불러 달라고 부탁했다. 권위주의적인 천재 브라이언에겐 없는 맑고 부드러운 면이 칼에게는 있었다. 칼은 온 마음을 다해 열창하며 격해진 감정으로 목소리가 갈라지기 직전에 이르지만 안정적으로 술술 넘어가는 이 곡의 리듬 덕분에 잘 헤쳐 나간다. 나는 1960년대의 해방 운동이 거칠고 광적인 스타일이었으리라 짐작했다. 이 곡에서 느껴지는 화음은 거의 컬트적인 강렬함이 배어 있었다.

켄과 도서관으로 돌아온 뒤에 나는 소지품을 챙겨 부랴부랴 집으로 가서 새로 산 CD를 들었다. 'God Only Knows'의 한 버전은 금속성 선율의 색소폰 파트가 특징을 이루었고, 그 외에 보컬 위주의 버전, 화음을 받쳐 주는 정도에 머물도록 보컬을 확 줄인 버전, 기타 선율을 부각시킨 버전도 있었다. 이렇게 해체된 곡들은 별 감응이 일지 않았다. 그렇다고 해서 가볍고 시시하게 들린 건 아니었다. 원곡을 너무 많이 듣다 보니 원곡 고유의 아우라가 누적된 탓이었다. 'God Only Knows'는 나에게 사랑을 넘어선 갈망의 가능성을 느끼게 했다. 그런데 그 노래의 어떤 부분이 이런 감정을 일으키는지 분간할 수 없었다. 방황을 거쳐 의지를 되찾는 내용의 이 슬픈 가사일까? 브라이언이 써내긴 했지만 본인은 절대 전달하지 못했을 느낌을 끌어낸, 곡 중간중간에 들리는 칼의 그 황홀한 바이브레이션일까? 아무래도 노래 자체보다는 반복해서 듣고 또 들으며 기억들이 켜켜이 쌓여 일어난 감정이 아닐까 싶었다.

◆ ◆ ◆ ◆ ◆

3학년 때 앤서니와 나는 채닝 웨이의 아파트로 이사했다. 파라그는 이미 숀과 그 건물에 살고 있었다. 숀은 경제학을 전공하는 아메리카 인디언계의 자만기 있는 애였다. 번호판에 '미친 듯이 막무가내인 사람(BUCKWILD)'을 뜻하는 허세 가득한 문구를 찍고 다녔고, 멕시코계 미국인이면서도 샌 버너디노 밸리의 비교적 조용한 교외 지역에 거주하며 어릴 때 뉴저지주에서 아주 잠깐 살았던 걸 내세워 어정쩡하나마 뉴요커로서의 정체성을 주장했다. 말을 함부로 내뱉다 싸움을 일으키는 편이라, 우리들 사이에 굉장히 산만한 에너지를 불어넣어 주기도 했다.

우리가 새로 이사 간 집은 서쪽으로 겨우 세 블록 거리였지만 친구들과 갑자기 가까이 붙어 살게 된 느낌이었다. 파라그와 숀은 언덕길 아래쪽에, 그웬은 같은 거리 위쪽 채닝 웨이와 풀턴 스트리트가 만나는 모퉁이에, 그 애 집에서 한 블록 거리에는 알렉과 사미가 주유소 뒤편의 방 두 칸짜리 좁은 아파트에서 살고 있었다.

채닝 웨이의 우리 집은 방이 한 칸밖에 없어서 앤서니는 자주 여자친구 웬디의 집에서 잤다. 나는 집 곳곳을 공연 전단지, 1960년대 신문들의 복사본, 시위 포스터 및 배너 들로 꾸몄다. 문짝 하나를 캐비닛형 서랍 두 개로 받쳐서 거실 벽 한쪽을 다 차지할 만큼 널찍한 책상을 만들었다. 덕분에 이제는 스테레오 플레이어와 음반뿐만 아니라 잡지 제작에 사용하는 스캐너까지 놓을 공간이 생겼다. 이젠 복사기의 한계를 시험하는 대신 컴퓨터로 이미지 작업을 할 수 있었다. 그런 작업을 하다 보면 나중에 그래픽 디자이너가 되는 게 아닐까, 하는 생각이 들기도 했다.

켄은 이번엔 집들이 선물로 아주 모던한 시계를 가져왔다. 숫자가 없는 흰색 바탕에 분침과 시침이 툭 튀어나와 있는 디자인이었다. 나는 사려 깊지 않은 선물에 대해서는 확실히 애처럼 구는 면이 있었다. 어느 해에, 친구 여럿이 돈을 조금씩 모아 삐삐를 사준 적이 있다. 딱 보기에도 삐삐 같은 것에 거부감이 있는 유형인 나에게 그런 선물을 주다니. 이후로 매달 삐삐 요금을 낼 때마다 나를 너무 몰라주는 것 같아 자꾸만 서운한 생각이 들었다. 켄이 내 스타일과 잘 맞을 거라고 생각해서 고른 그 시계는 어른스럽고 쿨해 보여 마음에 쏙 들었다.

켄도 그 해에 프래터니티 하우스에서 이사를 나왔다. 버클리에서도 완전히 다른 구역인 칼리지 애비뉴 쪽에서 두 친구와 같이 살았다. 여기도 버클리야? 오클랜드의 괜찮은 동네 아니고? 내가 그 집에 가려면 차를 몰아야 했다. 우리는 칼리지 애비뉴를 따라 걸으며 카페 '로마'로 공부하러 가곤 했다. 그곳만큼 버클리대 학생들로 빼곡한 곳은 본 적이 없었다. 때때로 일식집에 들어가 뭘 좀 먹기도 했다. 그렇게 시간을 보내다 켄의 집으로 다시 돌아가 나무 그늘 드리운 발코니에 앉아 담배를 피웠다. 켄은 언젠가부터

냇 셔먼*을 사서 피우더니, 어떤 영화를 본 뒤로는 그 영화에 나온 엑스포트 A를 피웠다. 켄의 룸메이트 중에 한 백인 친구가 아시아인에 대한 저속한 농담을 즐겨 했는데 켄은 나에게 그런 얘기를 전해 주며 괴롭고 지친 기색을 보였다. 그런 켄을 보고 있으면 이제는 제법 나이 먹은 티가 났다. 어느 날은 켄이 무심코 혼잣말을 내뱉었다. 그 집에서 나오거나, 아니면 남은 2년 동안 공부에 집중하기라도 해야 할 것 같다고. 저녁의 어떤 시간대에 빛을 받으면 켄의 머리칼이 백발로 보이는 순간이 있었다. 전에는 길고 웨이브진 캐러멜색 머리를 하고 다니더니 이제는 종종 짧게 깎기도 했다.

켄이 나에게 같이 동아리를 열면 어떻겠냐고 물었다. 일종의 친목 단체로 다문화 학생연맹을 만들어 보자는 얘기였다. 예전에 인종학 교수님이 1960년대의 운동에 참여하며 치카노**로 산다는 것의 의미를 깨달았다는 감동적인 얘길 들려준 적이 있었다. 켄은 그 교수님 같은 멘토를 구하고, 그들이 우리들 각자의 역사를 가르쳐 주고 우리 나이였을 때의 경험담을 들려주고, 가능하면 인턴직이나 일자리에 다리를 놓아 주기도 했으면 좋겠다고 부탁할 생각이었다. 이제 우리도 3학년이 되었으니 슬슬 장래를 생각하는 건 자연스러운 일이었다. 다만, 나는 그 동아리가 켄의 프래터니티와 너무 비슷한 것 같아 켄에게 몇 가지 지적을 했다. 다문화주의적

★　고급 담배 브랜드.
★★ 멕시코계 미국인 남자.

포용보다 더 과감한 뭔가를 위해 싸워야 한다고. 썩어 빠진 시스템 전체를 허무는 일에 매진하는 건 어때? 그렇지 않으면 이 동아리는 인맥 관리 차원으로 그칠 텐데 그 교수님이 예전에 그렇게 열심히 싸웠던 이유가 그런 것 때문은 아니잖아? 우리의 시간만이 아니라 교수님의 시간까지 낭비하게 될 거야. 켄은 기분 거슬려 했지만 단념하지 않았다. 이런 동아리를 통해 도움을 받을 사람이 많을 거라고 생각했다. 일을 계속 진전시켜 배지를 만들고 내가 생각도 못했던 사람과 함께 스프라울 광장에 테이블을 가져다 놓기도 했다.

정치학 수업이 갈수록 지루하게 느껴졌다. 군비 축소, 미국의 소송만능주의, 로비 활동의 이모저모 따위의 토론에 흥미가 안 생겼다. 인종학과 아시아계 미국인학 수업을 최대한 많이 들으며 우리 이전의 역사에 열중했다. 과거를 헤집는 것에서 위안을 찾으며 서로 단결해 행동에 나섰던 그 순간들로 우리 세대가 새롭게 불붙을 수는 없을지 아쉬워했다. 소설은 더는 읽지 않았다. 내가 배우고 싶었던 건 그동안 우리가 접하지 못했던 역사 얘기뿐이었다.

나는 주로 동남아시아계 중학생들을 도와주는 지역 문화센터인 리치먼드 청소년 프로젝트[RYP]에서 자원봉사 활동을 했다. 리서치나 그래픽 디자인 분야에서 일을 시작하려면 뭘 해야 할지 잘 몰라 헤매던 차에 지도 활동이 적당한 대안일 것 같았다. RYP가 입주한 건물은 고속 도로에서 약간 떨어진 곳에 있었고, 방치된 쇼핑센터 같았다. 길가의 상점 몇 곳만이 문을 연 채, 한때 조선업으로 호황을 누렸던 이 도시는 변화하고 있었다. 정면에 아치형 회랑을 세운 작은 교회, 가발 상점, 적막한 모병 센터, 서너 개의 언어로 쓰인 그래피티가 다였다.

매주 금요일 오후면 버클리대 자원봉사자들이 유칼립투스 숲길 근처에 모였다. 나는 그때까지 캠퍼스에 그런 곳이 있는 줄도 몰랐다. 학교에 대해 아직도 잘 모르는 게 많다고 느껴져 새삼 겸허해졌다. 우리는 차를 가진 사람들이 오길 기다렸다가 같이 리치먼드로 갔다. 나는 잘 모르는 길은 운전하길 불안해했다. 그곳까지는 북쪽으로 20분 정도 걸려서, 같이 차를 타고 가는 도중에 우리는 서로 친분을 트며 고향, 전공, 주류 힙합 대 언더그라운드 힙합에 대한 생각 등을 나누었다. 나는 그렇게 얘기를 듣던 중 이제부터는 언더그라운드 힙합을 더 많이 들어 봐야겠다고 마음먹었다.

모두들 아시아계 미국인이었다. 내가 이미 알 만큼 아는 사람들과 비슷하게 생긴. 단지 그 부모들이 엔지니어가 아니라 버스 운전사나 식당 점원, 1970년대 운동가나 좌파 목사들이라는 차이만 있었을 뿐이다. 다들 리치먼드에 갈 때마다 아주 편안해서 부러웠다. 오클랜드 출신 여성도 몇 명 있었는데 집안에서 처음으로 대학에 진학한 경우들이었고, 더 어릴 때부터 이런 프로그램에 참여해 왔다고 한다. 그에 반해 내 인생 궤적은 뻔하고 시시했다. 첫 몇 주간 나는 절대 앞자리에 앉지 않았다. 뒷자리에 타서 얘길 들었다.

스무 살의 우리가 십 대들에게 미래를 살아갈 방법을 가르쳐주었다. 그 오후 수업에는 딱히 체계가 없었다. 그냥 같이 어울려 보내며 멘티들이 어떻게 지내고 있는지 얘기도 나누고 숙제도 했다. 멘티들은 대부분 미엔족이었다. 미엔족은 원래 중국에 뿌리를 둔 소수 민족이었다. 17세기와 19세기 사이에 다수 민족인 한족의 박해를 피해 도망 나와 차츰차츰 동남아시아 곳곳에 새롭게 정착했다. 라오스의 고지대에 터전을 잡아 농사를 지어 먹고살며 대체로 고립 생활을 했다. 1970년대에 이르러 베트남 전쟁이 이 지역까지 확산되자 미군은 베트콩을 격퇴시키기 위해 미엔족의 도움을 얻으며, 현대 기술에 거의 문외한이던 남자들에게 기관총을 지급했다. 이 전쟁통에 라오스에 200만 톤에 달하는 폭탄이 떨어져 미엔족이 의지해 살던 숲은 쑥대밭으로 변하고 식수도 오염되었다. 미군이 떠난 후 살아남은 미엔족은 태국으로, 또 그 이후엔 미국으로 피난을 갔다. 1976년부터 1995년까지 대략 4만 명의 미엔족 난민이 미국으로 이주해 저숙련 일자리와 저렴한 주택을 구할 수 있는 리치먼드 같은 곳에 자리를 잡았다.

우리가 가르친 학생들은, 가족들과 그 센터 덕분에 이 모든 역사를 막연하게나마 알았다. 내 경우엔 동남아시아인의 디아스포라 역사를 다루었던 아시아계 미국인학 수업을 통해 이런 역사를 알게 되었다. 이들의 삶은 여러 면에서 친근하게 다가왔다. 부모들이 할 수 있는 한 많은 일자리를 구해 바쁘게 일했고, 과거와 여전히 이어진 연결 고리들은 정치보다는 집안 전통과 더 관련되어 있었다. '집단 학살'과 '트라우마' 같은 말은 금기어였다.

얼마쯤 후부터 나도 리치먼드에 차를 몰고 갔다. 나는 주로 7학년 남학생들을 맡았는데, 다들 옷을 돌려 입는 것 같았다. 지나치게 축 늘어진 배기 스타일의 물려 입은 청바지, 나이키 스웨트셔츠, 스포츠 재킷을 서로 맞바꿔 입는 듯 보였다. 특별한 날에는 후부 저지 스웨터를 입었다. 옆머리를 바짝 밀고 가운데 가르마를 타서 몇 가닥을 앞머리로 내리고 다녀, 항상 머리가 앞으로 살짝 기울어 있었다. 나는 그 아이들 특유의 삶을 제대로 파악하지 못했기 때문에, 아이들에게 온전히 관심을 쏟아 주고 끈기를 보여 주면 충분할 것 같았다. 우리가 모두 아시아계라는 사실은 내 멘티들보다 나에게 더 중요한 의미였다. 나에게 아시아계 미국인은 복잡하게 뒤얽힌 임의적인 범주이면서, 또 한편으론 집단적 투쟁으로 생성된 범주이기도 했다. 우리의 모든 희망과 에너지를 아우르기 충분한 포용력이 있었고, 민족과 계층을 가로지르는 유사성들이 있었다. 말이 별로 없는 부모, 음식에 깃든 문화적 의의, 집에서 신발을 신지 않는 문화 등등이 비슷했다. 우리의 어린 멘티들도 그런 커뮤니티가 자신들의 커뮤니티임을 깨달아야 했다.

　그 아이들의 세계관에는 일상적인 동족 의식이 깊이 배어 있었다. 아시아인으로서의 자부심 같은 것이 있었다. 하지만 그런 동족 의식도 미엔족이나 흐몽족, 때로는 라오스인이나 베트남인으로 나뉘었다. 몇십 년 전에 부모님의 대학원 공부를 위해 건너온 대만계 미국인인 나는 그들에게 화성에서 온 사람이나 마찬가지였다. 아이들은 흑인 동급생들에게 이것저것 자주 빌려 썼고 나 같은 사람들보다 그들과 공통점이 더 많은 것 같았다. 어느 날 오후, 아이들 몇 명을 집까지 태워다 주고 있을 때 옆 차선의 십 대 몇이 차창 밖을 올려다보다 얼굴을 찡그렸다. 미엔족이 아니었다. 그러자 내 멘티 한 명이 권총을 휙 내보였고 (나는 그 애가 그런 걸 가지고 있는 줄도 몰랐다) 그러자 상대편 차가 다른 차선으로 피했다. 그 애가 손가락질을 하며 웃음을 터뜨렸다. "저 중국 놈들." 그 애들의 분류에서 나는 어느 쪽에 드는지 궁금했지만, 굳이 물어볼 만큼 궁금하진 않았다.

내가 멘토 중에서 조용조용한 편인 데다 다시는 내 차에 총을 가지고 타지 말라는 말 외에는 멘티들에게 이래라저래라 지시하는 일도 웬만해선 없었기 때문에 아이들은 나를 좋은 사람으로 여기는 눈치였다. 물론, 좀 만만하게 비치기도 했다. 신이 나서 나를 한껏 들볶던 걸 보면. 그래도 나는 끈기 있게 아이들과 함께해 주었고 선뜻 운전기사 노릇도 해주었다. 그러다 애들의 옷차림이나 머리 모양을 놀리며 장난치기 시작하면서 서로 친해졌다. 어쩌다 진지한 순간이 펼쳐질 때면 항상 아이들에게 장담을 해주었다. 열심히 공부하면서 학교에 잘 다닌다면 잘될 거라고. 주말에 아이들을 데리고 쇼핑몰에 가거나 영화를 보러 가기도 했다. 어쨌든 그 애들도 멘토들처럼 버클리대에 들어갈 수 있을지 모를 일이었다.

자원봉사자들은 캠퍼스에 돌아와 우리보다 겨우 몇 살 어린애들을 지도하며 느낀 바에 대해 얘기했다. 우리가 갖는 권위의 원천은 대학생이라는 사실이 가장 컸다. 그런데 한 친구가 던진 의문처럼, 대학이 그저 특권을 재생산하는 방법에 불과하다면 고등 교육을 그 아이들이 처한 문제에 대한 해법으로 제시해 줄 이유가 있을까? 어떤 이유를 들어 아이들에게 대학에 가라는 의욕을 묵놀워 줘야 할까? 버클리대는 당시에 학생의 40퍼센트가 아시아인이었으나 그 40퍼센트는 주로 일본이나 한국이나 인도나 중국의 디아스포라로 정착한 가정에서 자란 중산층 학생들이었다. 우리에게는 버클리대 같은 공립대학이 좋은 발판 정도이지 목숨이 걸린 구명줄은 아니었다. 우리가 지도하던 리치먼드의 학생들은 위험 청소년군에 들었다. 하지만 폭력배나 마약 같은 특정 비행 행위에 물들 위험은 적었다. 더 보편적인 위험은 따로 있었다. 아이들이 너무 이른 나이에 세상 물정을 알게 되고, 그러다 자기 나름의 잠재력에 눈뜰 기회도 갖지 못하게 될 위험이었다.

◆ ◆ ◆ ◆ ◆

인터넷 초창기에 온라인 세계는 감당할 수 있을 만큼만 방대했다. 정복할 수 있는 세계 같았다. 탐색할 공간이 한정되어 있었다. 오랜 시간 머물 순 있었지만 그럴 만큼 대단하진 않았다. 사람들은 어디에서든 따분해한다는 점을 깨달았다. 인터넷에 들어가서 우리처럼 잘 알려지지 않은 것들에 빠져 있는 또 다른 사람들을 찾았다. 찾아보면 웹사이트를 개설해 자신이 떠받드는 영웅들을, 틀림없이 너무 쿨해서 컴퓨터를 쓰지 않을 그 영웅들을 소중히 모시는 사람들이 있었다. 인터넷 공간은 선물, 모르는 사람에게 던지는 가벼운 재밋거리, 마음이 맞고 호기심 많은 사람들과의 교감으로 충만했다. 모든 것이 관대함으로 지탱되었다.

20세기 초에 인류학자 브로니스와프 말리노프스키Bronislaw Malinowski가 현재 파푸아뉴기니에 속하는 지역인 트로브리안드 군도로 과감한 모험을 감행했다. 이 지역의 선물 교환 관행을 연구하기 위해서였다. 섬 지역의 주민들은 서로 상징적일 뿐 쓸모없어 보이는 목걸이와 팔찌를 건네기 위해 아주아주 먼 길을 떠나곤 했다. 말리노프스키는 그런 모습을 일종의 연성 권력*이라고 여겼다. 상호 호혜에 대한 기대가 존재한다는 점에서 선물 교환은 이타적 행위에 해당되지 않았다. 선물의 흐름이 확실한 패턴을 따르고 있어 무작위적이지도 않았다. 말리노프스키의 주장에 따르면, 이렇게 선물을 주고받는 행위는 우연적으로 이뤄지는 것이 아니라 모든 사람을 정치 과정 속에 구속하는 일이었다. 이런 식의 교환이 섬 지역 전체로 확산되는 것은 곧 정치권력의 확산이나 다름없다는 얘기였다.

사회학자 마르셀 모스Marcel Mauss는 말리노프스키의 이런 풀이에서 미흡한 부분을 발견했다. 말리노프스키가 실질적인 부채감의 작용보다는 거래에 너무 큰 비중을 두었다고 봤다. 이후 1923년에 발표한 논문 〈증여론Essay on the Gift〉을 통해 밀라노프스키의 섬 인맥망을 미국의 토착 전통, 중국의 공동 소유 체계 등 다른 사회의

★ 간접적이고 무형의 영향력을 행사하는 힘.

선물 관행과 같이 대조해 놓았다. 모스는 지연된 상호 호혜의 개념을 도입했다. 사람들은 선물을 주며 답례를 기대한다. 하지만 사람들은 보통 간헐적이면서 때때로 무작위적이기도 한 간격으로 선물을 주고받는다. 이런 시차에서 관계가 생긴다. 선물은 정치적 목적에 이바지할 수도 있다. 하지만 모스는 선물이 사람들과 커뮤니티 간의 유대를 강화한다고 믿었다. 꼭 일대일로 똑같이 선물에 답례하는 것이 의무는 아니다. 우리가 신세를 지고 있는 것은 일종의 공통 신념인 '선물의 정신'이다. 모든 제스처가 유대를 맺어 연관 고리를 늘리고픈 욕구의 전달이다.

그렇다고 우리가 그 인터넷 공간을 시장으로부터 자유로운 세계로 상상했던 것은 아니지만, 내가 아는 사람 중엔 인터넷으로 돈을 벌 아이디어를 떠올리는 사람들이 없었다. AOL*에 한 달 사용료 10달러씩 내면 그 모든 게 있다고? 온라인상에서는 모두가 그들끼리 통하는 은밀한 지식이나 기쁜 일을 공유했다. 가장 좋아하는 밴드를 다루는 웹페이지를 만들어 놓은 사람도 있었고, 원하면 두 번째로 좋아하는 밴드를 다루는 웹페이지를 만들 수도 있었다. 판매가 아니라 교환을 위해 테이프 목록을 게시해 놓는 사람들도 있었다. 나는 내 잡지를 구실 삼아 밴드 멤버들이나 영향력 있는 리스트서브 멤버들에게 이것저것 캐물었다. 어떻게 지내고 있고, 자유 시간에는 뭘 하고, 친구들 대부분이 현실 친구인지 가상의 친

★ 미국의 인터넷 서비스 업체.

구인지 등등. 잡지의 구독료로 받은 돈은 단 한 푼도 쓰지 않았다. 그 돈은 나에게 돈 이상의 의미였다.

앤서니가 3학년 가을에 스페인의 세비야로 단기 유학을 떠나자 생물학을 전공하고 붙임성 좋은 오하이오 출신의 백인 친구 벤이 제도용 책상과 최신 경량 자전거 정도만 가지고 단출하게 이사 들어왔다.

벤은 틈만 나면 공부에 매달렸다. 그래도 가끔씩 저녁에 켄과 숀이 놀러 오면 다 같이 AOL의 채팅방을 둘러봤다. 우리는 대체로 보수적인 채팅방에 들어가는 편이었다. 이런 채팅방에 끌려들어 온 이들은 어떤 식으로든 고립감을 느끼는 사람들이었다. 환경에 떠밀려 자신의 컴퓨터로, 그리고 곧이어 여기 미지의 디지털 세상으로 유대를 찾아 들어온 듯했다. 우리는 내가 만든 새로운 닉네임으로 점잖은 중년의 백인 남자 행세를 하며, 작은 기업을 가지고 있는 사람처럼 굴었다. 채팅방에 들어오는 다른 사람들은 하나같이 저기 어딘가 저마다의 환경 속에서 혼자만 외계인이 된 기분을 느끼며, 변해 버린 사회에 유감스러워했다. 우리는 과거엔 세상이 훨씬 더 좋았다는 그 사람들의 얘기를 들으며 공감해 주었다. 그러다 얼마쯤 지나 해결책으로 사회주의를 제안했다. 이런 식으로 이 나이 많고 보수적인 미국인들을 보고 있다 보면 너무 웃겨서 눈물이 다 나올 지경이었다.

나는 내 친구의 황금 같은 금요일이나 토요일 밤을 희생시키고 있다는 느낌을 늘 갖고 있었다. 어쨌든 나야 대개는 내 컴퓨터 앞에 앉아 지낸다지만 친구들은 밖에 나가 술도 마시고 여자들도 만나고 무모한 짓도 벌일 수 있을 텐데 내 컴퓨터 앞에 빙 둘러앉아 모르는 사람들을 도발적인 말로 모욕하며 내가 트는 음반을 듣고 있었으니까. 노래가 바뀌는 중간중간에 정적이 흐르면 우리 머리 위에서 켄이 선물한 시계의 초침 소리가 똑딱똑딱 들렸다. 아래쪽의 친구들은 파티나 데이트를 즐기고 돌아와 우리가 채팅방에서 '인도적 자본주의'를 비꼬는 농담을 하고 있는 모습을 보면 어떻게 시간을 그런 식으로 보내냐는 듯 혀를 내두르며 고개를 절레절레 저었다.

그렇게 시간을 보내다가 나중엔 포개 앉다시피 내 차에 몰려 타서 샌 파블로의 심야 영업 도넛 가게로 갔다. 나는 친구들이 내 음악을 놓고 이러쿵저러쿵 떠드는 게 싫었다. 그보다 더 싫은 건, 켄의 주도로 애들이 다 같이 노래를 따라 부르며 'God Only Knows'의 완벽한 화음을 덮어 버릴 때였다. 내 차였지만 더 이상 내 왕국이 아니었다. 숀, 벤, 켄은 음정은 신경도 안 쓰고 고래고래 노래하길 좋아했다.

처음엔 세 녀석들이 노래를 부르고 한 녀석은 제발 좀 그만하라고 말리는 그런 상황이 나를 약올리려고 그런다는 생각밖에 들지 않았다. 그런데 얼마쯤 지나자 그 소음 속에서 안도감이 느껴졌다. 원곡이 선사하는 것보다 더 나을지도 모르는 그런 느낌이. 바로 옆에서 친구들이 부르는 노래를 들으며 그 시간이 째깍째깍 흘러가는 사이의 어느 틈에, 그 노래를 함께 체험하며 마치 세상이다 같이 진동하는 듯한 환영이 어른거렸다. 노래 소리가 귀를 간질이는가 싶다가 이어서 몸 전체를 간질여 함께 따라 부르게 되는 그런 체험이었다. 누군가에 이어 또 한 사람이 음정을 틀리고, 그러다 어느새 모두가 과감히 자신만의 독창을 뽑으며 심한 불협화음을 연출했다. 나는 마침내 음악이 사람에게 미치는 영향을 몸으로 느꼈다. 불신자들의 합창이 신에게로 향했다. 우리는 함께 뭉쳐 만들어 낸 화음으로 가사 속에 흐르는 비극을 압도할 수 있었다. 사람들이 함께 힘을 모을 수 있다는 증거였다. 우리는 노래가 끝날 때까지 주차장에서 그대로 앉아 있었다. 도넛 맛은 별로였지만 적어도 우리 이동 합창대에게 목적지를 마련해 주었다. 우리가 광란과 형제애가 뒤섞인 뭔가를 함께 하도록 해주었다.

켄은 몇 달째 아베크롬비 앤 피치의 한 재킷의 재고가 다시 들어오길 기다리고 있었다. 파란색 바탕에 가슴 쪽으로 널찍한 크림색 가로 줄무늬가 들어가고 그 줄무늬 안쪽에 더 가는 붉은색 줄무늬가 있는 디자인이었다. 헐렁하게 입는 스타일이었고 부들부들한 짙은 회색의 플란넬 천이 안감으로 대어져 있었다. 이 제품은 베이 에리어에서는 매진이었지만 켄이 알아 보니 공항 근처인 샌디에이고 매장에 아직 한 개가 남아 있었다.

켄은 수화물 컨베이어 밸트에서 나를 보자마자 이 모든 자초지종을 얘기했다. 때는 3학년 겨울 방학이었고, 나는 켄을 보러 샌프란시스코에서 새벽 비행기를 타고 막 샌디에이고에 도착한 참이었다. 다시 잠을 자고 싶은 마음이 간절했다. 내가 탄 비행기가 이륙한 시간은 아직 어둑어둑한 때였고 지금도 그때보다 살짝 덜할 뿐 어두웠다. 켄은 차 안에서 잠깐 잘 수 있을 거라고 나를 안심시켰다. "쇼핑몰에 들렀다 가기만 하면 돼." 내가 짜증스러운 기색을 드러내자 켄이 안에 모피가 덧대어진 두꺼운 내 파카를 가지고 놀려댔다. 그때 바깥 기온은 23도였고 그 파카를 산 건 이틀 전, 기말시험이 끝났을 때였다. 이번 여행은 날씨가 특히 쌀쌀할 수도 있다고 판단해서 샀던 것이다. 남부에서는 반팔 옷을 입지 않는 날이 없었는데도.

우리는 푸드코트에 앉아 쇼핑몰의 매장들이 문을 열길 기다렸다. 켄은 전날 밤에 스윙 댄스를 추고 온 얘기를 꺼냈다. 실력이 좋아져서 잔뜩 들떠 집에 왔고 너무 늦은 시간이라 부모님은 이미 잠자리에 들었지만 어찌어찌 어머니를 침대에서 일으켜 같이 손을 잡고 빙빙 돌았다고 했다. 나는 시나몬롤을 먹으며 그 얘기를 들었다. 아베크롬비 매장이 드디어 문을 열자 나는 들어가지 않고 밖에 있겠다고 말했다. 그대로 꼼짝 안 하고 싶었다. 켄은 방긋방긋 만족스러운 웃음을 머금고 매장을 나왔다. 재킷은 켄이 새로 산 쿠바 슈거 킹스 야구모와 잘 어울릴 것 같았다. 아직 오전 10시밖에 안 되었지만 이미 멋진 하루였다.

다른 사람의 부모님과 함께 다른 질서와 규율을 가진 가정에서 지내보는 건 괜찮은 경험이었다. 켄의 어머니가 주는 음식이 아무리 많더라도 우리는 그 음식을 다 먹어야 했다. 켄의 아버지는 내 수업과 전공에 대해 진심으로 물어봐 주었다. 학교에 있었을 때는 전공을 정하고 빨래와 요리를 어느 정도 할 줄 알게 된 우리 자신이 어른처럼 느껴졌다. 그런데 켄이 어릴 때 쓰던 방에 몰래 슬쩍 들어가 본 순간, 우리의 예전 모습이 떠올랐다. 이 작은 세계에서 어린 켄은 남동생을 괴롭히는 개구쟁이 아들이었고 어린 나는 샌디에이고에 두꺼운 겨울 재킷을 입고 온 이상한 친구였다. 켄이 설명하는 나와 내가 같은 사람일까, 하는 생각이 들었다. 네, 맞아요, 어머님. 저는 리서처가 되고 싶어요. 켄의 어머니에게 우리가 어딘가로 가고 있는 중이라고 자신 있게 말할 때는 기분이 좋았다.

켄과 나는 그다음 이틀간 차를 타고 엘카혼 여기저기로 쏘다니며 상호가 '-부리토스'로 끝나는 여러 가게에서 부리토를 사 먹었다. 켄이 운전을 했고 우리는 켄의 애청곡을 들었다. 켄은 영화 〈스윙어스Swingers〉를 보고 나서 스윙 댄스를 배우기 시작했다(나는 영화 음악을 들었을 때 아베크롬비 매장 안에 노래가 흘러나오는 상상을 했다). 켄은 그 얼마 전에 코너숍* CD를 샀는데, 나는 좋았고 켄의 누나는 짜증스러워했다. 차 안에서 데이브 메튜스 밴드**의 'Crash into Me'가 흘러나올 때 나는 누군가가 신호에 걸려 우리 옆에 차를 세우기라도 할까 봐 차창을 올렸다. 정말 못 들어줄 것

★ Cornershop. 영국의 록 밴드.
★★ Dave Mattews Band. 미국의 록 밴드.

같은 노래였다. 하지만 켄이 자기가 좋아하는 음악에 녹아들면서 매튜스의 웅얼거림, 한숨에 생명을 불어넣어 주는 모습은 감탄스 러웠다.

켄이 나를 'CD 시티'라는 곳에 데려갔는데, 상호는 이상했지만 스트립몰에 있는 중고 카세트테이프 판매점이었다. 그곳에서 비 즈 마키* 테이프를 발견했지만 그 외에는 눈길을 끄는 게 별로 없었다. 켄은 블루스 브라더스 밴드의 테이프와 미시 엘리엇 테이 프를 샀다. 우리가 차를 몰아 또 다른 부리토를 찾아다닐 때 라디 오에서 버스타 라임스의 'Dangerous'가 흘러나왔다. 켄이 그 노래 의 뮤직비디오를 봤느냐고 물었다. 영화 〈라스트 드래곤The Last Dragon〉을 패러디한 뮤직비디오라고 했다. 아니, 이제는 정말 MTV 안 봐. 그리고 〈라스트 드래곤〉은… 아, 맞다, 어떤 영화인지 들어는 봤어(사실은 들어본 적도 없었다). 그런데 잘 기억은 안 나. 너무 오 래전이라… 브루스 리가 나오던가? "너 거기에 나오는 동네 골목 대장 쇼너프 모르는구나? 그렇지? 오늘 밤에 그 영화 보자." 켄이 단호하게 말했다.

그날 밤늦은 시간에 켄이 담배를 산다고 해서 세븐일레븐 앞에 차를 세웠다. 밖은 여전히 따뜻했다. 나는 차 안에서 켄이 점원과 잡담을 나누는 모습을 지켜봤다. 밤하늘에 은은하게 빛을 비추는 매장의 모습이, 마치 영화를 보는 기분이었다. 세븐일레븐의 간판

★ Biz Markie. 미국의 래퍼.

을 찍으려고 차창 밖으로 몸을 기울였다. 차로 돌아온 켄은 점원이 차 안의 남자가 왜 사진을 찍는 거냐고 묻기에 설명하기 귀찮아서 "자기 잡지에 실으려고 찍는 걸 거예요"라고 대답했다고 했다.

내가 침낭을 펼 수 있는 자리는 켄의 널찍한 침대 발치와 서랍장 사이의 좁은 틈뿐이었는데, 서랍장 위로 대형 TV가 놓여 있었다. 켄은 괜찮을 거라고 안심시켰다. TV가 떨어져도 그 틈이 워낙 좁아 나를 깔아뭉갤 일은 없을 거라나. 시간은 벌써 자정을 훌쩍 넘겼고 나는 아침 비행기로 베이 에리어로 돌아가야 했다. 하지만 켄은 〈라스트 드래곤〉의 비디오테이프 복사본을 기어코 찾아냈다. 무슨 이유에서인지 몰라도 영화의 전체 제목은 '베리 고디스 라스트 드래곤[Berry Gordy's The Last Dragon]'이었다. 나는 잘 알려지지 않은 변칙적인 것에 몰두하는 편이라 인기 많은 것에는 그다지 흥미가 끌리지 않았다. 특히 처음 나왔을 때 놓치고 못 본 경우엔 더 그랬다. 켄은 볼 만할 거라고 장담했다. "그냥 앞부분만 보자." 내 생각엔, 초반부 장면을 보다 같이 꾸벅꾸벅 졸 것 같았다.

10분 정도 지났을 때쯤 나는 〈베리 고디스 라스트 드래곤〉이 역사상 최고의 영화라고 생각하고 있었다. 영화는 출연 배우가 흑인 위주로 구성된 쿵푸 코미디로, 리로이 그린이라는 청년이 최고의 무술 고수만이 부릴 수 있는 신기神氣, '글로우'를 익히는 여정을 그렸다. 리로이는 자신의 정체성에 큰 혼란을 겪으며 주변 사람들이 그의 흑인성을 은근히 의문스러워할 때 뉴욕을 배회한다. 리로이는 자신이 어쩐지 아시아인인 것만 같다. 그의 영적 여정이 차이나타운의 뒷골목으로 그를 인도하기 때문이다. 비밀스러운 현자 섬 덤 고이가 '글로우'의 수호자라고 믿으며 이 고수를 찾아서 결국 그곳으로 가게 된다.

나는 그 피곤한 와중에도 기운이 났다. 중간중간에 목을 쭉 빼고 켄이 아직 깨어 있는지 봤다. 뭐라고 물어보기도 했다. 지금 이 장면 보고 있어? 너도 저거 봤어? 켄은 근엄하게 고개만 끄덕여 보이며 내가 드디어 그 영화의 가치에 눈뜬 것에 말없이 만족감을 드러냈다.

우리는 어릴 때부터 영화에서 우리와 비슷하게 생긴 사람들이 잘 나오지 않는 것에 아주 익숙했다. 더 심한 경우엔 아시아인 인물들은 무술의 고수처럼 정형화되기도 했다. 그런데 이 영화에서는 리로이가 고수의 경지에 다가갈 때 중국인 인물들이 그를 '엉터리'라고 욕하며 그의 억양과 쿵푸에 대한 집착을 조롱한다. 이런 태도와 말투는 블랙스플로이테이션* 영화에서 차용해 온 것이었다. 차이는 있었지만, 이 중국인 인물들도 정형화된 이미지를 펼치고 있었다. 리로이 역시 정형화된 이미지였다.

누가 누구를 흉내 낸 것이었을까? 그런 것이 중요한 문제일까? 알고 보니 고수 섬 덤 고이는 가짜 지혜가 찍힌 포춘쿠키용 쪽지나 뽑아내는 기계에 불과했다. 영화가 담아낸 부조리함이 흥미진

★ 1970년대의 흑인을 영웅으로 내세운 영화 장르로, 정형화된 흑인의 모습을 보여 준다.

진했고, 그것이 영화의 중심 취지는 아닐지라도 아시아계 미국인으로서의 존재가 갖는 어떤 면을 알아본 감각 역시 흥미로웠다. 영화를 보는 그 순간 동안 우리는 계속해서 영화 속에서 우리의 위치에 대해 생각해 보려 했다. 또 한편으론 아시아 문화에 집착하는 흑인 영웅, 리로이를 응원하기도 했다. 리로이의 신념뿐만 아니라 그가 느끼는 위화감에도 마음이 끌렸다. 중국인 엑스트라들이 허풍을 떠는 장면에서는 짜릿했다. 배우들 자신도 의사라든가 쿵푸 좀 하는 과묵한 심복 같은, 너무도 익숙한 역할을 연기하지 않아도 되어 신명나 보였다. 버스타 라임스의 뮤직비디오에서 말한 그 '할렘의 쇼군', 쇼너프가 나오는 장면도 드디어 보게 되었다.

〈라스트 드래곤〉은 진짜라는 것, 정체성이 가진 수많은 허점, 또 아시아인의 문화와 흑인 문화가 조화롭게 섞일 수 있다는 반갑고도 포스트모더니즘적인 가능성 등을 잘 보여 주었다! 우리는 그 영화가 우리 세계의 열쇠를 쥐고 있기라도 한 것처럼 날이 꼬박 새도록 영화에 대해 얘기했다. 말로는 계속 잘 자라고 하면서도, 그건 그냥 농담에 가까운 말일 뿐이어서 또 하나의 논점을 꺼내 놓았다. 영화는 차이나타운을 비웃은 걸까, 아니면 차이나타운에 진짜가 없다는 걸 꼬집은 걸까? 속이 울렁거릴 정도로 피곤한 그 와중에도 나는 미국인의 정체성에 대한 이 영화의 통일된 견해를 장황하게 풀어 나갔다. 켄이 말이 없기에 잠이 들었나 싶었지만, 그냥 생각 중이었고 내 말이 끝나자 자신의 해석을 내놓았다. 그러는 사이에 우리는 멋진 이론들을 내놓았지만 적어 놓는 걸 깜빡했다. 커튼 사이로 새어 들던 오렌지 섞인 그 보라색 빛이 지금도 기억에 서하다. 동쪽으로 이사히기 전까지 당연시했던 여명이었다.

우정은 서로 호혜를 주고받고, 서로의 삶 속으로 흘러 드나들고, 이따금씩 격정적 순간들을 나누며 쌓인다. 열아홉 살이나 스무 살 때는 신세 질 일이 태반이라 다음번에는 자신이 음식값을 내거나 운전을 하겠다고 약속한다. 삶을 일련의 상호 합의에 짜넣고, 연이어 소소한 선물을 주고받는다. 삶은 그런 선물의 지연 사이사이에서 일어난다. 나는 시크릿 산타 이벤트*를 개시했는데, 반종교적인 내 성향상 그 이름을 그대로 따르기 싫어서 시크릿 산타 대신 '특정 종파에 속하지 않는 윈터 홀리데이의 시크릿 선물 증여자'로 부르기로 했다. 내가 "우리는 친선과 형제애를 자축한다"는 문구를 쓰면서 여자애들은 한 명도 초대하지 않았다. 나는 우리 사진을 전부 스캔해서 몇 가지 규칙을 담은 인쇄물도 만들었다. CD 금지, "팩스나 노드스트롬**의 아동화 등 자기가 일하는 곳에서 사취해 올 수 있을 만한 물건들도" 일체 금지라고. 우리는 돈을 조금씩 모아 자선기금도 마련하기로 했다. 그때의 나는 이 이벤트를 우리가 사십 대가 될 때까지 계속할 수 있을 것 같았다.

★ 제비뽑기 등을 통해 지정된 사람에게 몰래 선물을 주는 크리스마스의 전통.
★★ 미국의 고급 백화점 체인.

나는 대학에 가면 내 사람들을 찾게 될 거라고 생각했다. 그때 내가 생각했던 내 사람들이란 나처럼 입고 나와 똑같은 음악을 듣고 나와 똑같은 영화를 보고 싶어 하는 사람이었다. 나라는 테마의 여러 변형. 하지만 너무 늦은 걸지 모르겠으나, 깨닫게 되었다. 내가 원했던 것은 단지 같이 음악을 들을 친구들이라는 걸. 뭔가를 물어볼 정도로 호기심을 가져 주고 나중에 스틱스나 크리스토퍼 크로스같이 나의 쿨함 때문에 몰랐던 아티스트들의 곡을 틀어 주는 누군가. 켄은 내가 만들어 준 테이프들을 열심히 들어 본 다음, 격려해 주는 부모처럼 한 곡 한 곡마다 비평을 달아 주었다. 나는 농담으로 켄이 미국에서 벨과 세바스티안의 온순하디 온순한 곡들을 좋아하는 유일한 프래터니티 멤버일 거라고 말했다. 켄은 내가 만들어 준 테이프들을 자기 차의 바닥이나 프래터니티 하우스의 먼지투성이 구석 여기저기에 흘어 놓았다. 얼마 안 지나 새 믹스테이프를 건네주리라는 걸 알아, 제일 좋아하는 곡들('말 얘기가 나오는 노래')을 다시 녹음해 달라고 부탁하기도 했다.

노래든 영화든 TV 프로그램이든, 누구나 좋아하는 것이 있다. 좋아하지 않기로 결정하는 것도 있다. 이것이 자신의 공간을 만들어 내는 방법이다. 하지만 잘 맞는 상대가 한번 접해 보라고 설득해 주면 새로운 것 두 가지를 발견한다. 접해 보니 그렇게 나쁘지 않은 취향과, 새로운 절친.

켄은 'Yellow Ledbetter'라는 노래 때문에 펄 잼의 《Jeremy》 싱글 앨범을 찾아 차를 몰고 샌디에이고 전역을 돌아다녔다고 했다.

나는 최대한 공격적으로 눈알을 굴려 보였다. 그 곡의 기타 독주 파트는 지미 헨드릭스의 원래 곡보디 못할 게 뻔했다. 나는 'Little Wing'을 찾으려 내 음반들을 뒤졌지만 켄은 다른 곳에 가 있었다. 그 노래의 파닥거리는 기타 독주 선율을 따라가며 그 노래를 틀어 주었던 여자애를 떠올리고 있었다. 우리는 결국 타협점에 이르렀다. 기말시험 전에 내 스테레오 플레이어 앞에 앉아 'Yellow Ledbetter'를 경건히 들어 보기로. 그렇게 나쁘지 않은 타협안이었다. 다음엔 내 선택 곡인 데이비드 보위와 퀸의 'Under Presure'★도 듣기로 했다. 들으면 들끓어 뛰쳐나가게 될 거라는 내 장담과 함께. 우리는 이렇게 의식을 위해 살며, 그 의식이 너무 본능적이라 처음에 어떻게 시작되었는지도 잊어버리게 될 날이 오길 고대했다. 여전히 이런 선물들을 갚을 시간이 있었다.

★ 억압이 삶을 어떻게 파괴하는가에 대해 얘기하며 그 답으로 사랑을 외치는 내용의 노래.

153

THE RAPA - NUI
2150

홀씨 하나가 바람을 타고 날아가면 전 생태계가 생존한다. 암살자가 눈을 깜박이면 총알이 국가 원수의 머리를 가볍게 스쳐 지나간다. 지구의 축이 미세하게 바뀌면 지구는 다른 종들의 지배를 받는다. 그때는 지구라고 불리지도 않게 되고 언어가 아예 없어진다. 우편물 속에서 편지가 사라지고 기회가 영원히 사라진다.

내 대학 수업들은 본질적으로 같은 교훈을 가르쳤다. 한때는 또 다른 세상이 가능했다는 교훈. 이런 깨우침의 의미는 겸허함에 있다. 학자는 기록 문서나 어느 외딴 부족의 위태로운 관행들을 헤집으며 과거를 살핀다. 오로지 인간의 지식이라는 책에 페이지 하나를 더 늘리고픈 희망으로. 그렇게 쌓인 역사들은 우리에게 희망을 주고 우리를 지탱한다. 하지만 현재에 운명론적 관점을 드리우기도 한다. 우리가 걸어온 길을 따라 늘어서 있던 작은 위험들을 우리가 먼저 알았더라면 지금의 상황은 달라졌을 수 있다는 관념을.

선물을 주는 사람과 받는 사람을 얽매어 놓는 '정신'에 대해 다룬 마르셀 모스의 명저 〈증여론〉은 1920년대에 처음 발표되었지만 1950년대 초에 이르러서야 번역되어 미국의 학자들에게 널리 읽혔다. 이후 〈증여론〉은 권위 있는 저작으로 자리매김해 이 내용만 따로 담은 얇은 책으로 다시 출간되었다. 그 이후 교환의 여러 관행, 그것도 자본주의로 진전되지 않은 관행들에 대한 모스의 이 통찰력을 수 세대에 걸친 수많은 사상가들이 참고하게 된다.

1923년에 〈증여론〉이 처음 발표되었을 때 게재된 곳은 〈사회학 연보L'Année sociologique〉 특별호였다. 〈사호학 연보〉는 모스의 멘토인 에밀 뒤르켐Émile Durkheim이 1896년에 창간해 1917년에 숨을 거둘 때까지 책임지고 편찬한 학술 잡지로, 뒤르켐의 사망과 제1차 세계 대전으로 인해 휴간 상태였다가 1923년에 모스가 인수했다. 모스가 주관한 복귀판은 분량이 1,000페이지에 가까운데 그중 그의 논문만 독자적인 학문적 저작이다. 이 논문을 에워싸고 있는 900페이지에 가까운 다른 내용들은 어찌 보면 무관한 것 같으면서도 모스의 사고에 활기를 불어넣어 줬을 정신이 엿보이기도 한다.

〈사회학 연보〉의 해당 호는 앞선 10년 사이에 다른 수백만 명과 함께 이 세상을 떠난 한 세대의 학자들을 기리는 헌정판이었다. 이 호에 실린 장문의 '애도문'은 다음의 글로 시작된다. "우리 사이에 저작물의 진정한 공유가 존재했다는 점을 잊지 말자. 우리 고인들의 본보기는 귀감으로 남을 것이다."

이 고인들 중에는 "1915년 4월 13일, 마르쉐빌의 헛된 공격에서 부대원들을 이끌고 참호를 나왔다 서른세 살의 나이에 사망한" 종교학자 로베르 에르츠Robert Hertz도 있었다. 막심 다비드Maxime David도 1914년에 고대 그리스 문학에 대한 그 "탁월함"에 의심의 여지가 없는 방대한 기록을 남기고 전사했다. "자신의 벗들과 같은 위험을 무릅썼으나" 서른두 살의 나이에 참호 무기 사고로 사망한 장 레이니에르Jean Reynier는 금욕 생활에 대한 "인상적인" 강연으로 길이 기억될 인물이다. 앙투안 비안코니Antoine Bianconi는 "걸작의 개략적 줄기를 잡아 놓은" 채 1915년에 보병 부대원들을 이끌다 사망했다. 철학자이자 문헌학자였던 조르주 겔리Georges Gelly는 죽음의 고비를 수차례나 넘기다 "1918년의 어느 날 우리 곁을 떠났다."

모스는 오지 못한 미래를 투영하며 "전쟁이 일어나지 않아" 동료 학자들이 계속 살아 있고 함께 연구를 벌였다면 "어떤 미래가 펼쳐졌을지"를 상상했다. "겔리는 미학 분야의 대가가 되고 앙드레 뒤르켐은 언어학자가 되었을 거라고 상상해 보자." 하지만 현실에서 이들의 이름은 이후 수 세대의 학생들에게 무명으로 남겨진다. 모스는 이 인물들을 사상가로서 알아줘야 한다고 강조한다. 일어날 수 있던 가능성을 마음에 새겨야 한다고.

이런 맥락에서 볼 때 모스의 선물 개념은 새로운 울림을 준다. 그는 단지 시장 주도형 교환 체계의 대안을 생각했던 것이 아니라 완전히 다른 생활 방식을 꿈꾼 것이다. 일련의 불가능한 가능성을 꿰뚫어 보며 잃어버린 세계를 구하려 했다. 선물을 '관대함'의 제스처로 돌리거나 '공동 재산을 중심으로' 같이 둘러 앉는, '경제적 인간'이 아닌 다른 존재 방식이 있음을 상기시키려 했다. '다른 법, 다른 경제, 다른 사고방식'의 자취들이 우리가 필연적이고 변경 불가능하다고 여기는 것들과 함께 잔존하고 있다고.

모스가 그 자신의 개인적 환영을 따라 이런 희망의 순간에 이르게 되었다는 게 정말 인상적이다. 그가 넌지시 암시하듯, 이 논문은 이렇게 전사한 동료들에게 우리가 진 빚이다. 논문에서 전 세계의 선물들을 잇달아 추적하며 역사적 사실로 과거를 깊이 있게 파헤쳐 가는 것은 지금 서 있는 현재의 가능성을 상기시키기 위함이다. 모스는 "멀리에서 선함과 행복을 찾으려 해봐야 소용이 없다"고 결론지었다. 선함과 행복은 생각보다 더 가까이에 있다고.

인류 역사의 이 격동기에서 살아남은 모스와 또 다른 생존자들은, 몇 년간 오래된 나무들이 "다시 푸르러지려 애쓰는" 숲 속의 "황폐해진" 지대와 같다. 선물을 교환하는 손들보다 더 예측할 수 없고, 장식용 목걸이나 조각품보다 더 묘하며, 오히려 씨앗에 더 가까워 바람에 실려 날아가다 떨어져 싹을 틔우는 그런 존재다.

어떻게 되든 "몇 년 더 노력해 보자"는 메시지를 전한다.

어느 날 저녁, 켄이 노란색 연습장을 집어 들더니 차를 몰고 우리를 어느 카페에 데려갔다. 〈라스트 드래곤〉을 본 이후 자극받은 우리는 우리 자신의 영화를 만들어 보기로 의기투합했다. 가제는 '베리 고디스 임브로글리오Barry Gordy's IMBROGLIO'로 하기로 했다. '베리 고디'*는 〈라스트 드래곤〉에 대한 오마주였고 '임브로글리오〔뒤죽박죽〕'은 그냥 재미로 붙인 말이었다. 나는 베리 고디가 어떤 사람이고 이름 스펠링이 정확히 어떻게 되는지를 다 알았지만 켄에게 잘난 체하기 싫어서 굳이 말하지 않았다.

켄은 주요 캐릭터들을 구상하면서, 우리가 어릴 때 봤던 시트콤이나 TV에서 친숙하게 본 주제와 수사 들을 쭉 정리했다. 기존의 서사에 우리만의 반전도 짜내야 했다. 그렇게 해서 자의식 강한 유형끼리 모인 한 무리의 친구들, 좋은 사람이지만 제대로 이해받지 못하는 주인공, 의욕에 불타고 열정적인 조연과 허영심 강하고 거만한 또 한 명의 조연, 진지하게 사귀는 여자친구가 있고 현명한 조언도 잘 해주는 신중한 인텔리, 모든 친구들을 속물이라고 생각하며 비꼬는 농담을 즐기는 냉소주의자를 중심인물로 내세웠다.

친구들인 앤서니, 파라그, 데이브, 사미, 알렉, 그웬을 배우로 캐스팅했다. 켄이 쓴 대본엔 내 고등학교 친구 제임스에게 맡길 배역도 있었다. 제임스는 당시에 샌디에이고에서 미대를 다니고 있어서, 내가 엘카혼에 놀러 갔을 때 셋이 같이 돌아다니기도 했었다. 우리는 우리가 좋아하는 여자애들에게 맡길 배역도 넣었는데, 그

★ 〈라스트 드래곤〉의 제작자로, 미국 역사상 가장 영향력 있는 흑인 소유 레코드 제작사인 모타운의 창립자.

저 수동적 공격에 불과한 행동이었고 어쩌면 어느 정도는 손이라도 잡아 보려는 시도였을지도 모른다. 켄이 일부 장면과 배경을 우리 자신의 경험에서 가져와 쓰면서, 내가 담배를 거꾸로 물고 피우다 일부러 그런 거라고 우겼던 일과 불편하고 극히 비실용적이던 삼각형 테이블들이 놓여 있던 샌드위치 가게 등도 대본에 들어갔다. 우리는 〈베리 고디스 임브로글리오〉를 만들어 캠퍼스 내의 빈 강의실을 찾아 우리 친구들을 위해 상영할 생각이었다. 딱히 영화 제작자가 되고 싶기보다는 그냥 뭔가를 만들며 그런 일이 가능한지 알아보고 싶었을 뿐이다. 다만, 그러자면 캠코더가 있는 사람을 찾아야 했다.

부모님은 대만에서 지낼 때가 더 많았다. 나는 선불 전화카드 번호들을 여기저기에 적어 뒀지만 어떤 번호가 사용 가능한 번호인지, 국가코드나 도시코드가 몇 번이었는지 매번 까먹었다. 나처럼 외동이었던 손은 부모님과 매일 통화했다. 내 경우엔 통화할 때마다 부모님이 스케줄을 알려 주긴 했지만 내가 연락을 자주 하지 않아 부모님의 소재를 잘 몰랐다. 몇 주가 지나도록 부모님이 신주에 있는지 타이베이에서 주말을 보내는지도 모른 채로 지내기 일쑤였다.

아버지는 당신 자신을 지칭할 때 대체로 '동부 사람[Eastern]'이나 '동양인[Oriental]'이라는 말을 붙였다. 우리 자신을 '아시아계

미국인'으로 칭하는 것이 왜 그렇게 중요한 문제인지 이해하지 못
했다. 하긴, 아버지가 미국에 처음 왔을 때만 해도 그런 명칭은 거
의 존재하지 않았다. 부모님은 인종학과의 연세 있는 중국계 미국
인 교수님들 중에 몇 분의 이름만 보고 그 분들이 중국계인 걸 알
았다. 내가 흑표범단을 기억하는지, 1960년대 말의 옐로우 파워
운동*에 대해 알고 있었는지 등을 물어볼 때면 언제나 대답을 얼
버무렸다. 오래전 일이고, 살기 바빴다는 식으로.

　나는 버클리에서 일어나는 온갖 시위와 집회 얘기, 내가 캠퍼스
내의 아시아계 미국인을 위한 신문 발행 작업에 밤늦도록 매달리
는 얘기도 했다. 자랑스러워할 거라고 생각하고 꺼낸 얘기였지만
부모님은 그런 일들이 투쟁을 벌일 만큼 특별한 문제인 이유를 이
해하지 못했다. 나는 두 분이 미국으로 건너왔던 시절의 고생을 생
각하면 측은한 마음이 들었다. 어머니는 한때 고립감 속에서 힘들
어했고, 아버지는 뉴욕에서의 첫날 강도를 당했다. 나를 위해 그런
희생을 해준 부모님께 감사했다. "너를 위해서라고?" 아버지가 웃
으며 말했다. "우리는 우리를 위해 왔던 거야. 우리가 떠나왔을 때
대만에는 아무것도 없었어."

　부모님은 친구들과 밥을 먹기 위해 아주 먼 길을 운전해 가곤
했는데, 그 친구분들을 두고 늘 같은 '운동권'의 일원이라고 말했

★ 아시아계 미국인, 흑인계, 멕시코계, 원주민계 학생들이 인종학과 설립과 유색인
　종 학생 및 교수의 증원를 위해 벌인, 미국 역사상 최장기의 동맹휴학.

다. 내가 그 말이 무슨 뜻이냐고 물을 때마다 킥킥 웃으며 대략 '좌측'으로 번역되는 중국어로 대답해 주었다. 그런 얘기를 할 때 두 분은 운동권 활동이 당신들의 집중력을 얼마나 흩트려 놓았는지 강조했다. 인내심 있는 박사 학위 지도 교수들마저 분통을 터뜨렸을 만큼 대학원 졸업이 지체된 이유가 바로 운동권 활동이었다고. 부모님은 내가 하는 과외 활동들 때문에 나 역시 학업에 제대로 집중하지 못할까 봐 걱정했다.

부모님이 이십 대에 대만을 떠나왔을 때 대만은 중화민족주의자들이 정권을 잡은 1940년대 말 폭력 사태의 결과로 선포된 계엄령이 지속되고 있었고, 대만 원주민 사이에서 저항의 목소리가 나오지 못하고 있었다. 부모님은 자랄 땐 정치 문제에 관여하지 않았다. 하지만 멀리에 떨어져 그런 냉전 상태가 펼쳐지는 상황을 지켜보면서 고국에 남아 있었더라면 처했을 만한 곤란에 대한 생각과 말을 하게 되었다. 나중엔 적극적 행동으로 동참하며 사람이 거주하지 않지만 자원이 풍부하다고 예측되는 일련의 작은 섬들을 놓고 대만과 일본이 벌이는 소유권 분쟁에 주력했다. 1970년대 초에 부모님은 중서부와 동해안 지역의 대학들을 돌아다녔고 아버지는 담배를 피우며 조어도* 문제를 놓고 다른 학생들과 격분에 찬 토의를 벌이곤 했다. 일본에 너무 많이 양보하는 대만의 공식 입장에 특히 비판적 견해를 냈다. 이런 소문이 대만으로 퍼지는 바

★ 대만, 중국, 일본 간 영유권 분쟁이 벌어지고 있는 섬.

람에 아버지가 20여 년간 귀국이 금지되었다는 얘기도 있었다.

　이른바 백색 공포 시대로 불린 이 계엄령 시대는 대만이 자국의 역사를 재평가하기 시작한 1980년에야 해제되었다. 비즈니스와 엔지니어링 전문 기술을 가지고 대만의 신생 반도체 업계로 귀환하는 대만인들의 물결 속에서 아버지는 마침내 다시 고국 땅을 밟을 수 있었다. 아버지는 개선장군과 같은 환대를 받았다. 부모님이 당신들도 한때는 나와 같았다고, 당신들 역시 시위와 모임을 갖고 토론과 집회를 벌였다고 말을 해줄 때 나는 그 말이 잘 믿기지 않았다. 아버지가 담배를 피우는 모습조차 상상이 안 되었다. 부모님은 나를 뭔가로부터 보호하려 애쓰고 있었다. 그 뭔가는 아마 이상을 좇다 좌절하게 될 가능성이었을 것이다. 이제 더는 아무도 댜오위다오 섬[조어도]에 관심을 갖지 않았다. 그런 문제에 관심을 가지려면 너무 많은 시간과 에너지가 필요했다. 나는 그 노력으로 두 분이 얻은 결실이 바로 친구들이 아닐까, 생각했다.

　나는 리치먼드의 아이들에게 그다지 좋은 멘토는 아니었다. 아이들에게 내가 해줄 수 있는 것이 딱히 없었고, 그저 아이들이 날 좋아해 주길 바랄 뿐이었다. 하지만 센터에서 여름 학교 교사를 찾고 있다는 공고가 나왔을 때 그 기회를 냉큼 붙잡았다. 확실한 시장성이 있는 기술도 없이 대학을 졸업할 경우 교직이 대안이 되어 줄 거라는 생각을 여전히 갖고 있었기 때문이다. 누군가를 가르치려면 내가 아직 내보이기 거북해하는 진지함을 갖추어야 했고 이 기회에 그런 면을 더 잘 갖추고 싶었다.

나는 화면에서 깜빡이는 커서를 끌어가며 혼자 생각을 정리하는 편이 더 편했다. 여전히 내 잡지에 실을 변변찮은 글을 쓰는 동시에 짝사랑과 일방적 집착에 대해 다루는 또 다른 잡지도 만들기 시작했다. 함께할 공동체를 찾아내, 저녁이 되면 교내 신문을 편집하며 보내거나, 전략 회의에 나가 시위 팻말을 만들거나, 캘리포니아의 미래를 놓고 토론하거나, 경찰이 끌어내기 힘들게 몸을 늘어뜨리며 버티는 저마다의 비결을 공유하기도 했다. 잡지를 제작하면서 기본 수준의 그래픽 디자인을 할 줄 알게 되어 기회가 생길 때마다 자발적으로 나서서 전단지 제작이나 성명서 레이아웃을 만드는 일도 맡았다. 이런 활동들은 현실적이고 따분한 미래의 문제에 대한 고민을 미루는 방법이었다. 필요할 경우, 잡지 작업이나 갖가지 디자인 작업이 내 기업가 정신에 대한 이력이 되어 줄지도 몰랐다.

3학년이 다 끝나갈 무렵 나는 켄의 집 발코니에서 켄과 담배를 피우다 대만계 미국인 여학생인 미라 얘기를 꺼냈다. 캘리포니아 서부 출신으로, 교내 신문 활동을 함께 하는 여학생이었다. 몇 주 전에 미라가 데이비스 대학까지 차를 얻어 타도 되겠냐고 물었던 적이 있었다. 마침 내가 그곳에서 아시아계 미국인의 DIY 문화를 주제로 하는 토론에 참여하고 있던 때였다. 어느 사이에 나는 미라에게 이성으로서 겁이 날 만큼 강하게 끌렸다. 내 유머, 깊이, 연민을 알려 줄 다채로운 구성의 믹스 테이프를 만드느라 며칠을 보내기까지 했다. 그 주 이후, 미라와 자주 같이 다니게 되었고 만나면 주로 음악을 듣고 영화를 보았다. 나는 그 애의 적갈색 머리도, 한껏 둥글게 굴려 쓰는 필체와, 'really'를 'rilly'처럼 말하는 말투까지도 너무 좋았다. 가끔은 같이 차를 타고 샌프란시스코의 식당에 가기도 했는데, 그 애가 채식주의자라 저녁으로 감자튀김과 아이스크림을 먹었다. 둘이 코이트 타워 아래 잔디밭에 누워 별을 올려다보곤 했지만 딱히 스킨십은 없었다. 그 학기가 끝나갈 무렵, 나는 운동가인 유리 고치야마Yuri Kochiyama와 그레이스 리 보그스Grace Lee Boggs가 함께 연사로 나오는 회의에 가려고 수업을 빼먹고 로스앤젤레스로 운전해 갔다. 미라도 비행기로 온다고 해서 내가 공항으로 태우러 가겠다고 했다. 하지만 공항에서 서로를 찾지 못했다. 번번이 서로의 삐삐를 제때 확인하지 못했다. 자꾸만 어긋나는 게 어떤 상징일까 봐 초조해질 지경이었다.

그날 저녁, 마침내 회의 장소에서 서로를 찾았을 때 나는 걱정했다고 말했다. 우리는 강연장에 들어가 앉았다가 우리 주위에 있는 사상가들과 정치 지도자들을 보며 감탄하는 동시에, 그레이스와 유리가 우리와 불과 몇 발짝 거리에 있다는 사실이 감동스러웠다. 미라를 바라보는 순간 나는 어쩐지 동질감을 느꼈다. 둘이 같이 새로운 세계를 세울 수 있을 것 같았다.

미라는 수줍음 많고 눈치가 없는 내 성격을 무심함으로 착각했다. 버클리로 돌아왔을 때 우리는 마침내 서로 좋아한다고 고백했다. 나는 밤새도록 망설이고 나서야 겨우 키스를 시도했다. 우리는 서로를 조심스럽고 신중하게 대하다 해가 떠오를 무렵 피곤해서 잠이 들었다. 그것이 무슨 의미든 이제 우리는 함께였다.

켄에게 이 모든 얘기를 털어놓으려니 조금은 심란했다. 내가 여자에게 한번 빠지면 완전히 푹 빠지는 경향이 있었기 때문이다. 미라에게 느릿느릿 구애를 펼치는 동안엔 켄을 피하기도 했다. 그런 일이 생겼다 하면 켄은 어김없이 알아차리곤 해서 들키기 싫었다. 여자친구가 생길 때마다 나는 보통의 나보다 더 다가가기 힘든 사람이 되었다. 하지만 이번엔 느낌이 달랐다. 첫 데이트에 나는 미라를 데리고 가 독립 영화를 봤는데, 끔찍한 원나잇 스탠드를 겪는 불안정한 펑크족들이 무더기로 나오는 영화였다. 며칠 후에는 같이 〈키즈Kids〉를 봤다. 전반적인 내용이 섹스를 음침하고 끔찍한 일처럼 느껴지게 했지만, 내가 아직 성 경험이 없던 터라 얼른 다른 결론을 찾으려는 조급함이 들진 않았다. 우리는 많은 시간을 붙어 다녔고 그녀를 알아 가는 모든 순간이 좋았다. 그녀가 모은 테이프들을 살펴보는 순간도, 서로 대만에 갔을 때의 기억을 얘기하는 순간도, 그녀가 텔레그래프 애비뉴의 라스푸틴 뮤직에서 일하고 있었을 때 서로 스쳐 지나갔을 수도 있는 숱한 순간들을 떠올리는 순간도 다 좋았다. 돌연 모든 날이 신기하고 흥미롭게 느껴졌다.

켄은 미라와 내가 사귄다는 소식에 기뻐했다. 사실, 미라를 전부터 알고 있었고 우리 둘을 소개하려는 생각까지 하고 있었단다. 알고 보니 미라의 룸메이트 찰스가 켄의 프래터니티 멤버였다. 켄은 저 스스로 해낸 아들을 자랑스럽고 흡족하게 바라보는 아버지처럼 환하게 웃었다.

그 순간만큼 내가 그렇게 아이처럼 느껴지고 켄이 그렇게 어른처럼 느껴진 적은 없었다. 다문화 학생연맹이 명을 다하면서 켄은 그 단체에서 이루고자 했던 바를 단념했다. 그 뒤에 학급 신문에 국제규제무역위원회라는 것을 제안하며 그것을 아주 좋은 아이디어라고 생각했다. 보스턴의 로스쿨에 진학하는 걸 목표로 저녁마다 펜웨이파크 매점에서 일하기도 했다. 켄은 자신의 미래에 때문에 약간 초조해하는 것 같았다. 아니면 그저 미래를 준비하기 위해서는 적정한 진중함이 필요했기에 그렇게 비쳤을 수도 있다. 그때 사귀던 중국계 미국인 여자친구도 비슷하게 현실적인 문제에 집중하는 성격이었다. 그녀는 도서관에서 공부하며 먹으라고 켄에게 간식을 싸주곤 했다. 우리는 신입생 시절에 3동 기숙사 발코니에서 만들었던 그 바보 같은 악수를 여전히 나누고 있었다. 하지만 켄은 대학 졸업 후의 삶을 구상하며 쿨함보다는 세련됨에 더 관심을 뒀다. 켄은 갑자기 어른의 티를 풍겼다.

그해 여름에는 우리들 대부분이 버클리에 남아 있었다. 여전히 노드스트롬의 아동화 매장에서 아르바이트를 하던 켄은 매니저에게 사미를 새 직원으로 추천했고 둘이 같이 바트[BART]*를 타고 샌프란시스코로 출퇴근했다. 앤서니는 교내 아르바이트를 하며

★ 샌프란시스코의 통근용 고속 철도.

비영리단체 활동도 병행했다. 파라그는 샌프란시스코의 한 스포츠 에이전시를 어찌어찌 잘 설득해 인턴 제도도 없는 그곳에 인턴으로 들어갔다. 미라는 하계 계절 수업을 수강하고 있었다.

나는 아침마다 리치먼드로 가서 그 청소년 센터의 5, 6학년생들에게 글짓기, 수학, 역사를 가르쳤다. 그 학생들은 내가 이미 아는 멘티들의 동생들이었지만 한두 살 더 어려서 그런지 아직 귀엽고 순진했다. 손위의 멘티들은 나를 좋아하는 정도로 그쳤지만 이 아이들은 정말로 내 말을 귀 기울여 들었다. 나는 연습 문제지를 정성껏 복사해 갔고 오전 수업의 전체 시간표를 아이들과 함께 짜는 세심함도 보여 주었다. 하지만 하루하루의 수업을 원활히 끌고 가기 위한 진지한 분위기는 조성하지 못했다. 아이들의 질문이 주가 되는 참여형 수업을 짜갔다가 누구 한 명이라도 창밖을 내다보는 낌새가 느껴지면 바로 주눅이 들었다. 얼마 지나지 않아 아이들은 내가 그냥 형편없는 선생일 뿐 아니라 만만한 상대라는 것까지 알아챘다. 위엄 있는 체 행세해도 통하지 않았다. 아이들은 수업 중에 춤을 추고 음악을 들었다. 어느 날부터 남자애들이고 여자애들이고 가릴 것 없이 서로 몰래 간지럽히며 장난치거나 티격태격 몸싸움을 벌이기 시작했다.

6월 말에 나는 스물한 살이 되었다. 미라가 리치먼드로 나를 만나러 왔다. 그녀가 등장하자 학생들은 나를 이제 더 우러러봐 줘도 되겠다는 눈빛으로 바라봤고 한 학생은 하트 장식을 넣어 미라의 그림을 그렸다. 미라는 점심을 먹자며 근처의 식당으로 날 데리고 나가더니 직접 만든 잡지를 선물했다. 우리가 봤던 영화와 콘서트의 입장권, 우리가 갔던 식당들의 명함, 연애 초기의 일기, 우리의 미래를 그린 시들, 어정쩡하게 들이대던 내 시도들을 그녀가 다 꿰뚫어 봤던 때의 기억으로 엮여 있었다.

그날 저녁, 내 생일 축하 식사를 위해 친구들과 샌프란시스코에서 만났다. 앤서니, 알렉, 그웬은 버클리에서 왔고, 파라그는 이미 샌프란시스코에 와 있던 참이었다. 테이블 상석에 앉아 있으니 우리가 같이 어울려 다닌 그 오랜 시간들이 떠올라 감회에 젖어 들었다. 우리는 서서히 뚜렷해질 저마다의 길을 따라가다 어느 사이엔가 흩어지게 될 것이다. 아니면 지금이 자연스러운 우정의 과정 중 소강상태일지도 몰랐다. 어떤 경우든 이제 우리는 반주를 해도 될 만큼 나이를 먹었다. 켄과 사미는 늦게 왔다. 백화점에서 바로 오는 길이었다. 블레이저 재킷을 입고 테이블로 다가와 웃고 악수를 나누는 켄의 모습은 붙임성 좋은 게임쇼 진행자처럼 보였다. 신사같이 점잖게 미라를 포옹해 준 후엔 마지막으로 나를 보며 밝게 웃어 보이더니 등을 세게 툭 쳤다. 자리에 앉아 메뉴판을 쓱 훑고는 망설임 없이 가장 특이한 메뉴를 골랐다. 토끼 고기구이였다.

켄이 저녁을 먹고 나서 다 같이 스윙 댄스를 추러 가자며 분위기를 띄웠지만 나는 그런 데를 좋아하지도 않고 하물며 내 생일날에는 더 싫다고 했다. 안 그래도 켄이 툭하면 가자고 졸랐는데 그때마다 나는 뿌리쳤다. 다음에… 봐서. 켄은 바 쪽으로 자리를 떴고 나는 켄이 열받았나 싶어 놀랐다. 그런데 잠시 후 미소를 머금고 돌아와 나에게 샷 글라스를 건넸다. 내가 그 잔을 들고 천천히 홀짝이자 킬킬 웃었다. 샷 글라스로 마셔 보는 건 그때가 처음이었고 술에 맛을 들이기 시작한 지도 얼마 안 된 상태였다. "세 명의 현자*야." 켄이 또 한 번 내 등을 툭 치며 말했다. "잭, 조니, 짐 빔. 그냥 원샷해 버려!"

＊ ＊ ＊ ＊ ＊

어느덧 맥주 파티 시즌이 끝났다. 3주 후, 켄이 집들이 파티를 열었다. 그냥 파티가 아니라 집들이 파티라고 말하니 우리가 성인이 된 것 같았다. 켄은 그웬이 이미 이사 와 살고 있던 거리 위쪽의 아파트, 라파 누이로 이사를 갔다. 이제 다음 달이면 우리는 졸업반이 된다.

앤서니, 미라, 그리고 나는 그날 저녁에 오클랜드의 레이브 파티에 가기로 먼저 약속했었고, 그래서 켄의 파티에 일찌감치 갔다. 타당한 판단 같았지만, 그래도 너무 일찍 간 것이었을 수도 있다. 켄의 새 룸메이트 한 명이 무릎 위에 숙제를 펼쳐 놓고 한창 집중하고 있었다. 나는 파티가 시작되기 전에 켄과 시간을 보낼 수 있어 잘됐다 싶으면서도, 우리 셋이 일찍 내뺄 것을 생각하면 죄책감도 들었다. 켄은 우리를 따뜻하게 맞아 주었다. 담배가 필요해. 내

★   예수 탄생을 기리기 위해 동방에서 찾아온 동방박사 세 명을 가리키는 말.

가 귓속말로 속삭였다. 우리는 새로 이사 간 그 집 발코니로 나갔다. 그 아래로 아파트 건물의 주차장이 내려다보였다.

나는 켄의 조언이 필요했다. 어설프게 시작했다 제대로 해보지 못하고 끝난 잠자리 시도 이후 드디어 다시 결심한 참이었고, 켄에게 참 빠르기도 하다는 놀림을 들으리라고 어느 정도 각오하고 있었다. 내가 정말로 뼛속까지 별종이긴 했으니까. 켄은 미소를 짓더니 주먹으로 내 어깨를 가볍게 툭 쳤다. 나는 풋, 웃으며 예전 일들을 떠올렸다. 켄이 데이트나 누구랑 잔 얘기를 하면 무슨 얘기인지 아주 조금은 안다는 듯이 고개를 끄덕거렸던 때를.

우리는 평상시처럼 의식에 임하듯 담배를 피웠다. 진지해지는 것에 진지했다. 앞으로 이 발코니에서 숱하게 담배를 피울 나날이 그려졌다. 켄이 나에게 무슨 말을 하려던 순간, 미닫이문이 열리며 사미가 얼마 전부터 사귀기 시작한 빼빼 마른 과학 전공생 다니엘이 발코니로 나왔다. 우리는 다니엘이 교내 연구소에서 했던 여름 아르바이트 얘기를 나누었다. 그러던 어느 순간 켄이 몸을 기울여 어깨에 팔을 두르고 다니엘을 가까이 당기더니, 사미는 최고의 여자친구라며 그에 걸맞는 대우를 해줘야 하지 않겠냐고 말했다. 다니엘은 켄을 쳐다보며 고개를 끄덕인 후 다시 안으로 들어갔다. 잠시 후 다른 누군가가 발코니로 나와 CD 버너라는 장치가 어쩌니 저쩌니 떠들었다. 켄은 흥미로워했지만 나는 눈알을 굴렸다. 테이프로 복사하는 게 더 쉬운데 대체 왜 CD 따위에 관심을 두는 거지?

대화가 끊겨 짜증이 났지만 어쨌든 나는 그날 다른 일정이 있

었다. 나는 피우던 담배가 자연스럽게 사그라들도록 난간 모서리
에 올려놓았다가 서서히 타들어 간 담배의 재가 아래쪽 자동차로
떨어지면 어쩌나 싶어, 아차 했다. 여전히 조언이 필요해 아쉬웠지
만 켄에게 이 담배 의식은 나중에 마저 하자고 말했다.

"일요일에 전화할게. 직장 동료가 있는데 그 친구가 그날 생일
이야. 친구가 별로 없는 애라 우리가 데리고 춤추러 가면 쿨할 것
같아." 켄이 말했다. 스윙 댄스를 말하는구나 싶자, 바로 김이 샜다.
나는 그 친구를 알지도 못하는데. 그런데 '우리'는 누굴 말하는 거
야? 내가 묻자 켄이 얼굴을 찡그렸다. "에이, 좋은 일 하자는 건데
이러기야" 그래, 그건 그렇지… 그럼 내일 전화해. 말은 그렇게 했
지만 속으론 전화가 오지 않으면 좋겠다고 바랐다.

나는 그만 나와야 했지만 이따가 차로 들러서 아직 파티를 계
속하고 있는지 들여다볼 수도 있을 것 같았다.

내가 처음 레이브 파티에 끌리게 된 데는 음악 자체보다 커뮤니
티의 개념이 더 컸다. 전단지를 보고 전화를 걸어 가는 길을 받아
적었다. 아무것도 없는 휑한 공간과 머리 위에서 쏟아지는 조명에
몸을 맡기면 제자리에 와 있는 것 같았다. 마약을 한 적은 없었지
만, 중심이 딱히 없어 자신의 위치를 알 방법이라곤 베이스 멜로디
나 밀려오는 신시사이저 선율을 따라가는 것뿐인 공간에 와 있는
것 자체로도 마법처럼 황홀한 기분이 들었다. 낮 시간에는 보지 못

하는 다양한 표정의 얼굴들을 보게 되었다. 리듬에 몰두한 멍하고 침울한 얼굴, 함께한다는 것에 들뜬 미소를 머금은 얼굴, 자유롭게 기뻐하는 얼굴. 사람들은 무심히 그사이로 걸어 들어왔다가 서서히 소리에 속도를 맞췄고 그렇게 몇 분이 채 지나지 않아 자루를 주먹과 발로 차는 듯한 모습이 됐다. 어떻게 춤을 추든 상관없었다.

그날 밤 내가 앤서니, 미라와 함께 간 레이브 파티는 오클랜드 콜리세움* 옆의 대형 창고인 인터내셔널 트레이드 센터에서 열린 파티였다. 우리는 파티를 즐기다 3시쯤에 정해진 약속 장소에서 만나기로 했지만 내 생각엔 서로 내내 몇 발짝 이상 떨어진 적이 없었던 것 같다. 그날 밤에는 모든 게 별로였다. 공간이 널찍했는데도 숨이 막혔다. 밤에서 새벽으로 넘어갈 무렵엔 지금도 기억할 정도의 강렬한 습기가 느껴졌고, 그때 서 있던 격납고 쪽으로 한꺼번에 너무 많은 소리가 들려오는 데다 잿빛 구름으로 사이키델릭한 분위기마저 깨지며 피로가 밀려왔다. 한순간, 내가 더 이상 젊지 않다고 느껴졌다.

우리는 3시인가 4시에 파티장에서 나왔다. 앤서니를 내려 준 후 미라와 그녀의 집으로 가며 켄의 아파트 발코니를 지나갔다. 아직 불이 켜져 있었다. 켄과 나누다 만 대화가 떠올라 들렀다 갈까, 싶었다. 하지만 켄이라면 내가 빨리 미라의 집으로 가는 편을 높이 쳐줄 것 같아, 나중에 이날의 사건을 얘기해 주기로 했다.

★ 프로야구팀 오클랜드 애슬레틱스의 홈구장.

월요일 오후였다. 사미가 켄과 연락된 적 있냐고 물었다. 그럼, 있지. "집들이 파티 이후로?" 아니. 켄은 일요일에 자기 동료와 같이 춤추러 가자는 전화를 하지 않았다. 사미의 말로는 그날 출근도 안 했다. 혹시 여자친구와 싸웠나? 사미가 그건 아니라며 그녀도 켄의 연락을 못 받았다고 말했다. 켄이 어디에 있는지를 아는 사람이 아무도 없었다.

나는 사미가 알렉과 같이 사는 아파트 쪽으로 걸어가며 라파누이 앞을 지났다. 그곳엔 켄과 같은 프래터니티 멤버인 데릭이 와 있었고 전화로 경찰에 실종 신고까지 해놓은 상태였다. 내가 갔을 때 알렉은 막 말아 놓은 레이진 브란* 한 그릇을 들고 있었다.

버클리 경찰국에서 나온 경찰관이 차를 세웠다. 나는 그의 배지를 보고 이름을 외워 두었다. 경찰관은 차분하고 신중한 자세로 우리에게 여러 가지 질문을 던졌다. 무슨 마법이라도 부리듯, 켄의 이름은 언급하지 않으면서도 켄과 관련 있는 사소한 면들을 무작위로 끄집어내는 질문들이 이어졌다. 그 주말에 'Ned's Used Books' 문구가 박힌 색 바랜 티셔츠를 입고 갈색 부츠를 신고 있는 사람을 알고 있어요? 흰색 조개껍질로 만든 목걸이를 가진 친구가 있어요? 아는 사람 중에 1991년식 혼다 시빅을 모는 사람은요? 질문들의 내용이 갈수록 친숙하게 다가와 애가 탈 지경인데, 경찰관이 질문을 멈췄다. 그러더니 우리 중 두 사람이 같이 경찰서로 가

★ 시리얼.

주었으면 좋겠다고 했다.

사미와 데릭이 그 경찰관을 따라갔고 알렉과 나는 계단에 앉아 담배를 피웠다. 아직은 어떻게 생각해야 할지 막막했다. 어느새 통통 불어 버린 알렉의 시리얼만이 시간의 경과를 알려 주었다. 최악의 경우를 생각한다는 건 너무 버거운 일이었다. 게다가 그때는 무한한 가능성이 펼쳐진 미래를 코앞에 둔 때였다. 인종학 수업을 같이 듣는 사모아 제도 출신의 쾌활한 친구가 걸어 지나갔다. 그 순간 그 친구가 어디로 가는 걸까 궁금해지면서 누구든 지금 이때 어떻게 어딘가로 갈 수 있는지 믿기지 않았다.

우리가 두 시간이 넘도록 건물 현관에 우두커니 앉아 있을 때 경찰차가 와서 사미와 데릭을 내려 주었다. 사미는 안색이 창백했고, 데릭은 사미 뒤에서 발을 끌고 걸으며 땅만 쳐다봤다. 사미가 켄의 사망 소식을 전해 주었다. 데릭이 나에게 팔을 둘렀다. 마음을 굳게 먹으려 몸을 뻣뻣이 세운 채 서 있는 데릭의 어깨에 내가 얼굴을 묻고 흐느꼈다. "켄이 떠났어, 후아." 데릭이 나직이 말했다.

켄의 시신은 북쪽으로 30분 정도 떨어진 발레호의 한 뒷골목에서 발견되었다. 여기저기로 장소를 옮겨 가며 수차례 ATM 인출이 시도된 정황도 밝혀졌다. 일요일 이른 아침에 한 어부가 우연히 켄의 시신을 발견했다. 신분을 증명할 만한 것이 없었던 데다 켄의 차가 여전히 분실된 상태여서 처음엔 신원 미상으로 분류되었다. 그 전날, 한 화가가 그린 켄의 얼굴 포스터가 캠퍼스 주변에 붙었다.

후회가 됐다. 내가 왜 켄의 파티에서 그렇게 일찍 나왔을까? 왜 켄의 아파트 발코니 앞을 그냥 지나쳤을까? 켄이 일요일 밤에 춤추러 가자고 전화하지 않은 것에 어떻게 그런 안도감을 느꼈을까?

아직 햇살이 눈부시게 내리쬐고 있었다. 나는 친구들 곁을 떠나 미라의 집으로 가서 이 일에 대해 최대한 간략히 말해 주었다. 그리고 커튼을 치고 거의 완전한 침묵 속에서 관계를 가졌다. 그런 뒤에는 복도로 나가 친구들에게 전화를 걸었다. 나쁜 소식을 전하며 또 한 사람의 고통을 마음에 담는 일은 별난 목적의식을 갖게 했다. 나는 충격과 타격을 안겨 줄 이야기를 전하는 사람이 되어야 했다.

마지막으로 내 아파트로 돌아와 켄의 어머니에게 전화를 했다. 어머니는 목이 메고 떨리는 목소리로 대답했다. 토요일에 엘카혼에서 장례식이 열릴 예정이었다. 우리 모두 가기로 했다. "케니는 널 사랑했어." 어머니의 말에 나는 바닥에 주저앉아 울음을 터뜨리며 주먹으로 카펫을 내리쳤다. "네 칭찬을 아주 많이 했어." 그날 밤에 모두가 집으로 왔다. 우리는 기진맥진해 몸을 덜덜 떨며 피자와 맥주를 우걱우걱 먹었다. 앤서니는 자꾸만 입을 벌린 채로 멍하니 먼 곳을 응시했다. 알렉은 여전히 믿지 못했다. 우리의 삶은 특별할 거 없는 인디 영화였으나, 그웬의 말처럼 이제 더는 그렇지 않았다.

그다음 이틀 동안 우리는 콜라주를 만들기 위해 옛 필름들을 뒤지고, 켄의 가족과 함께 나눌 기억들을 간단히 적었다. 나는 산책을 나갔다가 미소 짓거나 웃는 사람을 볼 때마다 괴로워했다. 견디다 못해 옷 가게에 들어가 세로줄 무늬 바지를 샀다. 내 나름대로 사람들이 스윙 댄스를 추러 갈 때 입는 옷이라고 생각되는 옷을 고른 것이었다. 같은 이유로 검은색 볼링 셔츠도 샀다. 장례식에 어울리는 차림은 아니었지만 켄의 장례식에는 잘 맞을 것 같았다. 일기장도 한 권 샀다. 암청색 커버에 황금색으로 용 자수가 장식된 일기장이었다. 그 안에, 기억나는 걸 모조리 적기 시작했다. 모든 것이 잘못됐어. 네임펜으로 첫 페이지에 갈겨 쓴 글이었다.

우리가 기숙사에서 지낼 때 친했던 친구 중 한 명인 헨리는 켄의 사망 소식을 전한 야간 뉴스를 녹화한 뒤에 모두에게 나눠 줄 복사본을 떴다. 나는 켄의 부모님에게 전달하기 위한 믹스 테이프를 정성껏 만들었다. 테이프에 내가 두 분의 아들을 떠올리게 되는 노래들을 녹음해서 짧은 설명도 함께 달아 놓았다. 앤서니는 장례식 참석을 위한 샌디에이고행 비행편 조정을 맡았다. 대부분 여름 동안 버클리와 로스앤젤레스에 있었던 친구들 모두가 차질 없이 한자리에 모이도록 일정을 짜려 세세히 신경을 쓰면서 주의를 다른 데로 돌리려 그렇게 애쓰더니, 그 주말의 스케줄, 주소, 누구누구 차의 좌석 수, 비상 연락 번호 등을 담은 일정표를 출력해서 나눠 줬다.

경찰은 인근 쇼핑몰에서 신용카드가 사용된 사실을 밝혔다. 헨리는 그 소식을 듣자마자 한달음에 자기 차에 올라타 CCTV 영상이 있는지 확인하러 갔다. 경찰은 충분히 빠르지 못한 것 같았다. 저러다 헨리가 사건을 먼저 해결하겠다는 생각마저 들었다. 하지만 살인범들은 지능이 그다지 뛰어나지 않았고 도주 계획도 세워놓지 않았던 것 같았다. 범인들은 쇼핑몰을 나오며 소란을 피웠고 그 덕에 경찰은 어렵지 않게 추적을 해냈다. 체포를 위해 출동했을 때 켄의 차가 그자들의 집 앞쪽 잔디밭에 아직 불이 켜진 채로 주차되어 있었다.

범인은 모두 세 명이었다. 젊은 커플과, 이 커플이 버클리의 바트 역에서 만난 한 남자였다. 공범들은 파티가 열리던 켄의 아파트 맞은편 길에 자리를 잡고 대기하면서, 오가는 사람들을 주시하며 때를 노렸다. 불 켜진 그 발코니를 쳐다보며 그 집에서 나온 사람들 중 혼자 뒤처지는 사람이 나타나길 기다렸다. 켄은 일요일 아침 이른 시간에 뒤편 계단을 통해 주차장으로 나왔다가 이들과 마주쳤다. 그 뒤로 범인들이 시키는 대로 했다. 순순히 트렁크 안에 들어갔고 은행 카드들도 내주었다. 그랬는데도 그자들은 차를 몰아 켄을 발레호로 데려가 뒤통수에 총을 쐈다.

켄이 사망한 다음 날, 나는 특별한 기억을 떠올리게 하는 노래들을 더는 듣지 않았고 특정한 감정을 상기시키는 노래도 피했다. 화음은 금기시되었다. 나에게 화음은 더 이상 의미가 없었다. 과거를 떠올리게 하는 사람과 함께 있는 시간이 차츰 줄었다. 나이키를 다시 신었고, 폴로 셔츠를 입고 야구모를 돌려 쓰기 시작했다. 거꾸로 거슬러 가는 문장의 가능성에 집착하기도 했다.

펜을 들고 글 속에서 나 자신을 과거로 다시 돌아가게 하려고 했다.

hardboiled

berkeley's.asian.pacific.american.newsmagazine

issue 2.1   october 1998

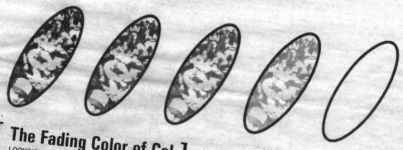

[The Fading Color of Cal]
LOOKING AT PROPOSITION 209 TWO YEARS LATER

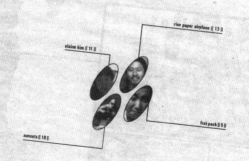

rice paper airplane [[13]]

elaine kim [[11]]

frat pack [[5]]

sunsets [[18]]

맥주 몇 모금에 내 안에서 생각의 조각들이 쏟아지던 때가 있었다. 내가 고른 이 병맥주 — 뉴캐슬 브라운 에일 — 가 그 애를 생각나게 한다는 사실, 내가 어쨌든 술을 마시고 있다는 사실, 내가 친구들 사이에서 자주 사라지고, 가끔 우정을 너무 진지하게 여기면서도 평상시엔 너무 가볍게 구는 경향이 있었다는 사실, 내 기분이 여름의 날씨, 오후의 햇살, 누군가의 창문 너머로 들려오는 멜로디에 따라 쉽게 좌우된다는 사실, 담배의 연기가 공기 중으로 빠르게 흩어지는 모습을 감상하기 위해서 여전히 담배를 피운다는 사실.

시간이 얼마 지나지 않아 우리들의 얼굴이 많이 변하지 않았던 때 켄이 스물한 살이 되는 모습을 상상해 보았다는 사실, 강의실에 앉아 있는 켄의 모습, 단정하게 머리를 자르고 졸업하는 모습, 보스턴에 살면서 로스쿨에 다니는 모습, 켄이 가고 싶어 했던 펜웨이

경기장에서 아르바이트를 하는 모습, 내가 작가였다는 사실, 불타는 도시에서 약탈하고 비축하는 방법, 혼돈 속에서 구조를 세우는 방법, 드라이브 안의 내용이 변질되기 전에 다운로드를 할 수 있는 방법, 여러 노래들, 눈에 띄는 티셔츠, 책 모서리 여백에 적어 둔 친구들의 말, 낙서를 끄적였던 냅킨, 잔존했던 우리끼리의 농담들. 내가 이 모든 것을 늘어놓는 이유는, 이것이 심연 위로 다리를 만들어 그 이야기들을 복제하고, 말하고, 생각하는 나만의 방법이기 때문이다.

아마도 그것은 유산이자, 켄을 이 순간으로 데려오는 방법이었을 것이다. 두 개의 병이 부딪치는 순간 진짜가 되는 혼령, 공기 중에 울리는 슬픈 노래의 마법적인 형상을.

• • • • •

대학 생활은 오고 떠남, 이사들로 채워져 있고, 그 변화의 순간은 자신의 성격과 주변 환경을 재정비할 기회가 된다. 모든 것을 소중히 여기기엔 삶이 너무 빠르다. 기말시험이 끝나면 몇 가지 짐을 집으로 보내거나 그냥 밖으로 내던지게 된다. 켄도 텍사스 롱혼스 야구모를 지나가는 리무진의 선루프 속으로 내던진 적이 있다고 했었다. 자기가 좋아하는 샌디에이고 차저스가 슈퍼볼까지 올라갔던 해라, 충분히 그런 식으로 과시할 만도 했다. 그 얘기를 들을 때 나는 짠한 마음이 들었다. 그 슈퍼볼 게임에서 내가 응원한 나이너스에게 그 팀이 참패했기 때문이다. 접전조차 아니었다. 어쨌든 어떻게 된 일인지 그 야구모가 모자챙에 짐이 하나 그려진 채로 켄에게 다시 날아왔다고 한다. 켄은 그것이 스탠 험프리스의 사인이 확실하다고 말했다. 내 아파트에서 그 모자를 우연히 보았을 때, 누군가와 그렇게 오랜 시간을 보냈으면서도 그 사람의 머리가 그렇게 작은지 모를 수도 있다는 게 당황스러웠다.

그 첫날 저녁, 모두가 집으로 돌아가고 난 후에 나는 키보드로 켄에게 편지를 쓰며 그리워질 모든 것들을 시시콜콜 늘어놓았다. 켄의 보들보들한 피부와 허세, 우리 사이의 반복적 일상과 우리끼리의 농담까지 모두. 켄이 워낙에 물건을 깜빡 잊고 두고 가기 일쑤였던지라, 그렇게 두고 갔던 물건들을 쭉 쓰기도 했다. 내 차 방향제에 붙여 두고 내린 밴드, 아직도 쿠퍼티노의 내 빨래 바구니에 들어 있는 럭키 발리볼 문구 셔츠 등등. 의리와 시간 여행에 대해서나, 스테이크와 달걀과 팬케이크 한 조각으로 숙취를 해결하는 방법에 대해 배운 모든 것도 썼다. 우리가 AOL에서 우파를 흉내 내며 장난칠 때 썼던 아이디들도('TruthGator' 등). 그날 밤 미라와 어땠고, 그웬과 알렉이 어떻게 버티고 있고, 켄이 다시 돌아오길 우리가 얼마나 간절히 원하는지도. 그러니까 나와 함께 있어 줘, 알았지, 켄? 조금만 더 함께 있어 주면 안 돼?

자진해서 나선 것은 아니었지만, 내가 그 주에 끊임없이 글을 쓰고 있었고 그동안 다소 눈에 띄게 기록들을 보관해 온 편이었던 사실 때문이었는지 자연스럽게 추도사 낭독자로 선택되었다. 그래서 임박한 데드라인에 스트레스를 느끼는 사이 슬픔이 어느 정도 떠밀려 났다.

그 첫 며칠 간은 모든 것이 신기한 의미를 띠었다. 티셔츠와 모자, 카세트, 〈베리 고디스 임브로글리오〉의 대본 몇 페이지같이 켄이 쓰던 물건들이 가까이에 있으면 어쩐지 위안이 되었다. 켄의 룸메이트가 우리를 집으로 초대했을 때 나는 발코니로 나가 우리가 같이 피웠던 마지막 담뱃갑을 움켜쥐었다.

매일 아침 아주 기분 좋게 잠에서 깼다. 눈을 뜨면 이불을 털고 일어나 거실로 나갔다. 그 잠깐 동안은 잊고 있었다. 왜 내 책상에 피자 상자와 화장지 뭉치들이 널브러져 있는지, 왜 우리가 맥주병들을 봉지에 담아 치우지 않았는지를. 단지 잠깐이나마 모르는 채로, 기억하지 못하는 채로 보내는 그사이의 순간이 너무 좋았다.

우리는 그 주에 자주 외식을 했다. 아무도 혼자 먹지 않았다. 모든 저녁 식사는 파티 같았다. 기억을 나누다 분위기가 처지려 하면 누군가가 재미있었던 일을 기억해 내 우리를 벼랑에서 다시 끌어올리곤 했다. 파라그, 젠, 로사와 함께 중식당 킹동에서 면 요리를 먹다가 내가 의자에 기대앉으며 큰 소리를 내며 웃어댔던 기억이 난다. 우리는 시끄럽고 요란했다. 그래야만 했기 때문이다. 나는 켄의 비밀을 폭로하고 다니며 친구들에게 켄이 그들의 어떤 점을 좋아했는지 알려 주었다. 켄이 몰래 사랑했던 여자애들에게 그 사실을 말해 주기도 했다. 내가 켄의 유언 집행자가 되어 지혜나 기쁨을 쪼개 주는 기분이었다. 나도 그런 이야기를 듣고 싶기도 했다.

그날 밤에 내가 얼마나 켄의 아파트에서 나오고 싶어 했는지를 생각하고 또 생각했다. 미라의 집으로 가던 길에 봤던 그 불빛이 아직도 기억에 선했다. 어쩐지 내가 이런 일이 생기도록 여지를 준 것 같았다.

나는 켄에게 거칠고 모욕적인 말, 바보 같은 비난, 비탄과 절망 섞인 푸념을 써 보냈다. 단지 켄이 그 멀리에서 읽을 수 있는지 확인하고 싶은 마음이었다. 섹스 얘기를 하며 당황스러움을 토로했고, 켄의 어머니가 나를 위로하려 해준 말에 얼마나 마음이 찢어졌는지도 말했다. 매일 밤이 저물어 갈 때면 어느 것 하나도 잊고 싶지 않아 모든 얘길 써나갔다. 그 동안의 아픔과 해방감, 다 같이 웃음을 터뜨린 순간의 행복감까지 다. 이따금씩 어떤 페이지에서는 글씨를 끊김 없이 흘려 쓰며 글이 어딘가로 이끌어 주는지를 보기도 했다. 그 주에 내 필체는 점점 곡선이 지고 장식적으로 바뀌어, 그래피티 같은 맹렬한 기운이 돌았다. 적당한 단어를 찾다 길을 잃기도 했다. 수사학 수업에서 데리다의 '의미의 지연'을 다루며, 단어는 의미하는 바를 충실히 상기시킬 수 없는 기호에 불과하다던 얘기가 생각났다. 하지만 단어는 우리가 가진 전부다. 우리를 더 가까이 데려가는 동시에 멀리 쫓아낼지라도.

우리는 다 함께 추도사에 힘을 보태기로 결정했다. 누구든 함께 공유할 만한 기억이나 감정을 얘기해 주면 내가 그 얘기들을 모아 정리하기로 했다. 로사와 젠은 냅킨에 일화 하나를 써 보냈다. "그때 켄은 고등학교 친구들을 만난 지 얼마 되지도 않았는데도 어떤 패거리가 걔들에게 싸움을 거니까 한편이 돼서 거들었어. 제일 열심히 싸웠어." 어떤 메모지 조각에는 켄이 "덩치만 컸지 애 같았다"며 영수증 뒷면에 애처럼 낙서를 하며 한 번도 사용된 적 없는 CD-R*이 어쩌니 하는 시를 쓴 적이 있다는 추억담이 쓰여 있었다.

오클랜드발 샌디에이고행 비행편은 두 개가 있었고 나는 그중 두 번째 비행편으로 장례식 전날 밤 8시 30분경에 도착했다. 아무래도 한 무리로 같이 움직여야 할 것 같았다. 그 주에는 모든 것이 영화 같아 보였다. 오렌지빛 도는 보라색 어스름을 배경으로 보이던 친구들의 실루엣도 그랬다. 우리는 우리를 모텔로 태워다 주기 위해 대기 중이던 밴 한 대에 빼곡히 올라탔다.

나는 앞자리에 허리를 펴고 똑바로 앉아 운전기사와 잡담을 나눴다. 힘이 들 만큼 안 좋은 생각이 꼬리를 무는 며칠을 보낸 후에, 새로운 사람과 얘기를 하니 이상한 위안이 들었다. 운전기사는 덩치가 크고 호기심 많은 남자였다. 사교성이 필요한 자신의 직무를 즐기고 있는 게 확연히 느껴졌다. 차의 대시보드에 자기계발서 한 권이 있었다. 반면에 우리는 인원수를 감안하면 비정상적일 만큼

★ 녹화나 녹음이 가능한 CD.

조용했다. 내가 우리의 방문 이유를 설명하자 운전기사는 간섭하지 않고 내버려 두며 이따금씩 룸미러로 여러 얼굴을 힐끗힐끗 보기만 했다.

우리는 모텔 2층에 쭉 늘어선 여러 방에 나누어 들어갔다. 그래도 인원이 열두어 명쯤 되어 공간이 비좁았다. 방에 들어가자마자 가장 먼저 의자를 발코니로 옮겨 담배를 피울 공간을 만들고 침대를 밀어서 모두 붙여 놓았다. 같은 또래의 장례식에 참석하는 게 어떤 기분일지 감이 안 잡혔다. 다른 사람들은 누가 올까? 켄의 부모님과 아는 사람들이 올까? 켄의 누나는 어떨까? 나는 글을 쓰느라 아주 늦게 잠들었다. 우리는 서로 포개져서 푹 잤다. 개운하게 단잠을 잤다.

그 주에는 어딜 가나 파리가 있었다. 내가 가는 곳마다 졸졸 따라다니는 것 같았다. 파리가 침대며, 창문을 닫은 차 안이며, 비행기의 객실 안이며 가릴 것 없이 침범했고, 담배 끄트머리에 올라앉는가 하면, 내가 나가는 발코니마다 어김없이 윙윙거렸다. <u>우리가 다 같이 그 친구를 물들여 놓았던 일 기억나? 내가 그 대가로 담배를 자꾸 찾게 되나 봐.</u> 암청색 일기장에 글을 쓰고 있는데 파리 한 마리가 그 페이지에 내려앉아 기어다니며 내가 읽을 수 없는 문장을 써나갔다.

나는 집착적일 정도로 모든 일을 순서대로 적고, 모든 기묘함을 기록했다. 일기장 가장자리에 모텔의 격자창을 그려 놓기까지 했다. 기억이 나는 대로 최대한 많은 글을 썼다. 그중 일부는 훗날 살펴보도록 예비해 두는 글이었다. 말하자면 일종의 신비로운 플레이스홀더*랄까. 지나간 시간들은 현재의 내 어휘력으로 표현하기 어려웠다. 나는 과거에 대한 책임감으로 글을 썼다. 몇 장의 페이지에는, '달걀 대참사[Great Egg Fiasco]'가 뭐였는지나 켄의 친구들 중 누가 내 이름이 계속 '우[Woo]'라고 불렀는지 잊고 싶지 않아 우리끼리의 농담을 빼곡히 써넣었다.

토요일 오후에 우리는 영안실에서 켄의 시신을 볼 수 있었다. 나는 아직 추도사를 다 쓰지 못한 상태였다. 다 같이 차를 타고 영안실로 가는 길에서 나는 데자뷔를 느꼈다. 날씨 때문이었을지 모른다. 우리는 주차장에서 서성거리며 할 수 있는 최대한 시간을 질질 끌었다. 피할 수 없는 순간을 미루며 서로 어깨동무를 하고 바짝 붙어 있었다. 중요한 시합을 앞두고 마음을 다잡기라도 하는 것처럼. 그러고 있으니 마음이 놓여, 우리는 영원한 친구일 거라며 서로서로를 안심시켰다. 지난 며칠간 켄의 눈빛과 버릇과 냄새를 떠올리며 보내다, 이제 그 친구의 시신을 불과 몇 미터 앞에 두고 있었다. 우리는 돌아가며 켄의 부모님에게 다가갔고 두 분은 우리 한 명 한 명 모두를 위로해 주었다. 두 분의 얼굴은 붓고 주름 잡혀 있었다. 잠시 후 우리는 한 사람씩 관 앞으로 다가가 경의를 표한

★ 검색어 입력창 등에 미리 입력되어 있는 텍스트.

후 이제 영영 못 볼 친구를 바라보며 마지막으로 한 번 더 우애를 전했다. 내 차례가 되어 켄에게 다가갈 때 니는 떨처지지 않는 어떤 생각으로 초조했다. 총알이 뚫고 나온, 머리의 그 상처가 보일까? 아이, 씨. 안을 들여다보다 낮게 혼잣말이 터졌다. 켄의 볼에 파리 한 마리가 앉아 있었다. 나는 켄에게 닿을락 말락 하게 손을 휘휘 내저었지만 녀석은 나를 비웃듯 꼼짝하지 않았다. 이 모든 징조와 사인이 진짜가 아닐까? 나를 따라다니며 윙윙거리던 모든 파리들이 어쩐지 켄인 것 같단 확신이 강해지면서 히스테리성 웃음이 풋, 나왔다.

모텔에서 옷을 다시 갈아입은 후 우리는 차를 몰고 모퉁이에 있는 웬디스에 갔다. 내가 암청색 일기장을 붙잡고 몸을 웅크리고 앉아 추도사를 마무리 지으려 애쓰고 있을 때 파리 한 마리가 내려앉아 막 써놓은 선을 따라 기어갔다. 그러더니 녀석이 멈춰 섰다. 나는 녀석의 주위로 원을 그린 후 싱긋 미소 지었다.

장례식은 일곱 시에 열렸지만 그날 오후는 시간이 멈춘 듯 길게 느껴졌다. 장례식 안내표의 작은 컬러 사진 속에서 켄이 사람을 꿰뚫어 볼 것처럼 바라보고 있었다. 사진 아래로 "잃었지만 잊지 않을 사랑하는 이를 기리며"라는 문구가 보였다. 장례식장은 입석만 남고 모두 만원이었다. 장례식장 안을 훑어보던 나는 순간 황홀한 떨림을 느꼈다. 미라가 있었다. 며칠 동안 말 한 마디 나누지 못했고 장례식에 온다는 말도 없었던 그녀가 내 앞에 있었다. 돌연 그녀를 향한 맹렬한 사랑의 감정이 북받쳤다. 켄이 다니는 교회의

한 원로가 장례식장에 이렇게 사람이 많이 온 것은 처음 봤다고 말했다. 새삼 켄이 여러 정체성을 가지고 있었던 점이 생각났다. '케니'는 그레이터 샌디에이고 일본계 미국인 단체의 일원이자 누군가의 남동생이기도 했다. 샌프란시스코의 한 신문에서는 켄을 "장학생이자 시그마 알파 무 프래터니티 회원이며 배구를 잘하고 얼마 전부터 스윙 댄스를 배우기 시작했다"고 설명했다. 켄을 '케네스[Kenneth]'라고 칭하며 나는 모르는 친구들의 말을 싣기도 했다. ('히로시 야마사키'라는 이름으로) 나름 켄의 아주 특별한 면을 알고 있다고 자부하던 나였지만 차츰 스스로가 너무 작게 느껴졌다. 켄의 고등학교 친구들, 프래터니티 멤버들, 켄이 다니던 교회에서 온 조문객들이 헌화식을 했다. 알고 보니 켄의 가족은 장학 기금을 세우기도 했다. 나는 켄에게 가족 교회가 있다는 사실조차 모르고 있었는데.

켄에게는 우리만 있던 게 아니었다. 우리는 켄의 친구들일 뿐이었다. 우리가 켄에 대해 아는 건, 몇 년이라는 비교적 짧은 생애 동안의 아주 작은 일부분에 불과했다.

장례식장 안은 레이브 파티에 와 있는 기분을 일으켰다. 숨이 막혔고 그 안에 떠다니는 공기마저 보이는 것 같았다. 사람들은 서로 어루만져 주고 몸을 좌우로 흔드는가 하면 옆사람에게 기대기도 하면서 독특한 분위기를 뿜어냈다. 아픔이 깃든 미소 하나만 봐도 마음이 무너질 것 같았다. 안절부절못해 꼼지락거리며 흐느껴 울고, 신도석에서 몸을 앞뒤로 흔드는 사람들을 보고 있으니 몸으

로 악한 뭔가를 쫓아내려 애쓰는 것도 같았다. 나는 비명을 지르고
싶었다. 정적 속에서 뛰고 있는 모든 심장 소리를 듣고 싶었다.

　장례식 안내표에서는 나를 시그마 알파 무의 멤버로 소개해 놓
았는데, 켄이 봤다면 아주 재미있어했을 것 같았다.

　나는 우리의 추도사를 큰 소리로 읽었다. 켄은 어떻게 살아야
하는지를 아는 사람이었다고. 눈이 반짝반짝 빛났고, 다양한 스타
일로 머리를 잘랐는데 언제나 남들이 보고 따라 할 만큼 멋졌다고.
도서관에서 소동이 일어나든 자기 때문에 누가 비행기를 놓칠 뻔
하든 별 탈 없이 잘 넘어가는 재간이 있었다고. 켄은 정말 미워할
수 없는 애였다. 수면권을 존중해 주는 법이 없었고, 특히 새로운
걸 발견했거나 중요한 문제가 있을 때는 더했다. 지구상에서 가장
냉소와 거리가 먼 사람이기도 했다. 몸만 컸지 아직 아이 같은 면
도 있었다. 싸움이 벌어질 때는 의리가 있었고, 우리만의 농담을
곧잘 만들었다. 언제나 웃음을 달고 다녔다.

　나는 몇 년이나 그 웃음소리를 설명할 말을 찾으려 애썼다. 걸
걸하면서도 콧소리 섞인 그 웃음소리를 언젠가 잊을까 봐 두려웠
다. 술에 취했을 때 아래로 눈이 처지고, 자신감 넘치던 미소가 이
를 드러내며 히죽거리는 웃음으로 바뀌던 모습도. 그렇게 웃을 땐
정말 아이 같았다. 과음한 다음 날의 거친 목소리, 따질 거리가 있
을 때 쯧쯧하던 소리, 상대를 침대에서, 방에서, 세상으로 나오게

했을 때 코치라도 된 듯 기뻐하던 모습도 언제까지나 기억하고 싶
었다.

나는 그 자리에서 유체 이탈을 체험했다. 추도사의 말들이 인식
되지 않았다. 나는 다른 어딘가에 있었고 내가 지금 무슨 옷을 입
고 있는지도 인식이 되지 않았다. 며칠 전에 일부러 산 검은색 볼
링 셔츠와 세로줄 무늬 바지였는데도. 우리 모두가 켄에 대한 기억
을 지켜야 한다고, 나는 말했다. 그래야 조금이라도 그를 다시 데
려올 수 있다고. 그것이 켄을 우리와 함께 미래로 데려갈 유일한
방법이었다. 나는 켄과 함께하지 못하게 될 모든 것들을 하나하나
짚어 나갔다. 오랜 놀림거리이던 이라미, 알렉과의 '피아노 맨' 공
연부터, 스티브에게 생일 선물 주기, 졸업식, 결혼식, 그웬의 미래
의 아이들과 놀아 주기에 이르기까지 모두. 너무 엿같은 이 세상이
유감스러워. 그런 세상이 우리에게서 너를 빼앗았고 너에게서 우
리를 빼앗았어.

사미가 그런 엄숙한 자리에서 욕을 입에 담은 건 좀 너무했다
고 한소리했다.

신도석으로 돌아와 앉자 현기증이 핑 돌았다. 그 주 내내 쌓인
피로가 마침내 한계에 다다른 모양이었다. 나는 잠깐이나마 평온
을 느꼈다. 턱과 어깨의 긴장이 풀리면서 머리를 손의 어깨에 기대
고 앤서니에게 다른 쪽 팔을 둘렀다. 우리의 모든 기억을 모아 엮

은 추도사는 말 그대로 속속들이, 그날의 느낌이었다. 잘 쓴 글은 아니었을지 모르지만 완벽했다.

우리는 말없이, 줄을 지어 나왔다. 저녁이었지만 태양이 여전히 떠 있었고, 그것이 나에겐 우울하게 다가왔다. 마치 시간이 지나가지 않았고, 아무 일도 없었던 것 같았다. 그래도 켄의 가족 앞에서 담배를 피우기는 무안했다. 나는 차창 밖으로 몸을 기울여 빼느라 팔 아래쪽이 타는 것처럼 화끈거리는 상태로 주차장에 있는 모든 사람에게 사랑한다고, 반쯤은 소리 지르다시피 말했다. 우리는 상황에 맞는 볼륨으로 'Tha Crossroads'*를 틀었다. 그 상황에 완벽하게 맞는 노래였다. 혼란스러움으로 소용돌이치는 가사와 황홀하고 달콤한 가사가 어우러지는 이 노래에서 본 석스 앤 하모니는 잃은 친구들과 가족을 마지막으로 한 번 더 따라잡고픈 바람으로 불가능에 가까운 빠른 랩을 이어 가 시간 자체를 넘어서고 있었다. 예전에 기숙사에서 수백 번쯤 들었을 때는 이 노래에서 배어 나오는 부드러운 분위기에 반감이 들었는데 이제는 그 점이 마음을 진정시켜 유일하게 견디며 들을 수 있었다. 현재에서 탈출하는 방법이라기보다 잠시 그 층과 결 속으로 더 깊이 뚫고 들어가는 방법. 일종의 교령회** 같았다. 본 석스 앤 하모니의 래퍼들은 두왑*** 을 시도하고 있었고, 서로의 목소리가 한데 엮이는 방식에는 어딘

★　1995년에 사망한 래퍼 이지 이를 추모하는 곡.

★★　죽은 이의 영혼과 교류하고자 하는 사람들의 모임.

★★★ 1940년대에 발생한 음악 장르로, 허밍하는 듯한 코러스가 특징이다.

가 적극적인 불완전함이 느껴졌다. 더 고차원의 뭔가를 보여 주는 증거처럼 들렸다.

사람들이 카라반을 타고 켄의 집으로 몰려갔고 우리도 켄의 부모님에게 조문 모임 초대를 받았다. 숀과 내가 주차장에서 차를 돌려 나오는 순간, 나는 이곳에 와본 적이 있다는 걸 알았다. 이제 보니 장례식장의 위치가 CD 시티의 바로 아래쪽 길이었다. 몇 달 전에 켄이 나를 데려가 테이프 쇼핑을 시켜 줬던 그곳이 가까이에 있었다. 숀이 길 한쪽으로 차를 대며 내가 밖에서 담배를 피울 수 있게 해줬다.

켄의 가족들은 우리가 한 명도 빠짐없이 다 잘 먹도록 챙겨 줬다. 그렇게 많은 음식을 준비하고 우리를 일일이 살펴 줄 기력이 어디에서 나왔을지 신기할 따름이었다. 무려 스무 명 남짓의 인원이 집 안 소파에 다닥다닥 붙어 앉았다. 켄의 아버지는 얼굴에 붉은기가 있었고 눈을 보면 켄의 눈이 누구를 닮았는지 알 것 같았다. 켄의 부모님은 우리 앞에서 눈물을 보이지 않았지만 남은 평생 동안 다시는 웃지 않을 것처럼 보였다. 숀과 나는 번갈아 밖으로 나가 연석 위에서 흐느껴 울었다. 우리가 집에서 나올 때 두 분은 간직하고 싶은 켄의 물건이 있다면 우편으로 보내 주겠다고 말했다.

그날 밤, 파라그, 숀, 데이브와 함께 바로나에 갔다. 바로나는 켄이 자주 얘기했던 카지노로, 레이크사이드 지역에 있어 동쪽으로 한 시간가량 걸렸다. 나는 가고 싶지 않았지만 또 한편으론 뭔가를 하고 싶고 어딘가로 가고 싶기도 했다. 자동차의 아늑한 속박을 느끼다, 우리와 생판 남인 사람들 사이에서 돌아다니고 싶었다. 우리는 손의 차에 올라타 켄의 혼과 교신했다. "베가스로, 베이비!" 켄은 영화 〈스윙어스Swingers〉에 나오는, 이 대사를 따라 하길 좋아했다. 심지어 걸어서 부리토를 사러 짧은 거리를 나갔다 올 때도. 바로나는 절대 라스베이거스가 아니었다. 적어도 휘황찬란한 곳은 아니었다. 사람들이 쓸쓸이 레버를 당기고, 타들어 가는 절망감으로 가득한 분위기여서 암울하고 슬펐다. 나는 20달러를 잃은 뒤에 몇 시간을 그 자리에서 뱅뱅 맴돌며 ATM 영수증과 명함 뒷면에 그날 있었던 일들을 적었다.

우리는 일요일의 이른 시간에 비행기를 타고 돌아왔다. 나는 내 아파트에 들어와 소파에 털썩 주저앉아 허공 사이로 나른하게 흩어지는 먼지를 지켜보다가 아름다운 노래를 틀었다. 어떤 노래였는지는 기억나지 않고, 단지 그 아름다운 선율이 흐르자 견딜 수 없었던 것만 생각난다. 한때는 화음이 숭고한 질서의 가능성을, 너무 항구적이고 진실되어 우리는 그 아름다움을 알아보지 못할 것 같은 결의의 가능성을 떠올리게 했다. 이제 나는 화음을 들으면 구역질이 올라왔다. 스테레오 플레이어의 볼륨을 점점 올리다 그저 뒤틀린 굉음이나 다름없어지고 나서야 꺼버리고 욕실에 들어갔다. 앤서니의 이발기를 꺼내 뒤통수를 따라 한 뭉터기씩 머리카락을 잘라 냈다.

텔레그래프 애비뉴에 새로 연 채식주의 패스트푸드점에서 알렉과 그웬을 보려고 집을 나왔다. 채닝 웨이를 걸어 올라갈 땐 켄의 발코니를 보지 않으려 시선을 피했다. 혼자 있으니 기분이 이상했다. 알렉과 그웬은 머리를 깎고 달라진 내 모습에 별말이 없었지만 너무 피곤했거나 착해서 내 머리 꼴이 얼마나 보기 싫은지 지적하지 않았을 뿐이다. 우리는 애기를 하는 내내 말을 고르고 조심했다.

점심을 먹은 후, 나는 CD를 살펴보려 아메바 뮤직 쪽으로 걸었다. 하지만 모든 것이 뭔가를 상기시키면서, 주눅감이나 긴장된 수줍음을 불러냈다. 음악은 더 이상 더 나은 세상의 모형이 아니었다. 'God Only Knows'는 나를 무기력하게 했다. 그 노래를 들었던 순간의 추억들이 귓가에 울려 왔다. 아메바 뮤직의 중고 음반 칸에서 꺼냈던 흠집 난 《Pet Sounds》 LP, 샌 파블로로 도넛을 구하러 가는 길에 노래를 따라 불렀던 일, 공부 중에 가졌던 휴식 시간들, 스티브의 컨버터블 지프를 타고 월넛 크릭에서 돌아오는 길에 세세히 분석했던 영화 〈부기 나이트_Boogie Nights_〉 속의 그 장면. 이 모두가 하나의 패턴으로 정리해야 할 이유가 생기기 전까지는 하잘 것없는 순간들이었는데. 칼 윌슨의 목소리가 더는 다정하고 순수하게 들리지 않고, 오히려 내가 알고 싶어 하는 것을 감추며 조롱하는 것처럼 들렸다. 브라이언의 편곡에서 느껴지던 장엄함도, 사운드의 완벽함도, 여러 사람이 아름다운 노래 속에서 한데 어우러지는 조화로움도 이제는 구역질 났다. 아무래도 내 과거의 추억이 깃든 것은 그것이 뭐든 더 이상 들을 수 없을 것 같았다.

장례식 이후, 나는 리치먼드의 여름 학교 교사 일에 복귀했다. 청소년 센터의 소장이 쉬는 시간을 좀 가지라고 권했지만 어느 정도는 일과를 다시 시작하는 것이 현명한 판단 같았다. 그런데 수학 시간 중에 뜬금없이 친구들과 가까이 지내라는 둥, 청소년기의 가능성들을 붙잡으라는 둥 장광설을 늘어놓는 버릇이 생겼다. "저는 더 나이가 들든 어리든 상관없어요. 살아 있기만 하면 돼요." 멜리사라는 열 살 아이가 내 말에 이렇게 대꾸했다. 나는 아이들에게 가족들의 인생 여정과 자신의 미래를 위해 품고 있는 꿈들을 이어 주는 '인생 지도'를 만들게 했다. 같이 〈스파이스 월드 Spice World The Movie〉의 복사판 비디오를 여러 번 보기도 했다. 매일매일 끌어모을 수 있는 기운을 모아 이 비디오가 효과가 있기를 기도했다. 뒤쪽에 앉아 아이들이 영화를 보는 모습을 지켜보며 아이들의 수용력에 안도했다. 나는 지도의 역할이 뱀파이어가 되는 일임을 깨달았다. 지도는 학생들의 에너지에 의지하면서, 가르치는 것만큼 배우기도 하는 일인 것 같았다.

나는 그 아이들의 삶에 놓인 구체적인 위험을 잘은 몰랐지만 아이들의 안전을 지켜야 한다는 책임감을 느꼈다. 매 순간이 중요했다. 매 순간이 교훈을 가르쳐 주기 위한 시간이었다. 연습 문제지를 채점하는 것보다 아이들을 차에 태워 돌아다니는 데 더 많은 시간을 썼다. 수업이 끝나면 집에 데려다주거나 큰맘 먹고 같이 색다른 분위기의 쇼핑센터에 가기도 했다. 어느 날은 차로 아이들 몇을 블록버스터에 데려가 영화 한 편을 빌린 후 타겟 백화점에서 간식을 사줬다. 메간이라는 열세 살 여자아이가, 내가 야구 카드를 모으기엔 나이가 너무 많은 거 아니냐고 물었다. 나는 향수와 어릴 적 기억에 대한 끌림, 그리고 걱정 없이 순수하던 그 감정을 다시 붙잡고 싶은 마음을 얘기해 줬다. 아이는 나를 보며 공손하게 고개를 끄덕여 보이며 흥보고픈 본심을 겨우 감췄다. 괜히 헛돈 쓰는 기분이었다.

어느 금요일 오후에는 아이들을 태우고 드라이브를 나갔다. 룸미러를 통해 십 대를 코앞에 둔 채 서로 어깨를 맞대고 앉아 있는 네 아이들의 모습을 쳐다보니, 그 나이대의 일시적이면서 새로운 친밀감이 흐르는 듯했다. 나는 이제 언더그라운드 힙합이나 슬라이 앤 더 패밀리 스톤을 들어 보게 하거나, 아이들이 좋아하는 래퍼와 가수를 사회경제적 맥락에서 규정하는 식의 설교를 늘어놓으려 굳이 애쓰지 않았다. 아이들은 투팍의 앨범 트랙이 아니라 히트곡을 듣고 싶어 했다. 아이들이 라디오 주파수를 돌렸다. 차 안으로 한 줄기 햇살이 비쳐 'Nice & Slow'를 따라 부르는 두 아이의 얼굴에 내려앉았다. 그 아이들은 누구도 나 자신이나, 내가 함께 자란 아시아인 친구들을 연상시키지 않았다. 그런데 한 남자애는 그 미소와 자세에서 어셔를 연상시켰다. 옆의 여자애가 그 애를 쳐다보다 얼굴을 붉혔다. 자신의 시선이 10억분의 1초쯤 너무 오래 머물었다고 의식한 모양이었다. 남자애는 그저 몸을 좌우로 흔들며 노래를 부르는 중이었고, 덩굴손 같은 앞머리도 같이 이리저리 미끄러지고 있었다. 그 노래들은 아이들에게 어떻게 열망을 품고 어떻게 자신을 표현해야 할지를 가르쳐 주고 있었다. 뿌리를 내리지 않았지만 조만간 닥쳐올 그런 감정들을.

그해에는 라디오에서 래퍼 마스터 P가 피처링한 노래가 많이 나왔다. 처음엔 음악이 너무 느리게 느껴졌다. 할 말이 별로 없는 점에 아주 흐뭇해하기라도 하듯, 지나치다 싶은 건조함으로 음절에 기대는 그 방식이 마음에 들지 않았다. 랩을 하는 게 아니라 신음을 내뱉는 것 같았다. 나는 내 차에 탄 아이들에게 마스터 P가 나에겐 영 별로이긴 해도, 그들처럼 리치먼드 출신이라는 점을 꼭 말해 주었다. 마스터 P의 가족이 운영하는 음반 레이블 노 리미트가 힙합 역사에 대성공 스토리를 써낸 곳으로 꼽힌다고. 너희도 언젠가 기업가가 될 수도 있다고.

여름이 무르익어 가는 사이에 나는 'Make 'Em Say Ugh'와 시크 더 샤커의 'It Ain't My Fault'를 점점 더 자주 들었고 이런 음악이 기본적이고도 인간적인 차원으로 다가왔다. 이 래퍼들은 자신만의 페이스로 세상을 헤쳐 나갔다. 할 말을 찾을 수 없을 때는 몸이 들썩거린다. 때로는 고함이나 흐느낌이 더 많은 말을 한다. 이 래퍼들의 비트는 마치 죽음이 지하 세계에서 가구를 재배치하는 소리처럼 들렸다. 나는 아이들과 함께 드라이브를 다니며 노 리미트의 대표곡들부터 소프트코어한 슬로우 잼*에 이르기까지 아이들이 좋아하는 노래들을 아주 많이 들었는데, 몇 달 전만 해도 반감이 들던 이 모든 곡들이 이제는 나에게 가장 필요한 소리가 되었다. 브랜디와 모니카가 부른 'The Boy Is Mine'의 천상의 하프 연주도, 알리야의 'Are you That Somebody?'의 아기가 기분 좋은 소리를 내는 듯한 음성도. 음악은 한때 나에게 열병 같은 사랑, 수줍음, 주눅 듦의 장점을 가르쳐 주었다. 그런데 이제 나는 비통에 잠겼다 다시 일어서기에 대한 이야기로 빠져들었다. 일생일대의 승리와 슬픔에 색인을 달아 주는 노래들에 끌렸다.

◆ ◆ ◆ ◆ ◆

켄이 사망한 그다음 주에 친구들과 나는 서로 떨어져서 지내질 못했다. 장례식에서 돌아오고 며칠 후에는, 사미, 알렉, 그웬, 헨리와 함께 〈메리에겐 뭔가 특별한 것이 있다There's Something About Mary〉를 보러 갔다. 영화가 시작될 때 몇 달 전에 켄과 이 영화의 예고편을 봤던 기억이 났다. 둘이 에머리빌로 급히 가서 〈트루먼 쇼The Truman Show〉의 심야 상영을 관람하던 때였다. 같이 이 영화를 보기로 했었는데. 켄의 기억이 너무 생생해 그 애가 이 영화를 봤다면 어떤 대사를 마음에 들어 했을지 알 것 같았고, 그 대사를 읊는 목소리도 귓가에 울리는 것 같았다.

★ 느리고 잔잔한 R&B 및 소울 음악.

시간이 지나면서 우리는 저마다 다른 단계의 슬픔을 지나가고 있었다. 자신만의 트리거와 슬픔의 강도를 측정하게 뇌었고 그러는 사이에 켄의 죽음을 함께 슬퍼하기 힘들어졌다. 앤서니는 교내 아르바이트를 다시 나갔다. 상사가 뜬금없이 꺼낸 얘기가 그 계기였다. 그녀는 자신이 1990년대 초 샌프란시스코의 법률 사무소에서 일어난 총기 난사 사건의 생존자였다고 얘기하며, 왜 그 얘기를 꺼낸 건지는 설명하지 않았고 앤서니도 무슨 말을 해야 할지 막막했다고 한다. 하지만 도움의 손길을 내밀어 어른으로서 힘들게 얻은, 삶은 계속된다는 교훈을 알려 주려는 시도로 느껴졌단다. 우리 무리에 들지 않는 애들은 누구든 다 우리에게 무슨 말을 해야 할지 몰라 했다. 하지만 적어도 우리끼리는 그 침묵에 담긴 말을 알았다.

나와 얘기를 나누며 내 작은 세계의 경계를 넘어온 사람도 있었는데 그 처음은 리치먼드의 내 멘티, 제이였다. 살짝 사람을 쫄게 하는 강력한 미소를 장착한, 열세 살의 남자애였다. 시시콜콜한 내 얘기를 모두 진지하게 들었다. 내 수업을 듣는 학생은 아니었지만 센터에 자주 왔고 나는 그 점을 좋은 징조로 받아들였다. 말이 없고 졸린 눈을 하고 다니는 제 형에 비해 제이는 투덜투덜 시끄럽게 떠들어 꾸지람을 듣기 일쑤였고, 누구든 자기 신경을 건드리면 나이와 상관없이 노려봤다. 나는 제이가 가까이에 있는 게 좋았다.

제이에게 극장에 함께 가기로 약속했다. 켄의 장례식 후 일주일이 지난 어느 조용한 수요일 오후에 주간 상영작을 보여 주기 위해 제이와 멘토 프로그램의 남자애들 몇을 데리고 인근 쇼핑몰인 힐톱에 갔다. 그때 나는 너무 얼이 빠져 있던 탓에 극장에 들어온 지 10분가량이 지나서야 신생 스트립 클럽을 배경으로 한 다크 코미디물 〈플레이 클럽The Players Club〉이 어린애들에게 보여 주기에는 너무 수위가 높은 영화라는 걸 알았다. 아이들은 이게 웬 행운인가 싶어 스크린에 알몸의 여자가 나오자마자 몸을 비비 꼬고 키득키득 웃어댔다.

영화가 끝난 후 우리는 줄을 지어 천천히 극장을 나왔다. 제이가 나를 쳐다보며 말을 걸었다. "우리 같이 쇼핑몰에 가봐요, 후아 선생님." 내가 명색이 보호자였는데, 제이와 제이의 친구들이 무안해할 나를 보호하고 있었다. 나는 애들에게 내 친구에게 있었던 일을 말했다. "힘드시겠다." 그중 가장 철이 든 샘이 말했다. 감정에 북받친 듯 살짝 갈라진 목소리였다. "에이, 정말 엿 같아요." 한 아이는 자기가 언제 한번 점심을 사주겠다고 했다.

그 애들은 그 뒤로 다시 그 얘기를 꺼내지 않았다. 제이는 말로 하는 대신, 청소년 센터에서 내 교실까지 그 짧은 거리 동안 내 교재를 들어다 주겠다고 나서기 시작했다.

8월에 접어들어 여름 학교의 마지막 주가 되었을 때 아이들이 교직원들에게 소프트볼 시합을 하자고 도전장을 내밀었다. 듣고 보니 그 여름을 마무리하기에 이상적일 것 같았다. 야구장에서 내 정신을 구원하고 싶었다.

시합 날이 다가왔고 나는 마음속에 긍정적인 결과를 그리며 밤을 보내서인지 시합에 임할 준비가 잘 된 기분이 들었다. 어느새 교직원들이 1점 차이로 뒤진 채 8회에 접어들었고 내가 첫 타자였다. 나는 1루타 두 개와 실책 없는 주루 플레이로 탄탄하지만 그리 인상적이진 않은 경기력을 보였고, 그 정도의 경기력을 펼친 것도 양 팀의 선수들 중에 소프트볼 경험이 많은 사람이 별로 없어서 다들 연속 삼진을 당했던 게 주된 이유였다.

그날 군복 스타일의 반바지와 폴로 셔츠 차림에, 켄의 나이키 선캡을 쓰고 은색 에어 맥스 운동화를 신고 있었던 나는 베이스를 달리는 모습을 돋보이게 할 생각으로 흰색 양말을 무릎까지 한껏 올려 신었다. 반바지에서 차 키를 꺼내 다른 교사에게 건넨 후 타석으로 성큼성큼 걸어가며 내 학생들에게 윙크를 해보였다. 배트로 운동화 밑바닥을 툭툭 치고 타석으로 들어섰다. 제이가 싱긋 웃으며 공을 내 쪽으로 낮고 느리게 던졌다. 나는 공을 맞혀 내야 오른쪽으로 약한 땅볼을 쳤다. 공은 흙밭을 천천히 굴러갔다. 상대 팀에 별 위협을 주지 않는 무력한 타격이었다. 나는 할 수 있는 한 빠르게 달렸다.

2루수가 공을 빗나가게 던져 공이 주차장 쪽으로 굴러갔다. 나는 1루에서 느긋이 몸을 돌려 거드름을 피우며 2루로 달렸다. 이어서 외야수 둘이 시시덕거리는 것을 보고 3루까지 쭉 가기로 작정했다. 머릿속에서 3루로 완벽히 슬라이딩한 후 손바닥을 탁탁 쳐 흙먼지를 털어 내며, 관리자들의 환호성으로 쩌렁쩌렁한 덕아웃을 바라보는 내 모습이 그려졌다. 그러다 공이 3루 쪽으로 날아오는 것이 보였고 나보다 먼저 3루에 도달할 것 같았다. 순간 3루 수를 맡은 메간의 실력을 머릿속으로 계산했다. 아까 내가 타석에 섰을 때 메간은 글러브를 공중으로 던진 적이 있었으니 공과 내가 동시에 자기 쪽으로 오는 상황에 대비가 안 되어 있다고 봐도 무 방할 것 같았다.

지금껏 쭉 방향을 정하느라 고민해 왔지만 지금이 그 어느 때 보다 가치 있는 결정인 것 같았다. 해도 될지 말지를 정해야 하는 순간이었다.

그동안 나는 이 아이들에게 상당히 많은 시간을 쏟아 주었다. 아무리 그래도 내가 뭐라고 삶이 쉽거나 공평하다거나, 어른을 믿 어야 한다고 가르칠 수 있겠는가? 사실, 살다 보면 때로는 엿같은 경우도 생긴다. 어딘가로 대피해도 결국에는 삶이 꿈같지 않음을 깨닫는다. 경찰관들이 아무 이유 없이 괴롭히고, 아직은 뭐라고 형 용할 수 없는 이유로 부모님의 지친 기분이 좌우되는 것 같은 때 도 있다. 다른 때는 순하던 스물한 살 멘토가 영광에 완전히 눈이 멀어 달려들기도 한다. 아이들은 아직 세상을 많이 배워야 했다. 공이 큰 차이로 나보다 먼저 3루에 들어왔지만 나는 어쨌든 슬라 이딩을 해 메간과 몸을 부딪치면서 발로 메간의 글러브를 찼다. 공 이 글러브에서 튀어나왔고 메간은 굴러 넘어졌다. 내 정강이가 쫙 찢어졌다. 구장의 관리 상태가 엉망이라 주루 라인이 돌과 유리 파 편 천지였다. 내친김에 계속 진루해 홈 플레이트를 쾅 밟으며 허공 으로 두 팔을 뻗어 올렸다. 흘러내린 피로 무릎이 차가웠지만 자유를 느끼며 고함을 내질렀다.

이 말도 안 되는 장내 홈런이 터진 후 관리자든 교사든 다른 멘 티들이든 나를 맞으러 나오는 사람은 없었다. 오히려 다들 충격을 받은 채 그냥 서 있었다. 내 상사는 입이 딱 벌어져 있었다. 그녀는 너무 경악스러운 나머지 화가 난 듯한 표정이었다. 한 여름 학교 교사는 흠칫 놀란 마음이 묻어나는 미소로 혐오감을 감추려 애썼 다. 다른 어른들은 손으로 얼굴을 가리고 있었다. 그 와중에 남자 애들이 기뻐하며 홈 플레이트의 나에게 떼 지어 달려왔다.

여름이 끝나갈 쯤 안도감이 느껴졌다. 하루하루가 쌓여 여러 주 가 지나갔고 이제는 점점 나아져야만 했다. 나는 일기장에 소프트 볼 시합에 대해 쓰며 이제 내 인생관이 '인생은 빠르다'로 새롭게 바뀌었다는 결론을 내렸다. 무릎에 런천미트 크기의 소름 끼치는 딱지가 잡혔다. 나는 딱지가 팽창하면서 변하고 새롭게 금이 생기 는 모습을 유심히 들여다봤다. 육지가 서서히 바다로 팽창하는 것 처럼 보였다. 상처는 배지 같은 모양을 띠었다. 어쩌다 그런 상처 가 생겼는지 얘기하고 다니는 게 좋았다. 그런 폭력성에 빠졌던 것 이 어딘가 평소답지 않았기에. 또 켄이나 과거와는 관련이 없는, 새로운 얘기였기에.

매일 밤을 미라의 아파트에서 보냈지만 얘길 하거나 뭔가를 하 고 싶지는 않았다. 둘이 가을 학기 수업 시간표를 대조하다 시간이 안 맞아 같이 점심을 먹을 기회도 없겠다는 걸 알았을 땐 부루퉁했다. 미라의 룸메이트는 켄의 프래터니티 후배인 찰스였는데 미라의 어릴 적 친구인 케이시와 사귀고 있었다. 맥주 한 병, 담배 한 대, 플레이스테이션 야구 게임 몇 이닝으로 끝맺는 찰스의 하루 마무리 의식이 아주 좋아 보였다. 미라가 자러 들어가면 찰스와 나는 말없이 게임을 하며 화면에 우리의 운명을 투영했다.

여름 아르바이트가 끝나자 어머니와 나는 2주 동안 아버지와 함께 지내기 위해 비행기를 타고 대만으로 갔다. 부모님은 주변 환경의 변화가 나에게 도움이 될 거라고 생각했다. 부모와 자식끼리의 적당히 작은 환경에 들어와 있으니 안심이 되었다. 두 분은 내가 혼자 시간을 보낼 수 있도록 놔두었다. 한번은 꿈을 꿨다. 켄과 내가 세븐일레븐으로 달려가며 내가 켄의 부모님이 보내 준 폴로 스포츠 셔츠를 돌려줄 수 있다는 사실에 마음 놓는 그런 꿈을. 그 이튿날 부모님과 함께 조상들께 제사를 드리러 절에 갔다. 전에도 수백 번 해본 제사지만 이번에는 느낌이 달랐다. 가장 좋은 향으로 골라 들었고, 제단으로 가까이 갈 때도 몸가짐이 빈틈없이 완벽했다. 절을 할 때는 어느 순간부터 그 애에게 나직이 말을 건네고 있었다. 눈을 떴을 때 염주에 파리 한 마리가 앉아 있었다.

켄이 죽고 며칠이 지났을 때 어머니가 나에게 전화했고, 내가 운전 중이라 사미가 전화를 받아 몇 분 정도 얘기를 나눴다. 어머니는 사미에게 정말 끔찍한 일이지만 우리는 계속 살아갈 방법을 찾아야 한다고 말해 주었다. 잔인한 조언 같았다. 우리가 아직 충격에서 벗어나지 못하고 있던 터라 더 그렇게 느껴졌다. 그 전화 후로 부모님과 나는 여간해서는 ㄱ 일을 입 밖에 꺼내지 않았다.

우리가 떠날 때 아버지가 나에게 종이에 쓴 편지를 주었다. "나는 일 외적으로 사회를 보면 세상이 절망스러워진다." 아버지는 편지에서 우리의 경제 시스템을 기만하는 비열한 기회주의자들에 대해 한탄했다. "우리는 그런 악한 자들이 마음을 바꾸기만을 기대하고 있을 순 없다." 아버지는 전 달의 일들에 대해서는 한마디도 언급하지 않았지만 4학년의 '불확실한' 시기를 지나는 중이더라도 당신과 어머니가 내 곁에 있다는 점을 알려 주고 싶어 했다. 내가 법체제 내에서 변화를 가져올 방법을 고민해 볼 수 있을 거라며 이렇게 물었다. "네 생각은 어떠니?"

아버지는 바흐의 첼로 모음곡 카세트테이프도 주었다. "'진정한 자유'라는 주제를 다루려 한 느낌을 주더구나." 편지에 이 말을 쓰며, 당신보다 내가 더 깊이 이해하게 될지도 모르겠다고 덧붙였다. "나는 여전히 베토벤, 브람스, 차이코프스키, 바르토크, 야나체크가 좋아. 기분이 안 좋을 때 그 음악들을 들으면 마음이 진정되거든. 물론 이 음악들에는 못 미치더라도 밥 딜런과 닐 영 역시 들으면 좋고. 너는 어떠니?"

• • • • •

켄이 없이도 우리가 다들 나이를 먹어 간다는 게 이상하다. 내가 일기장에 쓴 글이지만 이 글을 쓴 시점은 한 달밖에 지나지 않은 때였다. 나는 불과 몇 시간 전에 있었던 일들에 대해 마음 아린 그리움을 느끼며, 역사가가 수백 년 전의 중대한 사건을 서술하는 것처럼 썼다.

4학년 진학을 앞두고 있던 주에 사미, 알렉, 그웬, 데이브와 다른 애들 몇 명과 함께 멕시코 카보산루카스에 갔다. 나는 배낭을 빈틈없이 꽉꽉 채워 짐을 쌌다. 켄이 내 아파트에 두고 갔던 쿠바 슈가 킹스 야구모를 쓰는 게 어느새 습관이 되다시피 했다. 알렉은 오른쪽 눈 아래에 흉한 상처가 나서 내내 선글라스를 썼다. 장례식 후로 절주를 포기하고 지내더니, 그웬의 직장 행사가 열렸던 오픈 바에서 술에 너무 취해 길거리에서 넘어져 안경이 박살 났고 하마터면 실명할 뻔했다.

나는 멕시코행 비행기가 추락하면 어쩌나, 조바심이 났다. 그 휴양지로 가는 택시에서는 다가오는 차와 충돌할까 봐 조마조마했다. 침대 시트 때문에 무슨 희귀병에 전염되면 어쩌나, 소프트볼 시합 때 생긴 상처 때문에 다리를 절단해야 하면 어쩌나, 등등의 걱정도 들었다. 어느 날 오후, 우리는 심해 낚시 투어에 갔다. 나는 수영을 못 해서 따라가지 않고 보트가 수평선 너머로 사라지는 모습을 지켜봤다. 텅 빈 해변을 이리저리 걷는 사이에 친구들에게 끔찍한 일이 생기면 어떻게 해야 하나, 하는 생각이 자꾸 들었다. 그 사람들이 어부도 투어 가이드도 아닌 범죄자들이면 어쩌지? 지금은 하늘이 화사하고 평온하긴 하지만 허리케인이 일어나 내 친구들이 조난을 당하면 어떡해? 언제 어느 때나 최악의 상황을 가정하는 게 갑자기 이치에 맞는 일처럼 다가왔다.

우리는 해변에 갈 때면 어느 공사장을 지나갔는데 그때마다 몇십 미터 위쪽에서 일하던 공사장 일꾼들이 사미와 그웬을 향해 휘파람을 불며 추파를 던졌다. 그 위에서 내려다보면 우리가 정말 그저 그런 평범한 사람들로 보일 것 같다는 생각이 들었다.

켄이 죽기 전이었다면 나는 이렇게 멕시코로 놀러 오는 일은 생각도 안 해봤을 테지만 이번 기회에 켄을 기억하며 즐기는 것에 마음을 열게 되길 바랐다. 하지만 즐긴다는 게 마음 편치 않아 대부분의 시간을 일기장에 글을 쓰거나 나이트클럽 밖에서 담배를 피우며 보내고 있었다. 즐겁게 노는 것과는 담쌓은 사람처럼, 긴장을 풀지 못한 채 침통하게 뉴캐슬을 홀짝이다 그 맥주 라벨을 벗겨내 그 시간과 장소를 끄적였다. 자꾸만 무릎의 딱지를 넋 놓고 바라보다 잡아 뜯고 파냈다. 딱지가 금방이라도 해방되어 태평양의 따뜻한 물 속을 떠다닐 지경이 되도록.

UT; 'EM DOWN

SPIE

OLVED IN PROJECTS OR COALITIONS
S ON THE INSIDE, HELPING YOUNG
T, OR STRUGGLING TO CREATE AN
HE WHOLE CRIMINAL INJUSTICE SYS-
EACH OTHER FOLKS HOW THEY
G IT TOO. CONTACT US NOW TO
SHOP OR SPEAK ON A PANEL.

PATION IS FREE!

CRITICAL RESISTANCE

PO BOX 339 BERKELEY, CA 947C
(510)643-2094   (510) 845-8816
WWW.IGC.ORG/JUSTICE/CRITICAL
CRITRESIST@AOL.COM

어느 겸허한 공학 전공생에 대해 전설처럼 전해 오는 얘기가 하나 있었다. 그 학생이 우리 고등학교에 다니던 시절, 컴퓨터 공학 시험을 망쳤다고 한다. 안 그래도 마음이 심란하던 참인데 누가 강도질을 할 작정으로 칼을 들고 다가왔고 이때 이 학생은 칼을 빼앗아 덤불숲에 던져 버리고는 가던 길을 계속 갔다고 한다. 오늘은 일진이 안 좋다고 하면서.

숀은 버클리에서 4년을 지내는 사이에 두 번이나 모르는 사람들에게 큰 액수의 현금을 빼앗겼는데 두 번째 때는 호구 잡혀 속아 넘어간 탓이었다. 밴을 탄 어떤 남자가 새 노트북을 사지 않겠느냐고 제안하더니 숀에게 차창 밖으로 박스를 보여 주며 200달러를 불렀다. 두 사람은 같이 ATM으로 갔다. 숀은 더디게나마 거래 조건이 이상할 만큼 좋다는 느낌에 돈을 돌려받으려다 몸싸움을 벌이게 되었다. 남자는 숀의 팔을 깨물고 냅다 자기 밴에 올라

타고 쌩 가버렸다. 우리는 뉴욕이든 뉴저지주든 간에 그런 동네에서 자란 손이 그 정도로 도시 물정에 어둡게 굴었다는 게 믿기지 않았다.

나는 켄의 집들이 파티 몇 달 전에 라파 누이의 바로 아래쪽 길에서 공격을 당해 지갑을 빼앗긴 적이 있었다. 일단 내 물건을 포기하고 난 뒤엔 뭘 어떻게 해야 할지 몰라 지갑 속에 든 걸 뒤지고 있는 네 명의 십 대들 옆에 그냥 서 있었다. 돈은 없었고 블록버스터 회원 카드, 지갑을 살 때 들어 있던, 플레이보이 토끼 로고가 찍힌 가짜 신용카드, 인덱스 카드지(잡지를 위한 아이디어), 반으로 접힌 비요크의 사진이 들어 있었다. 내가 집으로 달려가기 시작했을 때 뒤에서 노스페이스 파카 스치는 소리가 쉿쉿 들렸다. 뒤돌아보니 그 십 대 중 한 명이 나를 쫓아오고 있었다. 그 애는 지갑을 돌려주고 싶다며 다들 미안해한다고 말했다.

이런 일들 때문에 버클리를 위험한 곳으로 여긴 건 아니었다. 그저 우리 대다수가 자란 따분한 교외 지역보다 더 크고 더 복잡한 세계로 여겼을 뿐이다. 우리는 격리 상태에서 학교에 다닌 게 아니었다. 언제나 대학생들은 강도들에게 쉬운 먹이감으로 보이기 마련이었고 대다수 학생들에게는 그로 인한 피해는 자전거 도난 정도였다. 켄의 살해 사건은 보기 드문 일이었다. 우리가 접해 왔던 예사로운 경범죄들과는 차원이 달랐다. 버클리 캠퍼스에서는 1990년에 듀랜트 애비뉴 소재의 바 헨리스에서 벌어진 인질극,

1992년에 학생 자치회와 클럽들이 입주해 있는 교내 건물 에슐레먼 홀에서 한 학생이 칼에 찔리는 의문의 사건 이후로 그런 류의 사건이 일어난 사례가 없었다.

버클리 같은 도시의 일상적인 위험은 이런 범죄와 비교하면 비극적 수준은 아니었다. 다만, 버클리대는 실질적 경계선도 없이 세상과 아주 가깝게 접하고 있어 성인들의 해괴하고 추한 삶이 사이드 서비스처럼 제공되고 있었다.

시도 때도 없이 괴짜 어른들이 버클리 주 광장을 들락거렸다. 가령 햇빛에 화상을 입은 LSD 중독자들, 음모론의 열광적 추종자들이 있었다. 옷을 하나도 걸치지 않고 다니는 이들이 있는가 하면, 두꺼운 코트에다 빌 클린턴, CIA, 달라이 라마 사이의 연관성을 시시콜콜 적은 포스터까지 걸친 채 사철 내내 겹겹이 껴입고 다니는 사람들도 있었다.

드웨이트 웨이에는 머리끝부터 발끝까지 나치 복장을 하고선, 사람들에게 과하게 친절히 구는 어떤 중년 남자가 이따금씩 나타났다. 복장이 결벽증 수준으로 깔끔해서 더 괴상해 보였다. 누구에게나 꿈으로 가득한 미래가 있었을 것이다. 그런 미래의 시간을, 마음속 가장 어두운 곳으로 도망치며 살아가게 되리라는 걸 누가 예측이나 했을까?

그들에게 세상은 아주 단순했다. 절대 이기지 못한다고 해도, 그들은 거의 통달할 지경으로 이야기를 하고, 또 한다. 어쩌면 영영 실패할 무언가에 헌신하기 때문에 그들의 세상이 단순한 것인지도 모른다.

입이 떡 벌어질 만한 근육질에, 군복을 입은 남자가 늦은 오후에 스프라울 광장 계단을 순찰하듯 돌았다. 계단을 왔다 갔다 하면서 딱히 누구에게랄 것도 없이 설교를 벌였는데 멀리서 보면 단백질 보충제를 파는 사람처럼 보였다. 하지만 그 사람이 손수 제작한 포스터가 시야에 휙 들어오는 순간 그게 온통 유산된 태아의 끔찍하고 과장된 이미지들로 채워져 있다는 걸 알게 되었다. 그는 즐거움이라고는 하나도 없는 사람 같았고, 우리를 설득하기보다 화를 돋우려 작정한 듯했다. 낙태에 격하게 반대하는 보디빌더의 내면 속 독백을 상상하면 좀 재미있었다. 학생들은 그 남자와 논쟁을 벌여 기세를 꺾으려 하는가 하면 고개를 빼고 층계 위에서 누가 떠드냐는 듯 대수롭지 않게 넘기려 했다. 하지만 그날의 우리는 삶, 죽음, 지옥 같은 문제가 떠오르는 게 싫었다. 1998년 9월 2일, 정오 무렵. 우리 모두 그냥 스프라울 광장에 앉아 아주 독실하신 개자식들이 우리가 지옥에 갈 거라고 떠드는 소릴 듣고 있었다. 그웬이 듣다 못해 말다툼을 벌였다. 힘든 시간이었다.

그해 가을, 학교에서는 켄의 친구들을 쭉 추려내 상담을 권하는 이메일을 보냈다. 나에겐 심리 치료가 별스럽고 사치스럽게 느껴졌다. 나는 내가 생각하기에 우울증을 앓고 있지 않았다. 저승은 어떨까? 이런 의문이 들 때도 있고 죽음의 세부적 체계에 점점 호기심이 생기긴 했어도 죽고 싶지는 않았다. 나는 긴장증 같은 것도 없었다. 밤이 새도록 책을 읽고 글을 쓰느라 바쁘고 정신이 없었을 뿐이다.

　내가 아는 한, 우리 중에 심리 치료를 받은 사람은 아무도 없었다. 적어도 아무도 그 얘기를 꺼내지 않았다. 우리는 그 여름 동안 있었던 일에 대해 점점 말을 하지 않았다. 파라그는 올해가 우리 대부분에게 6월까지는 아주 멋진 해였다는 점을 짚어 말했다. 앞으로 나아가기 위한 우리 나름의 최선을 생각하다 꺼낸 말이었다. 나는 크로스컨트리를 연결점으로 삼아 메신저를 통해 알고 지내던 사람들에게 마음속의 말들을 죄다 쏟아내다 막상 그 사람들이 전화를 하면 받지 않았다. 환경을 새롭게 바꿔 보려고 새로운 일과를 찾으려 애쓰기도 했다. 그럼에도 생각이 자꾸만 그날 밤으로 거슬러 가서, 가장 친한 친구들과 있어도 삶의 리듬을 회복하려 애쓰는 그 친구들 사이에서 혼자 겉도는 느낌이 들었다.

　종종 같은 복도에 있는 파라그와 손의 아파트에 가서 야구를 봤다. 케이블 TV를 달아 놔서 야구를 보기 좋았다. 그해는 마크 맥과이어와 새미 소사가 로저 메리스의 한 시즌 최다 홈런 기록을 깨기 위한 역사적 경쟁을 펼치고 있었다. 나는 맥과이어나 소사가 타석에 섰다가 조용히 물러나는 모습을 지켜보다 나왔다. 가끔은 화요일에 1+1 행사를 하는 헨리스에 따라가기도 했다. 저렴한 가격으로 즐길 수 있는 맥주 행사 날에는 주로 프래터니티 파티가 벌어졌다. 그런 날 밤면 군복에 블레이저 재킷을 점잖게 차려입은 한 중년 남자도 자주 눈에 띄었다. 남자는 깊은 수심에 잠겨 혼자 술을 마시다가 몇몇 프래터니티 회원들에게 술을 한 잔씩 사며 그

들의 전성기로 끼어들었다. 나는 늘 술에 취해 몽롱해진 정신으로
남자를 유심히 보며 그 남자가 언제 졸업했을지, 여기에 매일 밤
오는 건지 화요일에만 오는 건지, 한 무리의 유치한 대학생들과 어
울리며 무슨 즐거움을 얻을 수 있을지 등을 궁금해했다. 다른 시간
대에서 건너온 밀사같이 느껴지기도 했다. 미래에는 우리도 저렇
게 될까? 그곳에 있으면 내 생각은 어쩔 수 없이 다시 켄의 집들이
파티로 되돌아갔다. 이 바가 켄의 프래터니티 하우스에서 겨우 한
블록 떨어진 곳에 있다는 점과, 길 건너편의 푸드코트로 자주 몰려
다녔던 그 숱한 시간들과, 저 모퉁이의 라이벌 프래터니티 하우스
로 창문을 박살 내러 가는 미션을 벌였던 그 일이 떠올라서. 친구
들이 맥주를 비워 가는 사이에 나만 다른 어딘가에 가 있다는 것
이 점점 확실히 다가왔다. 친구들은 아주 쉽게 정상적 삶으로 돌아
가는 것처럼 보였다. 나만 뒤로 처져 유난스레 슬픈 티를 내는 기
분이었다. 혹시 내가 일부러 뒤처져 있으려 막무가내로 오기를 부
리는 건 아닐까 싶어, 친구들이 흉볼까 봐 걱정스럽기도 했다.

　　나는 켄에게 편지를 쓰며 켄이 계속 놓치고 있는 매일매일의
일들을 전했다. 영화 얘기와 캘리포니아 야구팀의 신규 영입 선수
들 얘기에 더해, 켄이 들으면 좋아했을 만한 정치론 수업까지. 담
당 교수님은 야위고 기진맥진한 안색의 마이클 로긴이라는 남자
였다. 나는 그 분이 뉴욕의 모습과 비슷하리라 상상했다. 신경질적

으로 왔다 갔다 하면서 칠판에 새로운 우주를 미친 듯이 휘갈겨 써 사방으로 분필 가루를 날려대며 나다니엘 호손과 허먼 멜빌이 미국인으로서의 우리와 어떤 상관이 있는지를 열정적으로 설명했다. 그 이전까지 두 작가는 나에게 별 다를 바 없는 사람들, 즉 죽은 백인 남자들의 무리 중 하나였다. 하지만 알고 보니 그 이상의 작가들이었다. 그동안 신앙에 속박된 독자들, 싫어도 어쩔 수 없이 읽게 된 독자들, 미래를 엿보기 위해 먼 과거를 구석구석 뒤지던 독자들에게 해석과 재해석과 오역을 당하고 있었다.

로긴 교수님의 수업은 그동안 내가 정치학 학부에서 받았던 수업들과는 달랐다. 교수님은 미국 역사가 정복과 지배에서 비롯된 역사임을 인정했다. 미국이 이룬 최대 위업의 저변에 흐르는 죄와 슬픔을 보도록 해주었다. 모든 문제에 숨은 의미가 있다고. 우리나라에 망령이 서려 있다고. 나는 교수님과의 일대일 면담 시간이 되면 단숨에 달려가 뚜렷한 주제가 없는 경우라도 졸업 논문에 대한 조언을 구했다.

때때로 교수님은 자신의 과거를 넌지시 흘리기도 했다. 하버드대에서 학생 전원을 알파벳 순으로 앉히던 재학 시절에 록펠러 가문 사람들과 옆자리에 앉았던 적이 있었고, 노동자 계층 유대인으로서 동급생들에게 멸시받기도 했단다. 그때의 나에겐 언뜻언뜻 교수님의 과거를 엿보는 순간이 삶의 주된 목적이었다. 교수님이 어떻게 남자로 성장해 갔는지 알고 싶었다. 교수님이 가장 즐겨 읽는 잡지라는 말을 듣고 나서 〈더 네이션The Nation〉 구독 신청을 하고, 모스 서점에 가서 교수님이 멜빌, 흑인 분장 배우, 로널드 레이건을 주제로 쓴 책들을 전부 구해 왔다. 매주 일대일 면담 시간에 빠지지 않고 가서 교수님이 강의 중에 한 말들을 앵무새처럼 따라 말하며 교수님 책상에서 몰래 엿본 책들의 제목을 기억해 뒀다. 교수님에게 모든 걸 털어놓고 싶었지만 자상하게 반응해 줄 것 같지 않았다.

그렇게 두 달쯤 지나자 교수님은 내가 교수실로 찾아와 논문 아이디어를 이것저것 생각나는 대로 지껄이는 것에 점점 피곤해했다. "자네는 매주 오는데 그냥 얘길 하고 싶어서 오고 있군." 아첨꾼 같은 내 면모를 교수님이 확실히 간파했다는 생각에 무안했다. 하지만 교수님 말이 맞았다. "뭔가를 글로 쓸 준비가 되면 그때 다시 오게."

◆ ◆ ◆ ◆ ◆

켄에게 하고 싶은 얘기가 너무 많았다. 우리 사이에서 여전히 계속되는 대화의 절반쯤은 내 일기장에 담겼다. 미라와의 더듬대는 관계, 알렉과 그웬의 근황, 켄의 프래터니티 멤버 찰스와 조금 친해졌다는 것, 같이 비디오 게임을 하며 내가 파드리스 팀을 채택한 일 등등을 전했다. 월리 조이너 선수에 대해서는 별로 할 얘기가 없었지만 퀼비오 베라스 선수는 괜찮은 선두 타자로 발전했고, 그해에 파드리스는 정말로 잘하고 있다고도. 영화 〈매트릭스*The*

Matrix〉 얘기도 했다. 〈매트릭스〉는 우리가 개봉일 저녁에 같이 보고 와 밤늦도록 담배를 피우며 분석도 하고 수사학 세미나와 연관 지어 보기도 했을 영화였다. 첫 장면에서 보드리야르가 언급되는 거 너도 봤어? 이 영화는 우리와 세상의 관계에 대한 기존의 지식을 잊게 했다. 우리가 현실의 삶이라고 생각한 것은 그저 영원히 꿈을 꾸는 상태일 뿐이며 우리 몸은 불가해한 기계들에게 양식을 제공하고 있었다. 나라면 선택권이 주어질 경우 현실을 택할지, 아니면 감미로운 무지 속에서의 꿈을 택할지 생각했던 기억이 난다.

나는 그 7월 밤 이전에 일어난 모든 일에 구조를 부여해 그 과거를 건축학적인 뭔가로, 그러니까 한가할 때 어슬렁거릴 기억의 궁전으로 바꾸고 싶었다. 사미가 우리를 두고 "불타는 도시의 약탈자들"이라고 말한 적이 있는데 나는 이 말을 나중에 써먹으려고 슬쩍 기억에 담아 두었다. 인간의 의식을 도시라고 치면, 우리는 그 도시에서 쓸 만한 것을 뒤지며 더 좋았던 날들의 소중한 기억을 찾아다녔던 셈이 아닐까? 아니, 기억은 도시보다 불에 가까울지도 모른다. 제어할 수 없고 변덕스럽고 파괴적이므로.

글쓰기는 현실 바깥에서 사는 방법이다. 현재의 구조와 더딘 흐름을 건너뛰어 현재를 언어로 바꾸면서, 현재에 머물기보다 언어에 대해 생각하게 해주었다. 학생일 때는 학기의 리듬과 여름의 무르익음에 따라 시간이 나날이 흘러가는 게 확실히 느껴지고, 매해가 지날수록 느긋함은 줄고 엄격한 통제가 늘어난다. 과대광고된 새 앨범의 출시, 다음 달에 꼭 봐야 할 영화의 예고편 등이 하루하

루를 헤쳐 가게 끌어당긴다. 설령 그날 아침 너머의 삶을 더는 상
상할 수 없을지라도 미래를 기대한다.

나는 내 내밀한 히스테리에 대해 미리부터 창피함을 느꼈다. 일
기 쓰기에서 가장 맥 빠지는 면은 언젠가 내가 어딘가에 앉아 이
일기를 다시 읽으리라는 걸 의식하는 거야. 어떤 과거를 되살리려
애쓰면서, 그로 인해 상기된 감정 때문이 아니라, 내가 무지 깊이
있는 사람처럼 보이려고 신경 쓰느라 발목이 잡히게 돼.

이따금씩 켄, 벤, 손과 같이 우익 사람들을 놀렸던 AOL 채팅방
에 다시 들어갔다. 낮 시간에 인터넷에 접속하는 건 이상하게 느껴
졌다. 우리가 그런 장난을 위해 관리해 온 보수파 전용 친구 리스
트의 채팅방엔 입장한 사람이 별로 없었다. 'Truthgator' 같은 사람
들은 업무 시간에 이런 데 들어와 빈둥거리지 않았다. 그런 사람들
이 없으니 채팅방의 온도가 훨씬 온화했다. 한번은 중서부 지역의
중년 여성과 채팅을 했는데 우리가 자유 시장에 대한 자신의 온화
한 믿음을 조롱하는 걸 이해하지 못하는 듯했다. 몇 명 안 되는 나
와 같은 뜨내기들과 채팅을 나누다 건강 보험 단일 보험자 제도에
대한 견해 따위가 아닌 그냥 나날의 생활 패턴 같은 일상적 대화
를 나누고 싶어 했다. 어쨌든 모두들 외로워 친구가 될 팀메이트를
찾는 사람들이었다.

밤이 되면 나는 도피하듯 미라의 아파트를 찾곤 했다. 우리는
대개 조용히 앉아 있었고, 때로는 TV 불빛만이 우리의 얼굴을 비
춰 주는 어둠 속에서 피자를 먹기도 했다. 미라가 공연 티켓을 사

거나 영화를 보러 가자고 할 때마다 발끈해서 그런 일들이 어째서 쿨한 행동이 아닌지를 설명하려 했다. 나는 언제 일이 내 마음대로 안 되는지를 곰곰이 생각했지만, 내가 하고 싶은 일이 없었기에 애초에 의미 없는 생각 같았다.

미라와 나의 삶은 그런 식으로 맞물려 있어서 우리 둘은 항상 함께였고 그것이 나에게 위안이 되었다. 그 점을 미라에게 분명히 표현하진 못했지만. 일 덕분에 둘 사이에 토론 거리가 생기기도 했다. 우리는 아시아계 미국인을 위한 교내 신문 〈하드보일드 Hardboiled〉의 편집을 맡고 있었다. 그해의 첫 회의 때 부원들은 기사에 대한 아이디어를 주고받았다. 옐로우 파워 운동에 대한 회고, 이스트 베이의 흐몽족과 미엔족 아이들이 겪는 일들, 태평양 제도에서의 노동 착취, 교내 턴테이블리스트들, 아시아계 미국인 보수파들, 아큐라* 가격 인하의 체제 전복적인 정치학, 거리 경주 등이 아이디어로 나왔다. 우리보다 어린 편집자 중 한 명은 여름에 일본계 미국인 학생이 살해된 얘기를 꺼냈다. "그 사건을 조사해서 증오 범죄가 아닌지 확인해 보면 좋을 것 같아요." 확실히 증오 범죄는 아니었어요. 내가 말했다. "그걸 어떻게 알…" 내가 말을 자르고 끼어들었다. 아니라니까요… 그냥 엿같은 일이 일어났던 것뿐이에요.

나는 켄이 범죄의 표적이 된 이유가 아시아인이었기 때문이 아

★ 일본의 자동차 기업 혼다의 프리미엄 자동차 브랜드.

니라 대학생이었기 때문이라고 생각했다. 어느 쪽이나 범인들에게 위협적이지 않긴 마찬가지였을 수도 있겠지만. 그런데 누군가 켄의 죽음을 더 큰 맥락으로 끼워 넣으려고 하면 특히나 속이 상했다. 어떤 더 큰 명분에 켄을 내주고 싶지 않았다.

10월에 프라그, 숀의 집에서 함께 월드시리즈 1차전을 보고 있었다. 양키스가 아메리칸리그를 대표하는 팀으로 나왔다. 그 이전 해에 디비전 시리즈로 막을 내렸던 샌디에이고 파드리스는 내셔널 리그를 순항하며 1984년 이후 처음으로 월드시리즈에 올라왔다. 문득 윌리 조이너와 이길 가망이 없는 그의 팀 파드리스의 매력에 대해 다뤘던 그 기사가 아직 나에게 있는지 궁금해졌다. 켄이 내 잡지에 게재할 셈으로 썼지만 내 치졸한 마음 때문에 싣지 않았던 그 기사 말이다.

갑자기 신에 대한 내 모든 믿음이 이 시리즈의 결과에 달리기라도 한 것 같았다. 어느 팀도 응원하지 않는 사람들조차 켄의 파드리스가 승리할 것으로 예상하는 사람은 별로 없었다. 1차전은 뉴욕 브롱크스에서 열렸고 파드리스가 5:2로 앞서가는 가운데 7회말이 되었다. 이때까지는 켄의 판단이 옳은 셈이었다. 파드리스는 소리 없이 서서히 훌륭한 팀을 이루었고 마침내 좋은 결과를 내고 있었다.

양키스는 7회에 뒤진 점수를 만회해 결국 5:5 동점을 이뤘다.

주자 만루 투 아웃의 상황에서 타석에 선 티노 마르티네스는 투 볼 투 스트라이크 상태였다. 파드리스의 마크 랭스턴은 가운데 바로 아래쪽으로 공을 던졌다. 볼이 선언되었다. 하지만 리플레이 영상은 분명한 스트라이크였다. 심판이 완전히 잘못 판정한 것이다.

돌연 파라그의 TV가 너무 크고 위압적으로 느껴졌다. 카메라가 파드리스의 불신으로 가득한 덕아웃을 쭉 훑었다가 양키스와 그들의 당당하고 위협적인 팬들을 비춰 주었다. 역사의 궤적으로 미루어 보면 이미 운명이 지어진 듯했다. 나는 그 팬들 한 사람 한 사람이 전부 다 미웠다. 모두가 고통을 당했으면 싶었다.

파라그는 책꽂이에 지마 한 병을 보관해 두고 있었다. 켄과 나눠 마실 기회가 없었던 그 마지막 탄산수를 사당에 모시듯 놔두고 있었다. 나는 그 지마를 힐끗 쳐다봤다. 마치 부적처럼. 마르티네스가 다음 투구를 때려 상층 관람석 쪽으로 날려 보냈다. 만루 홈런이었다.

나는 그럼에도, 신의 섭리가 변덕스럽긴 해도 여전히 진짜일 수 있다고 생각했다. 조금 전의 일은 다른 혼이 승리를 맛볼 기회였을 거라고. 하지만 파드리스는 뒤진 점수를 끝내 만회하지 못했다. 그 순간 결국엔 어쩔 수 없이 양키스가 월드시리즈를 우승하리란 느낌이 들었다. 세상엔 정의는 없고 우연만이 있어서, 파리들과 예기치 못한 순간에 라디오에서 흘러나오는 절묘한 노래같이 내가 의미를 부여해 왔던 모든 것은 그냥 우연의 일치인 것 같았다.

켄의 사망 후 이틀이 지난 날이던 7월에, 우리 대학 미식축구팀
의 코치가 기묘한 사건으로 죽었다. 친구와 캠핑 중에 폭우가 내리
기 시작했고 그러다 그만 번개를 맞고 말았고, 친구가 그를 되살리
려 애쓰고 있는 와중에 또다시 번개를 맞았다. 이 별난 비극들이
서로 아주 가까운 시기에 일어나 〈더 데일리 캘리포니아〉의 가까
운 지면에 실려 보도되다니, 세상이 참 좁고 섬뜩해 보였다.

켄의 살인범들은 신속히 체포되었다. 수사관들이 버클리, 오클
랜드, 리치먼드에 걸쳐 ATM과 신용카드 거래 이용 상황을 추적하
는 과정에서 그들의 신원이 확인되었다. 범인들은 피해자를 무작
위로 골랐고 동기는 강도질이라고 주장했다. 켄의 아버지는 한 말
씀 해달라는 기자의 요청에 자신은 아들을 "영웅으로" 생각한다며
"모르고 그랬을지라도 다른 누군가의 목숨 대신 자신의 목숨을 내
주었기 때문"이라고 말했다.

내가 그날 파티에 그대로 남아 있었다면 어땠을까? 이런 의문
이 머릿속에서 자꾸만 맴돌았다. 내가 그렇게 했다면 달라질 수 있
었을까, 아니면 이 모든 일이 어차피 일어날 운명이었을까?

그들이 왜 그랬을지 생각해 본 적은 없었다. 나로서는 이해할
수 없는 영역이었으니까. 어느 날, 우리 학교 야구팀의 스타 선수가
교내 안뜰을 지나가다 인종학을 지키려는 교내 시위대를 보게 되
었다. 〈더 데일리 캘리포니아〉의 기자가 그를 알아보고 의견을 물
었다. 그 선수는 그 시위대의 목적을 몰랐으면서 그 투쟁에 동조하
는 투로 말했다. "엿같아도 때로는 어쩔 수 없죠." 이 모호한 말은

내가 일기장에 몇 번이나 쓰고 또 쓰는 문장이 되었다. 지극히 간단한 세계관이었다. 엿같아도 때로는 어쩔 수 없다.

비난적 태도는 어른이 되는 절차에 속하는 것 같았다. 하지만 기억하기론, 나는 그 일 이후로 그해 내내 신문의 끔찍한 기사들에 끌렸다. 나는 더 큰 규모의 잔인함과 상실을 이해하기 위해 최악의 인간성에 접해 보고 싶었다. 그해 여름 초에 제임스 버드 주니어라는 마흔아홉의 아프리카계 미국인 남자가 텍사스 동부의 소도시 재스퍼에서 저녁을 먹고 집으로 걸어가고 있었다. 세 남자가 탄 픽업트럭 한 대가 그의 옆으로 차를 세웠다. 안을 보니 운전하는 사람이 아는 얼굴이었다. 숀 베리라는 그 백인 청년은 집까지 태워 주겠다고 했다. 다른 두 명은 버드가 모르는 사람들이었다.

베리는 차를 숲으로 몰았고 그곳에 이르자 베리의 친구들인 존 윌리엄 킹과 로렌스 브루어가 버드를 때리고 얼굴에 스프레이 페인트를 분사하다 트럭 뒤에 매어 묶었다. 검시 보고서에 따르면 버드는 그렇게 묶여 벌판으로 끌려갈 당시까진 아직 의식이 있다가 어느 시점에 숨을 거두었다. 그자들은 버드의 시신을 교회 앞에 버려두고 바비큐 파티를 하러 갔다. 세 사람 모두 며칠 이내에 체포되었다. 킹과 브루어는 백인 지상주의 단체의 일원이었다지만 베리가 가담한 건 주변 사람들도 의아했다. 겉보기엔 그저 인근 영화관에서 일하는 착실한 청년 같아 보였기 때문이다. 재스퍼 주민들은 그런 일이 일어날 줄은 예상도 못 했다고 입을 모아 말했다.

그해 가을에는, 버클리대 재학생 데이비드 캐시 주니어를 둘러

싸고 교내에 큰 논란이 일어났다. 캐시는 아직 고등학생이던 1997년에 친구 제레미 스트로메이어가 일곱 살이 아프리키계 미국인 소녀 셰리스 이버슨을 폭행하는 모습을 목격한 바 있었다. 당시에 캐시와 스트로메이어가 네바다의 한 카지노에 가 있던 중 스트로메이어가 이버슨을 따라 화장실로 들어갔다. 진술된 주장에 따르면 캐시가 두 사람을 우연히 보았을 때 스트로메이어가 소녀를 괴롭히고 있었다. 역시 캐시의 주장이지만, 자신이 스트로메이어에게 그만하라고 말렸지만 한번 시작된 폭행은 그 강도가 점점 더해갔다고 한다. 결국 스트로메이어는 이버슨을 목 졸라 죽인 후 시신을 화장실에 그대로 버려두었다.

스트로메이어는 유죄를 선고받았지만 캐시에게는 어떤 혐의도 부과되지 않았다. 법조문에 의거하면 캐시는 이버슨의 살해에 대한 방조범이 아니라 그저 '나쁜 사마리아인'일 뿐이었다. 이 판결에 따라 캐시는 결국 버클리대에 들어올 수 있었다. 캐시의 제적을 요구하는 교내 시위와 청원서가 빗발쳤지만 학교측에서는 캐시의 입학을 취소할 권한이 없었다. 동급생들의 마음을 어지럽혔던 점은 단순히 캐시가 아무 행동도 하지 않았던 것이 아니었다. 그 일에 대해 태연한 태도였다. 캐시는 그 일에 양심의 가책을 느끼지 않았다. 오히려 미디어에 자신의 얘기를 팔아 부자가 되었으면 좋겠다고 말했다고 한다. 이버슨이든, 아니면 그 자신의 말마따나 "파나마든 아프리카 사람들"이든 어떻게 자기가 알지도 못하는 사람에게 측은한 마음이 들겠냐는 식이었다. 시사 프로그램 〈60분〉

의 인터뷰어가 캐시에게 그날 밤 일에 대해 후회되는 점이 없느냐고 물었을 땐 이렇게 답했다. "제가 달리 어떻게 할 일이 없었다고 생각합니다."

1998년 10월에는 매튜 셰파드라는 스물한 살의 대학생이 와이오밍주 래러미의 바에서 만난 두 남자에게 잔인하게 살해당했다. 두 남자는 셰파드에게 집까지 차로 태워 주겠다고 말해 놓고는 빈 벌판으로 데려가 가시 철조망에 묶고 고문했다. 수사관들이 현장에 도착했을 때 셰파드는 혼수 상태였다. 얼굴은 눈물 자국이 있는 눈 밑만 빼고 온통 피범벅이었다. 살해범들은 다른 두 남자들과 싸움이 붙은 후로 몇 시간 만에 체포되었다. 그들은 성적 문제와 상관이 없었다고 부인했지만 이후에 그중 한 명이 '동성애 공황' 방어*를 시도하며 어린 시절에 당한 학대와 자신의 깊이 묻어둔 퀴어 성향으로 인한 걷잡을 수 없는 분노 때문에 그런 일을 저질렀다고 변호했다.

나는 이런 비극적 사건들을 주의 깊게 읽어 봤지만 악을 이해하는 데는 별 도움이 안 되었다. 사건이 일어난 과정에서의 사소한 순간들을 낱낱이 생각해 보기도 했다. 벼락이 연속으로 내리치기 전의 하늘 모습, 버드가 집까지 태워 주겠다는 제안을 받았을 때 느꼈을 안도감, 새벽 4시 담배 연기 자욱한 카지노 안의 냄새. 어

★ 피고가 동성 간의 성 접촉을 당해 제정신이 아닌 상태에서 사건을 저질렀다고 주장하는 전략.

쩔 수 없이 켄의 마지막 순간도 생각하게 되었다. 자기 차 트렁크 안에 갇혔을 때 기분이 어땠을까? 남겨 두고 갈 것들에 슬퍼했을까, 아니면 탈출에 온 정신을 모으고 있었을까? 사후에 범인들의 머릿속이나, 변호사나 기자들의 얘기를 통해 이런 순간들이 어떻게 서술될 수 있을지 이해해 보려 했지만 도저히 안 되었다.

나는 이런 이야기들을 보며 교훈을 찾았다. 관대한 버전의 교훈과 그 반대의 교훈 모두를. 부모와 친구들의 반응을 살펴보면, 자비로운 태도를 취하는 이들도 있었고 보복적 형태의 정의에 열성적인 이들도 있다. 2년 후, 캐시가 아무 행동도 취하지 않았던 것을 둘러싼 논쟁으로 결국 새로운 법이 생겨, 이제 네바다주에서는 소수자가 피해를 당하는 모습을 목격할 경우 반드시 당국에 알려야 했다. 이 논쟁은 철학 수업에서 세계 시민으로서의 윤리적·법적 상호 의무를 토론하기 위한 시나리오로 자리 잡기도 했다. 캠퍼스에서 캐시를 보게 되면 어떻게 하면 좋을지를 미리 대비하는 건 아무런 소용이 없었다. 자신의 무죄를 꿋꿋이 우기는 그 모습에서는, 상상도 못 할 악의 깊이가 엿보였다.

나는 미국 영화 속의 인종 묘사를 주제로 한 논문을 쓰기로 했다. 로긴 교수님이 수업 중에 자주 언급했듯 〈국가의 탄생The Birth of a Nation〉에서부터 〈재즈 싱어The Jazz Singer〉와 〈바람과 함께 사라지다Gone with the Wind〉에 이르기까지 초창기의 영화 장면 연출은 미국의 인종적 환상을 담아낸 역사였다. 미국 역사의 상당 기간 동안, 다른 모든 인종보다 백인에게 특권을 쥐여 준 계급제가 법에 은연중에 담겨 있었다. 게다가 합법적 인종 차별의 종식으로 많은 이들에게 기회가 생기긴 했으나 백인 우월주의의 논리는 여전히 그대로 남아 은밀히 발현되었다. 인종 혐오의 순간들도 여전히 있었다. 피부색을 따지지 않는다는 슬로건이 등장한 이후에는 인종 차별이 더는 제도적 현실이 아니라고 믿게 되었으나, 이런 믿음은 온갖 소소한 허상들이 낳은 아주 큰 허상이었다.

나는 내 아파트와 길 아래쪽의 블록버스터를 자주 오가며 보냈다. 영화를 대여하려는 건 아니었다. 누구라도 내 논문에 대해 굳이 물어 주면 분명히 설명해 주기도 했다. 내가 영화적 상상력을 탐구하고 있다고. 나는 스토리가 아닌 서사[narrative]를 분석하며, 작품 속에 숨겨진 뜻을 캐내며 살았다. 이제는 밤늦게가 아니라 밝은 대낮에, 진지한 지적 활동으로 자리 잡았을 뿐, 켄과 내가 과거에 해왔던 일이었다.

나는 끊임없이 바쁘게 지내려 했다. 그러던 중 9월에 버클리대에서 감산 복합체*를 주제로 한 국제회의를 개최했다. 우리 대다수에게 감산 복합체는 처음 알게 된 개념이었다. 주최자 중에는 안젤라 데이비스**도 있었다. 이제 곧 수백 명의 운동가, 학자, 아티

★   수감자 관리 비용을 낮추기 위해 수감자를 고용하여 일을 시키는 것.
★★ Angela Yvonne Davis. 미국의 페미니스트 정치활동가이자 교수이자 작가.

스트가 캠퍼스에 와서 교도소 건설 붐, 치안유지 활동의 군대화, 흑인 및 말레이인 계통 주민의 유죄 처벌 사이의 관계를 탐구할 예정이었다. 나는 자진해서 도시 곳곳에 전단지를 붙이는 일을 맡았다.

회의 당일 오전에 다른 자원봉사자가 투팍이 더 이상 세상에 없는 것을 슬퍼했다. 그가 살아 있었다면 이런 자리에 꼭 왔을 거라고 아쉬워했다. 나는 내가 토론 인단으로 참여하는 자리에 와서 항상 방청했던 켄을 떠올리며 같은 생각을 했다. 방문자들을 기록하고 강연자들을 방으로 안내하다 마침내 아시아계 미국인 좌익들이 이 투쟁에서의 우리의 역할을 논의하는 방에 들어가게 되었다. 누군가 '신자유주의'라는 이념을 비난하기 시작했는데 나는 이용어가 무슨 뜻인지 몰라 당혹스러웠다. 더 개선된 새로운 버전의 자유주의인 모양이라고 생각하며 들어 보니 신자유주의라는 게 그렇게 나쁜 것 같진 않았다. 제이 시리몽스, 유 키쿠무라, 데이비드 웡 같은 아시아계 미국인 죄수들의 곤경이 자세히 설명된 팸플릿이 쭉 돌았다. 나는 이후로 그 죄수들에게 편지를 보내 내 잡지의 인터뷰에 응해 줄 수 있는지 물었다.

11월에는 샌 퀜틴 주립 교도소의 재소자 교습 프로그램 전단지를 보게 되었다. 사실, 나는 십 대들의 지도에는 별 소질이 없었다. 오히려 성인들 가르치는 일을 더 잘할지도 몰랐다. 미라와 나는 설명회에 참석하고 신원 조사를 받은 후에 교도소에 갔다. 리치먼드 청소년 센터에서 10분 정도 더 가는 거리로, 이스트 베이의 반대

편에 있었다. "함께 있는 시간을 최대한 활용하자." 그해 겨울에 미
라가 한 말이었다.

몇 주 간격으로 로긴 교수님에게 미국의 영화적 상상력과 서사
적 수사를 분석한 열 페이지 분량의 글을 가져갔다. 교수님은 정치
학만 빼고 어떤 분야든 대학원에 지원해 보라고 격려해 줬다. 그러
면서 뉴욕대를 추천했는데 그 뒤로 뉴욕대는 내 꿈이 되었다. 나는
뉴욕으로 갈 거라며 그때는 내 삶을 제대로 새롭게 시작하게 될
거라고 말했다. 미라는 나를 위해 아주 기뻐해 줬지만 내 이주가
자신에게 어떤 의미일지는 묻지 않았다.

샌 퀜틴 교도소에서 우리가 지켜야 할 규칙은 딱 세 가지였다.
우선, 인가된 책과 종이만 소지해야 하며 교도소에 들어가고 나올
때마다 교도관들에게 가방을 검사받아야 했다. 또 파란색 옷을 입
으면 안 되었다. 실수로 그 색 옷을 입고 갈 경우 교도관들이 흰색
점프슈트를 지급해 주었다. 재소자들이 전부 파란색 죄수복을 입
고 있어서 만약의 경우에 감시탑 교도관들이 우리를 구분할 수 있
어야 했기 때문이다. 마지막으로, 어떤 일이 있어도 교도소 안뜰에
서 뛰어선 안 됐다. 이 역시 감시탑 교도관들을 위한 조치였다. 이
세 가지만 지키면, 우리의 학생들과 악수하거나, 바깥세상 얘기를
들려주거나, 깨진 치아나 피부에 붙은 딱지, 면도하다 놓치고 안
깎은 수염이 다 보일 만큼 가까이 앉아도 괜찮았다. 몸을 바짝 기
울여 꿈이나 악몽 얘기를 속닥거릴 수도 있었다.

우리는 저녁에 재소자들을 만났다. 내가 맡은 사람들은 레프티

와 숀으로, 둘 다 미국 정치학 수업을 듣고 있었다. 레프티는 목소리가 부드러웠고 공들여 다듬은 콧수염이 인상적이있다. 시나칠만큼 점잖았다. "하나만 물어볼게요. 요즘 피자는 어때요?" 어느날 그가 말했다. 세상 사람들이 새로운 토핑과 새로운 모양을 찾아냈는지 궁금하다는 얘기였다. 내가 속을 채운 크러스트 얘길 해주자 경이로워했고, '디저트 피자'에 대해서는 반감을 보였다. 숀은 성격이 거칠고 어깨가 넓었다. 금테 안경은 인상을 위장하려고 쓴 것 같았다. 자기가 보스턴 지역에서 명성 자자한 범죄 조직의 일원이라고 주장했는데, 나는 잘 모르는 지역이었다. 혹시 그곳에 가게 되면 자기한테 말하라고도 했다. 아주 괜찮은 맛집을 몇 곳 추천해주겠다면서.

우리의 교실에는 칠판, 이동식 탁자들, 컴퓨터, 참고 교재가 가득 꽂힌 선반들이 비치되어 있었다. 어느 날부터는 지미라는 이름의 푸에리토리코 사람을 맡기 시작했는데 항상 얼이 빠진 것처럼 보였다. 딸을 잃어버려, 딸이 어디에든 살아 있길 바라는 사람이었다.

지미는 1970년대에 로스앤젤레스에서 자란 얘기를 자주 해줬다. 십 대였을 때 한번은 할리우드의 어느 녹음 스튜디오에 몰래 들어갔다고 했다. 그러다 《Songs in the Key of Life》를 작업 중이던 스티비 원더를 마주치게 되었다. 지미는 음반 매장에서 자주 죽치고 있었다는 내 말에 풀려나온 이 기억에 황홀해하며 이 음반을 찾아서 들어 보라고 했다. 나중에 가면 많은 가사가 와닿게 될 거

라면서. 하지만 나는 아름다운 음악을 들을 준비가 안 되어 있었
다. 화음 같은 건 적절하지 않을 것 같아. 켄에게 이 글을 쓰며 지
미가 해준 얘기를 자세히 해주었다. 요즘엔 균형과 아름다움이 더
마음을 아프게 해.

얼마 후부터는 마이크와 에디를 맡게 되었다. 에디는 중국계 미
국인이었다. 내 또래인지 나보다 열 살쯤 많은지 잘 분간이 잘 안
되는 남자였다. 오뚝한 광대뼈와 거짓말을 탐지해 내는 듯한 눈에,
자유 시간이면 주로 팔굽혀펴기를 하며 보내는 사람답게 단단한
체격이 인상적이었다. 성격은 조용하고 공손했다.

둘 다 자신이 어쩌다 여기에 오게 되었는지 말하지 않았고, 나
도 굳이 묻지 않았다. 에디는 후회되는 어떤 일을 했고 그 빚을 갚
기 위해 열심히 노력 중이라고만 말했다. 가족이 중국에서 이주해
왔을 때 그의 아버지는 버거킹에서 일했다고 했다. "아버지는 세
단어만 알면 됐어요. 상추, 치즈, 마요네즈요." 에디는 주윤발을 보
며 키운 갱단의 환상을 실행한답시고 친구들과 길거리를 지배하
느라 바빴다. 그날 밤, 켄에게 에디가 들려준 얘기를 썼다. 그 사람
은 샌 퀜틴 교도소에 들어가기 전까지 아버지에게 사랑한다는 말
을 한 적이 없었고 아버지에게도 그런 말을 들은 적이 없었어. 그
런데 감옥에 갇히고 나니 (이 대목에서 중국말로 바꾸면서 말하길)
아버지가 언제라도 돌아가실 수 있다는 걸 깨달았대.

샌 퀜틴 교도소는 밤마다 어떤 상황이 벌어질지 예측할 수 없
는 곳이었다. 우리는 때때로 도착하자마자 바로 집으로 돌려보내

지기도 했다. 출입 봉쇄 조치가 내려져 수업이 취소된 것이었다. 또 어떤 때는 저녁 식사 시간에 무슨 일이 생기는 바람에 학생들이 몇 분이 지나서야 교실에 들어올 때도 있었다. 이럴 땐 의례적 인사치레를 넘어서는 말을 해서는 안 되었다. 어색한 순간들이 오면 우리가 어떤 환경에서 만나고 있는지가 상기됐다. 이 사람들이 정말로 그들이 저지른 극악무도한 행동만큼 나쁜 사람들일까? 정치 제도에 대한 글을 읽는 시간에는 자신들이 한때 어떤 사람이었는지를 짐작케 할 만한 색다른 상념들을 쏟아 내곤 했다. 한 학생은 이런 말을 했다. "밤이면 건축물들을 유심히 살펴봤어요. 높은 데 올라가는 걸 좋아했죠. 후다닥 올라가 그냥 앉아서 건물들을 구경했어요. 버스는 우리 모두의 세상이에요. 그런데 그 창문을 깨고 거기에 대고 오줌을 누고 토해 놓고 그러죠. 우리를 돕기 위해 존재하는 것을 너무 함부로 쓰고 있어요."

매일 밤마다 다 같이 안뜰에 모여 작별 인사를 했다. 평화로웠다. 학생들의 검푸른 죄수복이 어둠 속으로 묻혔다. 한번은 내가 에디에게 중국어로 인사했더니 에디가 영어로 대꾸하며 소곤소곤 그 이유를 말해 줬다. 교실에서는 그래도 되는데 바깥에서는 교도관들이 자기들은 알아듣지 못하는 말로 얘기하는 걸 거북해해서 안 된다고.

나는 안심이 되었다. 한동안 느끼지 못하던 느낌이었다. 하늘을 올려다보며 이따 아파트 발코니에서 담배를 피우고 있을 때는 어떤 모습일지 생각했다. 겁이 나. 켄에게 글을 썼다. 더 이상 직선형

전개가 느껴지지 않는다고. 단어와 줄이 쌓이고 쌓여 단락이 페이지가 되는 지면에서만 전개가 느껴진다고. 이러다간 언젠가 디스크 공간이 부족해질 것 같다고.

그해 12월, 윈터 홀리데이 시크릿 선물 이벤트의 시기가 다시 돌아왔다. 우리는 조금씩 돈을 모아 켄의 가족에게 선물을 보내기로 했다. 켄이 제일 좋아하던 디저트인 치즈 케이크를 근사한 것으로 골라 보내자고.

미라는 그 연말연시 동안 로스앤젤레스의 집에서 보냈다. 나에게 우리의 관계가 여전히 의미 있는지 잘 모르겠다고 말했다. 더 이상 행복하지 않다고 했다. 나는 우리가 함께 나눴던 그 모든 기복을 꺼내 들며 며칠 생각할 시간을 갖자고 애원했다. 나는 행복했었던가? 답이 선뜻 떠오르지 않았다. 우리는 몇 주 후에 학교에 돌아오면 더 노력해 보기로 했다.

곧 크리스마스이브가 오면 켄은 스물한 살이 된다. 늘 투덜거리던 말이 떠올랐다. 모든 사람이 이미 축하 분위기에 들떠 있는 시기라 자기 생일이 특별하게 느껴진 적이 없다던. 겨울 방학 동안 쿠퍼티노에 돌아가 지내던 나는 차를 몰고 가까운 공원으로 나가 담배를 피우다 세이프웨이에 가서 뉴캐슬 브라운 에일 여섯 병과 생일 케이크 재료를 샀다.

켄이 나오는 꿈을 꿨다. 그럴 때마다 꿈이 너무 빨리 지나가 버려 눈을 뜨면 눈물이 났는데 이번엔 평상시보다 꿈속에서 조금 더 길게 머물렀다. <u>나는 아주 많이 변했어. 그 이후로… 아니, 그보다</u> <u>는 그 일 때문에…</u> 내가 켄에게 말했다. 그런데 켄이 내 밀을 끊고 생긋 웃으며 대꾸했다. 나도 안다고. 자기가 없어도 펄 잼 CD를 사도 된다고 살살 달래기까지 했다. 나는 미소를 띠며 눈을 떴다.

◆ ◆ ◆ ◆ ◆

한번은 에디에게 그 일을 얘기한 적이 있었다. 그동안 전혀 의식하지 못했지만 나는 샌 퀜틴에서 뭔가를 찾고 있었다. 켄을 죽인 그 범인들이 여기 어딘가에 갇히게 될지 모른다는 생각을 하고 있었다. 에디는 내 얘기를 열심히 듣다가 고개를 절레절레 내저었다. 정말 부끄러운 일이라며, 자신을 비롯해 이 대학 프로그램을 듣는 다른 사람들은 대체로 자신의 과거를 뉘우치고 있다는 점을 상기시켜 주었다. 하지만 여기에 와 있는 모든 사람이 다 그런 건 아니라고도 했다.

켄이 사망한 날 밤과 관련된 얘기를 들으면 들을수록 모든 상황이 순전히 무작위적이고 사실 같지 않게 여겨졌다. 켄의 살해범들은 확실한 단서를 흘리며 범행을 저질렀는데 그런 식의 전반적 부주의함이 잔인하게 느껴졌다. 켄을 잃을 수밖에 없는 운명이었다면 우리가 온 힘을 다해 증오할 만한 그런 주모자의 손에서 범행이 일어나는 편이 차라리 나을 것 같았다.

　기소인부절차는 4월에 열렸다. 켄의 부모님이 샌디에이고에서 와서 참관했다. 나도 알렉, 사미, 그웬과 다른 몇몇 친구들과 같이 갔다. 우리가 법원 건물에 들어설 때 알렉이 잘못된 문으로 안내받고 들어갔다가 켄의 살해범 중 한 명과 겨우 몇 발짝 떨어져 서 있게 되었다. 알렉은 몇 년이 지나도록 이 순간을 되새기며 별의별 방법으로 상상 속 복수를 벌였다. 우리는 법정으로 줄지어 들어가 뒤쪽에 앉았다. 피고인들이 얼빠진 표정으로 발을 질질 끌며 들어왔다. 헝클어진 아프로 머리의 남자는 몸집이 빈약했는데 계속 먼 곳만 멍하니 바라봤다. 그의 여자친구는 몇 주 동안 한숨도 못 잔 사람 같았다. 커플은 똑같이 엷은 황갈색 배기팬츠를 입고 있었다. 저런 사람들이 한 목숨을 빼앗았다는 게 비현실적으로 느껴졌다. 방아쇠를 당긴 범인은 나보다 키가 작아 보였다. 판사가 요식적이고 단조로운 어조로 혐의를 읽어 나갔다. 그 혐의 사항들을 다 듣기까지 몇 분이 걸렸다. 몇 달 후 법정에 다시 출석하기로 했다. 지역 신문에서는 범인 중 한 명과 혈연관계인 누군가가 법원 청사 밖의 주차장에서 켄의 부모님에게 다가와 사과했다고 보도했다.

　이 기소인부절차는 콜럼바인 고등학교 총기 난사 사건과 같은 주에 열렸다. 지금도 기억나는데, 그때 나는 온갖 기사를 읽어 보며 콜럼바인의 총기난사범들이 왜 그런 짓을 벌였는지 이해하려 애쓰기도 하고, 범인들의 행적을 되짚으며 뭐가 어디에서 잘못된 것인지 생각하기도 했다. 비디오 게임이나 할리우드나 고등학교 집단 따돌림이 문제였을까? 하지만 그들에게 서사를 부여해 줄 이유가 납득되지 않았다. 결론지은 방향으로 점점 더 집착하게 되었다.

한 기자는 켄의 살해범들이 살았던 아파트 단지를 찾아갔다. 나는 범인들에 대해 더 자세히 알아볼 생각은 한 적이 없었다. 나중에 기사를 읽고 나서야 그 둘이 우리 또래인 스물세 살과 열아홉 살이라는 걸 알았다. 알렉과 나는 두 사람이 사형을 받을지 궁금해했다. 여전히 사형에 반대하는 입장이던 나는 일기를 쓰며, 바깥에서는 세상이 계속되고 있다는 걸 아는 것보다 더 심한 형벌이 죽음일까, 고민했다.

그 기자가 단지의 이웃들에게 커플에 대해 물었을 때 대다수는 놀랍다는 반응을 보였다. 해당 동의 소유주는 남자가 랩 음악을 아주 좋아하고 일요일마다 교회에 나가는 청년이었다고 회상했다. 직업 훈련 학교에 입학할 계획이었고 단지 내에 "안 좋은 물질"이 들어오지 못하도록 운동도 벌였다고 했다. "마주칠 때마다 항상 친절하고 예의가 바라서 정말 좋아했다"고.

샌 퀜틴 교도소에서의 활동이 끝나갈 무렵의 하루가 기억난다. 봄이었고 루츠가 《Things Fall Apart》를 발매한 지 몇 주가 지났을 때였다. 미라와 나는 한 차로 운전해 갔지만 얼마 전에 미라는 나와 헤어졌다. 미라는 내 침울하고 비관적인 성향, 자신을 등한시한 채 뉴욕에서의 미래를 꿈꾸는 태도에 지쳐 있었다. 나는 슬펐지만 그녀의 말이 맞다는 걸 알았다. 나는 거머리였다. 위안과 안정감을 필요로 하면서 정작 자기는 아무것도 돌려주지 않았으니까. 드라마 같은 배신은 없었다. 그냥 관계가 자연스럽게 끝을 맞은 것이었다. 그래도 둘이 여전히 교내 신문과 교도소에서의 지도 활동에 열정을 갖고 있어서 친구로 남는 것이 최선의 방법이었다.

다리를 건너갈 때 구름 사이로 한 줄기 빛이 비치면서 교도소가 오색영롱하게 보였다. 내가 몇 달째 보고 싶어 하던 광경이었다. 아름다움이 여전히 가능하다는 단서를 던져 줄 그런 모습을 보고 싶었다. 그것은 그저 구름의 이동 현상에 불과할 수도 있다. 하지만 내가 그런 가능성을 봤다는 게 중요했다.

그 몇 주 전에 나는 샌 퀜틴에 몰래 믹스테이프를 들여가 마이크에게 슬쩍 건네주었고 마이크는 그 테이프를 다른 사람들과 같이 들었다. 테이프에는 퍼블릭 에너미, 배드 브레인스, 슬라이 앤 더 패밀리 스톤의 곡들과, 얼마 전에 아메바의 재즈 코너에서 발견한 맥스 로치와 찰스 밍거스가 작곡한 격정적 곡들이 담겨 있었다. 마이크는 테이프를 들어 봤다면서 헤벌쭉 웃으며 말했다. "정말로…" 잠시 뜸을 들이더니 이어 말했다. "음악이 정말 힘들었어요." 그가 그렇게 미소 지을 때 나는 처음으로 그 초록색 눈과 주근깨 낀 부드러운 볼을 알아봤다.

나는 내 학생들과 주소를 주고받았다. 경계심을 무장해제시킬 만큼 다정한 한 학생은 저녁 식사 때 안 먹고 아껴 둔 페퍼민트를 주었다. 내 덕분에 다시 인간 같은 기분을 느꼈다면서. 에디는 내 이름을 특이한 필기체로 써넣은 봉투를 건넸다. 열어 보니 녹색과 노란색의 작은 구슬을 엮어, 나를 위해 정성 들여 만든 팔찌가 있었다.

"당신이 곁에 없다는 건 힘들어요[It's kinda hard with you not around.]" 퍼프 대디, 페이스 에번스, 112가 1997년에 로스앤젤레스의 교차로에서 총에 맞아 사망한 노토리어스 B.I.G.의 추모곡으로 발표한 'I'll be Missing You' 속 가사였다. 나는 혼자 속으로 이 가사를 계속 되뇌었다. 이 노래는 감상적이고 숨막혔다. 하지만 그 부분이 나를 끌어당겼다. 얼버무리는 투의 특이한 'kinda'와 'not around'도 좋았다. 딱히 노래를 부르는 게 아니라 랩을 우물거리는 것처럼 들렸다. 퍼프는 아주 과장스럽게 허풍을 떨다 점차 실체를 갖추어 갔다. 퍼프가 알던 비기와는 다른 비기를 알았던 페이스는 그 위로 솟구치려 했다. 물론 혼자만의 생각이라 해도, 꼭 나를 위해 만들어진 노래 같았다. 나는 바로 이런 노래를 듣고 싶었고, 힙합에는 서로 모의하고 계략을 꾸미고 칭찬하고 보완하면서 함께 세상을 정복하고 서로서로 자신의 역할을 다하는 친구들로 넘쳐났다.

'I'll Be Missing You'는 내 머릿속에서 잇딴 의문을 만들었다. 퍼프는 노래에서 말하는 것처럼 정말로 비기가 다시 돌아오게 하기 위해 모든 걸 내줄까? 서로를 대변해 주고, 자신의 모험에 함께 데려간다는 건 어떤 의미일까? 언젠가 그들은 헌정곡에서 만들어 낸 그 캐릭터로 바뀌게 될까? 어쩌면 그들은 단지 비기를 제대로 애도할 방법을 이해할 때까지 그를 곁에 붙들어 두길 원했던 것인지 모른다. 자신이 혼자서도 앞으로 나아갈 준비가 될 때까지 그를 곁에 붙들어 두고 기억 속에 살아 있게 하고 싶었던 게 아닐까. 죽은 자를 되살리기보다는 메아리를 따라 노래하고 싶었던 게 아닐까.

　　로긴 교수님은 내 논문을 만족스러워했다. 거친 병치부터, 격한 리듬, 수사적 속임, 지옥 불을 연상케 하는 결론까지, 논문 전체가 교수님의 스타일을 흉내 내려 한 시도였기 때문일지도 모르겠지만. 교수님은 나에게 색다른 관계를 가꾸도록 해주었다. 그전까지 나는 먼 과거에는 관심이 없었다. 하지만 이제는 자신의 목표를 위해 역사가 필요하다는 걸 깨달았다. 내 논문은 〈히 갓 게임*He Got Game*〉, 〈러시 아워*Rush Hour*〉, 〈스모크 시그널스*Smoke Signals*〉 같은 최근 영화들이 인종을 다루는 방식을 자세히 살펴본, 긴 리뷰 모음이나 다름없었다. 인종적 지배가 여전히 불가피하다 해도 이 영화들은 상상력, 의지력, 우정의 구제, 공동 투쟁으로 도피하게 해주었다. 논문은 일종의 도피였을 뿐만 아니라 헌사이기도 했다. 미완의 대화를 연장하는 한 방법이었다. 이 모든 일을 벌인 이유는 켄에게 바치는 헌사를 쓰기 위해서였다. 나는 켄에게 고마웠고, 켄의 풀네임을 타이핑할 때는 켄이 다시 현실 속에 있는 것처럼 느껴졌다. 미완의 영화 〈베리 고디스 임브로글리오〉도 언젠가 상영되리라고 생각했다.

　오늘은 정말 행복했어. 그 봄에 일기장에 쓴 글이었다. 정말로 엄청 행복했어. 가벼운 기분이 들면서 즐거운 아찔함이 느껴지는 그런 느낌이었어. 이런 즐거움을 이끌어 낸 원동력은 캘리포니아의 한 야구 시합에서 펼쳐진 멋진 플레이였다. 네가 이 글을 읽을 수 있다면 정말 좋겠어. 네가 내 속을 꿰뚫어 볼 수 있더라도 괜찮아. 나는 나의 여러 가지 불완전함과 불안정함을 인정했다. 네가 나를 볼 수만 있다면.

켄이 사망한 지 1년이 지난 날, 나는 샌프란시스코의 한 음반 매장에 있었다. 점주가 새로 들어온 음반들을 정리하다가 혼자 쿨하게 킬킬 웃더니 〈라스트 드래곤〉 사운드트랙 앨범 하나를 들어 올리며 물었다. "이거 기억나요?"

나는 질문의 의도를 간파하려 그의 얼굴을 살펴봤다. 이 앨범은 희귀품이 아니었는데도 그전까지는 한 번도 못 봤다.

나는 그냥 그를 빤히 보며 켄과 같은 그 웃음소리가 들려오길 기다렸다. "80년대에 나온 영화예요." 그가 말하며 앨범에 가격표를 붙여 다시 진열칸에 쓱 밀어 넣었다. 저도 그 영화 알아요. 내가 마침내 입을 떼며 바로 그날 이 LP를 본 게 얼마나 기묘한 일인지, 이야기를 풀어냈다. 내 친구, 둘이 같이 밤늦도록 〈라스트 드래곤〉을 봤던 그때, 브루스 리로이가 던져 준 인종, 미국, 우리 자신과 얽힌 심오한 미스터리에 해결의 실마리에 대해 얘기했다. 계속 찾고 있었는데… 내 말을 듣던 점주는 내가 고른 음반들 위로 그 LP를 얹으며 무료로 주겠다고 했다.

그날 밤, 잡지를 제작하느라 해가 뜰 때까지 밤을 새웠다. "1년 전 바로 이 순간 나는 레이브 파티에 갔다가 집으로 가고 있었다." 첫 페이지를 이렇게 열었다. 이번 호에는 음반 리뷰, 정체성에 대한 짤막한 글, 샌 퀜틴 교도소 생활에 대한 에디의 글, 선물 주기의 토착 의식을 다룬 수업에서 과제로 썼던 리포트의 발췌문을 실었다. 윌리 조이너와 파드리스에 대해 다룬 켄의 글도 마침내 싣게 되었다. 마지막 페이지에는 그날 밤 얘기를 썼다. 켄의 이름이 나올 때마다 그 이름을 검게 칠해 가리면서. 같이 스윙 댄스를 추러 갔다면 어떻게 되었을지 상상하며 글을 썼다. "■■■을 배꼽 잡고 쓰러지도록 웃게 할, 정말 창피해했을 그 순간이 언제까지나 아쉬울 것이다."

◆ ◆ ◆ ◆ ◆

4학년이 끝나갈 무렵, 조이와 사귀기 시작했다. 세상에는 누군가 슬퍼할 때 어디든 함께해 주려는 사람들도 있다. 그녀는 언제나 나를 따라와 주는 성향이었다.

조이도 정치학 전공이었지만 그동안 우리는 같은 과목을 수강한 적이 없었다. 나는 조이의 삶의 방식에 반했다. 가능한 한 받아들일 줄 알았고 무용을 했었기 때문인지 모르겠지만 목표와 의지

로 몸을 잘 유지했다. 후광처럼 보이는 풍성한 곱슬머리도 인상적
이었다. 그녀의 내면으로 들어가 길을 잃고 싶었다.

조이는 내가 켄 얘기를 하면 귀 기울여 들어 주었다. 학교 신문
을 보고 어떤 일이 있었는지는 알았지만 켄을 만난 적은 없다고
했다. 나는 켄에 대한 온갖 사소한 일들을 시시콜콜 얘기했다. 조
이는 가족 얘기를 했다. 한국을 떠나온 후 가족들이 겪은 고생담과
불굴의 강인한 정신을 가진 집안 여자들에 대해 말했다. 자란 곳은
내가 어린 시절을 보낸 곳에서 그리 멀지 않은 새너제이였다. 하지
만 나와는 달리 그때껏 이룬 모든 것이 힘든 노력 끝에 쟁취한 것
들이었다. 이제는 대학원을 뉴욕으로 가는 것이 꿈이었다. 잘하면
둘이 같이 뉴욕으로 가게 될지도 몰랐다.

조이는 내가 그동안 어울린 사람 중 삶에 대한 열의가 가장 강
했다. 뛸 듯이 기쁜 최고의 순간들뿐만 아니라 암울하디 암울한 최
악의 순간들에 대해서도 감사할 줄 알았다. 나는 그전까지 약을 해
본 적이 없었다. 조이는 봉*의 사용법을 끈기 있게 가르쳐 줬는데,
그 후로 그녀가 언젠가 뛰어난 교수가 될 거라고 느꼈다. 다른 누
군가를 위해 마리화나 담배를 말아 주는 것으로도 연민과 깊은 관
심을 전할 수 있다는 걸 처음 알았다. 조이는 내가 그 어떤 불가능
한 것들도 이해할 수 있는 사람인 것처럼 느끼게 해줬다.

조이는 뉴욕대 대학원에 들어갔지만 나는 아니었다. 나는 결국

★ 마약 흡입용 물담뱃대.

하버드대로 가게 되었다. 보스턴은 켄의 꿈이었지 내 꿈은 아니었는데. 이론상으로 보면 이제 나는 미국 역사와 문학에 대해 기본적 내용을 전부 공부한 셈이었지만, 사실 미국 역사와 문학을 대학 생활이 거의 끝날 때까지 외면했다. 그리고 여전히 외면하고 있었다. 하버드대 소재지인 케임브리지는 버클리와는 달랐고, 문득 버클리 특유의 주황빛 어스름이 너무 그리웠다. 나는 공부는 안 하고 인터넷에서 죽은 사람들의 이름을 검색했다. 세미나 리포트를 쓰기보다 베이스 멜로디나 신시사이저에 대해 표현하느라 새벽이 밝을 때까지 밤을 새웠다. 사운드 자체에 꽂혀서가 아니라 내 표현 기술을 완벽하게 다듬어야 했기 때문이었다. 하버드대에서의 첫 일 년은 거의 언제나 뉴욕으로 조이를 보러 가는 순간을 손꼽아 기다리는 시간이었다.

9·11테러가 터지고 몇 주 후의 어느 날, 나는 윌리엄스버그의 어느 파티에 있었다. 도시의 밤 시간은 여전히 메스꺼운 연기와 필사적 행복감이 뒤섞여 있었다. 사미는 다시 뉴욕으로 이사 왔고 그웬은 뉴욕을 방문한 참이었다. 내가 사미의 침대에 걸터앉아 마리화나 담배를 말고 있는데 그웬이 물었다. 너랑 켄이랑 정말로 그렇게 친했어?

아직은 우리가 마리화나에 취하지 않은 상태였지만 몇 분이 채 지나지 않으면 이런 대화는 별로 중요하지도 않게 될 터였다. 하지만 나는 당황해서 어쩔 줄 몰랐다. 뭐라고 말해야 할지 막막했다.

버클리에서의 마지막 해에 그웬이 얼마나 큰 슬픔에 빠져 있었고, 우리가 서로 다른 얘기를 하다가 종국엔 아무 얘기도 하지 않게 되기까지 얼마나 힘들었는지를 나는 다 기억했다. 얄궂게도 그웬은 그 일 뒤로도 그해 내내 라파 누이에서 계속 살아야 했다. 그웬에게 그는 '케니'였다. 두 사람에게는 젊은 남녀 간 특유의 친밀함이 있었다. 나는 켄이 다정다감하고 상처받기 쉬운 사람이었다고 생각했지만 그웬은 켄에게는 그런 면이 전혀 없다고 말했다.

어쩌면 나는 많은 것을 잘못 기억하고 있었을지 몰랐다. 내 머릿속에서 어떤 사소한 일 하나가 너무 자주 재연되는 바람에 그것이 한때의 일과였던 것처럼 기억으로 굳었거나. 그래도 나는 그웬의 의심이 틀렸다는 걸 알았다. 우리의 우정은 단둘이서, 발코니에서, 차 안에서, 피자를 찾아 걷던 산책길에서 펼쳐졌다는 것도. 하지만 그걸 어떻게 확신할 수 있을까?

이제는 다들 의식을 잃었다. 나는 누워서 천장의 노출 파이프들을 멍하니 쳐다봤다. 캘리포니아에서는 저런 건 좀처럼 보기 힘들었는데. 갑자기 캘리포니아에서의 삶이 고대의 과거처럼 아득히 느껴졌다. 그웬의 말은 내 기억에도, 나 자신에 대해 얘기하는 능력에도 먹구름을 드리웠다. 어쩌면 켄이 나에게 지쳐서 그웬에게 그런 마음을 털어놓았을지도 몰랐다.

나는 박사 과정 학생으로서의 시간을 주로 중고 책과 음반, 구제 옷, 옛날 잡지를 쇼핑하며 보냈다. 그때 내가 받았던 연구 과제는 철학자 발터 벤야민이 예술 작품에서 발산되는 아우라에 대해 쓴 논문이었다. 이 논문에 따르면 사람은 어떤 그림이 세상에 유일무이하다는 점을 의식하면서 그 그림을 어떤 시간과 장소에 붙박아 둘 수 있다. 언제나 그 기원을 의식해, 화가의 손이 수년 전에 이 그림을 만졌다는 점만이 아니라 그림 자체가 오랜 시간에 걸쳐 더 많은 손을 거쳐 왔다는 점을 인지한다. 나에겐 바로 이 점이, 파시즘과의 연관성을 말하는 벤야민의 신념보다 더 오래 뇌리에 남았다. 오래된 빈티지 물건들을 샅샅이 살펴보다 보면 예술 작품보다 덜 고상한, 어쩌면 천할 수도 있는 버전의 아우라를 접하며 과거의 이름 모를 음악 감상자나 독자와 이어지는 것 같았다. 그 사람들은 이 음악을 어떻게 들었을까? 어떤 곡을 다른 곡들보다 더 많이 재생시켰을까? 이 사람은 왜 저 문장이 아니라 이 문장에 밑줄을 그었을까?

나는 늘 과거에 대해 생각하며 다른 사람들이 가졌던 기억과 꿈들을 파고들었다. 수업 활동에서 내가 좋아했던 건 옛 기록을 조사하고 오래된 파일이 담긴 상자들을 몰래 뒤지면서 어떤 사람의 작품을 더 깊이 이해하는 일이었다. 나는 누군가 남겨 놓고 간 이야기에 마음이 끌렸다. 난해하고 실험적인 소설가가 가지고 있던 요트 팸플릿을 발견했을 땐 흥미로웠다. 이게 그 작가의 진짜 꿈이었을까, 아니면 보통 사람들이 선망하는 대상을 자세히 다루는 민족학적 표본으로서 풍자의 소재였을까?

조이와 나는 대학원 생활이 짜증스러웠다. 7-8년이나 걸릴 과정에 들어섰다는 사실이 머리에서 떠나지 않았다. 우리가 그 오랜 시간이 지날 동안 보스턴과 뉴욕을 오기게 될까? 우리는 당장의 즐거움을 위해 살았다. 치즈 버거와 위스키, 마약과 섹스, 보글보글 끓는 김치찌개, 거리에서의 구토, 클럽 밖에 나와 마침내 택시를 잡을 때의 세계를 정복한 듯한 스릴감. 어떻게 보면 내가 학교에 다니는 이유는 내가 지금까지의 패턴을 유지하면서 모호한 수평선을 향해 흘러갈 수 있는 방법이기 때문이다. 하지만 조이의 과거는 여전히 진전 없이 꾸물거렸다. 조이는 가족과 자신의 트라우마 얘기를 할 때마다 늘 일부분을 말하지 않았다. 자기가 말해 줘도 나는 제대로 이해하지 못할 거라고 했다. 우리는 둘 다 새로운 도시에 살며 새로운 방종에 빠져들고 더 높은 옥상을 오르고 예전과 달라진 해 뜰 녘의 어스름을 보고 있었다. 하지만 서로 다른 것으로부터 도망치고 있었다. 나는 입학 장학금의 일부를 어머니에게 보내지 않았다.

대학원에 들어가고 몇 달째로 접어들었을 때 우리는 찰스강 강둑에서 엑스터시를 했다. 미래에 대한 진지한 토론 대신이었다. 현재에 머무르는 것이 나을 것 같았다. 적어도 당장은. 처음엔 아무 일도 없었다. "약이 들질 않네[The drugs don't work]." 내가 대학생 때 좋아했던 영국의 록 밴드 버브의 노래 제목으로 농담을 했다. 그러던 다음 순간 찰스 강을 봤더니 더 이상 강이 아니었다. 물은 없고 그저 은빛 대리석이 슬로 모션으로 끝없이 흘렀다. 웃음이 터져 나왔고 내 몸은 우주 끝까지 팽창됐다. 온갖 감각이 잔물결처럼 계속 밀려왔다. 우리의 피부와 케임브리지의 습기 사이에는 그 어떤 경계도 없었다. 약에 취하고 있었다.

나는 언젠가부터 버브를 듣지 않게 됐다. 그 밴드의 음악은 1997년 가을을 떠올리게 했다. 켄, 숀, 벤과 함께 버브의 CD를 틀어 놓고 우익 채팅방에 쳐들어갔던 그때를. 하지만 이 노래 제목을 떠올리니 "자루 안에 담겨 익사할 순간을 목전에 둔 고양이"라는 가사가 다시 생각났다. 어쩔 수 없이 자기 차 트렁크 안에 갇혀 있던 켄의 마지막 순간을 떠올리게 되는 그 가사가. 나는 그 순간으로 가라앉고 있었다. 껌을 점점 더 빠르게 씹었다. 머릿속을 깨끗이 씻어 내기 위해 태양을 똑바로 보려 안간힘 썼다.

우리는 걸어서 내 방으로 돌아왔다. 한동안은 내 트윈 베드에 말없이 누운 채로 움직일 수가 없었다. 숨을 쉴 때마다 방이 진동했다. 조이가 일어나 스테레오 플레이어 쪽으로 걸어갔다. 몇 발짝만 가면 되는 거리인데 거기까지 가는 데 한 시간은 걸릴 것 같아 보였다. 뭘 고르든 'The Drugs Don't Work'는 제발 틀지 말아 줘. 내 CD들을 휙휙 넘겨 보는 조이에게 내가 말했다. 지금은 그 노래를 견딜 수가 없었다. 조이가 맞은편에서 나를 쳐다보다 고개를 숙이고 CD를 이리저리 보다 플레이 버튼을 누르며 다시 나를 봤다. 체념한 듯 풀이 죽고 쓸쓸한 얼굴이었다.

며칠이 가도록 절망감이 떨쳐지지 않자 기억, 노래, 사람이 한데 엉켜서 이런 절망감을 만들어 낼 수 있다는 사실에 겁이 났다. 이전까지 나에게 그런 저기압 상태는 다시 고조되는 기분을 느끼기 위해 치르는 대가였다. 조이는 나와 함께 미래를 그리려 안간힘 쓰며 내가 자라 온 순응주의 중산층의 미래를 상상했다. 우리는 같이 쓰는 일기장 하나를 두고 만날 때마다 주고받으며, 그 안에 마음 깊은 곳의 슬픔과 두려움을 털어놓고, 말하기가 너무 힘든 일들을 쓰면서 각자의 슬픔을 엮어 공저자로서 스토리를 써내려 헛되이 애썼다. 그런 노력이 더 이상 불가능해질 때까지.

어느 늦은 밤 공부를 하다 기분 전환이 필요해졌을 때 켄과 관련된 것들을 보관해 둔 에어캡 봉투를 열었다. 담배 두 개비가 남아 있는 엑스포트 A 한 갑, 장례식 안내표, 장례식 참석일 일정표, 탑승권, 샌디에이고 지도, 가사를 적은 냅킨들, 〈베리 고디스 임브로글리오〉의 일부 페이지, 내가 켄의 부모님께 보낸 편지 사본, 일기장 구입 영수증, 검은색 티셔츠와 바지.

책등에 '중고' 문구 스티커가 붙은, 에드워드 핼릿 카의 《역사란 무엇인가?》 문고본. 예전에 둘이 교재를 구입하던 중에 켄은 이 책을 보게 되었다. 그러더니 내용이 꽤 도발적인 것 같다며 자기 쇼핑 카트에 담았다. 그날 밤 켄이 교수님이 내준 과제물은 제쳐 놓고 그 책을 읽고 있었던 기억이 난다. 다 읽고 나서는 나에게 건네줬다. "너도 아주 흥미로워할 거야" 나는 뒤표지의 책 소개를 읽었다. 이거 다 기본적인 내용 아니야? 켄에게 말하며 누가 헤겔에 대해 했던 말을 그대로 따라 했다. 우리가 이미 다 아는 거잖아, 안 그래? 역사는 현실을 정확히 설명하는 게 아니라 이야기된 이야기라고도 말했다. 우리는 그 스토리텔러를 믿을지 말지를 판단해야 한다고.

　그래도 켄은 그 책을 내 아파트에 두고 갔다. 카는 이 책《역사란 무엇인가?》를 1961년에 출간했다. 수년간 외교관으로 활동하다 교편을 잡은 후 국제 관계와 관련된 영향력 있는 저서를 잇달아 내놓았다.《역사란 무엇인가?》는 케임브리지 대학에서의 일련의 강의를 엮어 책으로 펴낸 것이다. "역사란 무엇인가? 이 질문에 답하려 할 때 우리는 의식적이든 무의식적이든" 보고 싶은 미래뿐만 아니라 "시대상에서 우리 자신이 차지하고 있는 위치도 생각한다." 카는 역사가의 말에 어느 정도 의혹을 갖고 다가가야 한다고 여겼다. 어떤 일이 일어난 날짜, 어떤 조약의 가맹국들, 포위 공격의 개시 부대 등 과거의 사실들은 대부분 의문의 여지가 없다. 하지만 이런 사실들이 배치하는 방식을 들여다보면 역사란 "현재와 과거의 끊임없는 대화"임이 엿보인다.

　이런 사실들로 조합한 이야기는 불안정하다. 역사의 활력, 의도와 동기, 궤변과 기만은 대체로 해석의 결과물이다. "그 어떤 기록도 그 기록의 저자가 생각한 것 이상은 알려 주지 못한다. 알려 줄 수 있는 건 오로지 그 저자가 과거에 일어났거나 현재 일어나야 한다거나 미래에 일어나리라고 생각했던 것뿐이다. 아니, 어쩌면 저자가 다른 사람들에게 비춰지길 바랐던 생각뿐일지도 모른다. 모든 것은 역사가가 연구에 착수해 해독하고 나서야 의미를 갖게 된다." 오랜 시간이 지나는 사이에 역사가의 판단은 겉으로 보기엔 논쟁의 여지가 없고 실증적이 진실처럼 보인다. 따라서 과거를 이해하려면 역사가 자신이 얽혀 있는 상황, 과거와 현재와 미래가 언제나 "무한한 역사의 고리로 서로 연결되어" 있다는 점을 감안해야 한다.

몇 년이 지나, 보스턴의 내 아파트에서 켄이 놓고 간 이 책을 마침내 펼쳐 들었을 때 켄이 감동적인 대목에 줄을 치고 여백에 메모와 감응을 적어 가며 책을 찬찬히 읽었다는 걸 알았다.

어느 늦은 밤 완전히 녹초가 되어 차츰 마음이 약해지던 나는 우리가 함께한 과거의 몇몇 장면들을 글로 써보려 했다. 그때의 사소한 면들을 묘사하려 기를 썼다. 건조한 음악 같던 켄의 웃음소리, 상대를 자기모순에 빠뜨리기 직전의 떨떠름한 표정. 켄의 키가 어느 정도였는지, 더비 스타일 구두를 신고 있었는지 아니면 팀버랜드 워커를 신고 있었는지 잘 기억나지 않았다. 켄에 대해 써나갈수록 켄은 다른 누군가가 되었다.

여전히 그날 밤에 내가 켄의 아파트에서 일찍 나왔다는 사실이 끔찍했지만 이제는 그 감정들이 다른 방향으로 흘러갔다. 내가 길 잃은 기억 모두에 아름다움과 의도를 억지로 부여하고 있을 가능성. 자의식적 상태에서 의미를 찾으려 모든 걸 샅샅이 뒤지고 있는 것일지도 몰랐다. 우연의 리듬을 따르는 우정에, 이런 식의 분석은 웬만해선 정당성이 없는데도. 한때 켄이 죽어 가던 순간에 우리 생각을 했을지 궁금해하며 아무튼 켄은 그런 생각을 할 수 있었을 거라고 여겼던 게 떠올라, 스멀스멀 부끄러움이 밀려왔다. 그야말로 엿같지만 어쩔 수 없는 경우다.

나는 인터넷에서 켄을 검색했다. 켄이 수년 전부터 더는 콘텐츠를 만들지 않았고 그게 뭐든 우리가 십 대 시절에 썼던 웹 버전은 사라진 지 오래였는데도 괜히 그래 봤다. 그때는 인터넷이 그저 디렉터리 수준이었다. 그 당시 인터넷의 매력은 미로 같으면서 금방 사라지는 거미줄 같은 면이었다. 말하자면 그때의 브라우저는 연결되어 있지 않은 일련의 벌레 구멍이었다.

나는 누구라도 켄의 이름을 계속 살려 놨길 기대했다. 가장 먼저 재판에 대한 지역 신문 기사의 스크랩과, 켄의 교회에서 켄을 기리는 장학 재단 설립을 발표한 내용이 떴다. 하지만 과거의 파편들은 알고리즘에 따라 밀려나 계속 사라지고 있었다. 켄과 같은 이름을 가진 사람들이 보이기 시작했다. 일본의 정치학자, 스타트업을 운영하는 사람. 우리 세대는 폭넓은 발자국을 남겨 놓지 못했다. 켄의 부모님이 아들이 졸업할 기회를 갖지 못하게 된 상황에서도 계속 버클리대 동문 기금을 기부했다는 글이 보였다. 켄은 졸업은커녕 버클리에서의 폭력 사태에 대한 〈데일리 캘리포니아〉의 기사에서 하나의 데이터가 되었다. 1990년대 초 헨리스에서의 인질

극에서부터 공대생이 칼에 찔리는 2008년의 별난 사건으로까지 쭉 이어지는 선에 찍힌 한 점이 되었다.

범인들에 대해서는 한 번도 찾아본 적이 없었다. 그런데 어느 날 밤, 음주 운전 기록을 지우려는 사람들을 위한 웹사이트에 들어가게 되었다. 그곳은 옛날 인터넷의 유적지 같았다. 이 업체는 수천 장의 법률 문서를 입수해 얼핏 보기에 쓸모없어 보이는 데이터베이스를 구축하고 있었다.

그중 한 페이지에 켄의 살해범 중 한 명이 신청한 항소 자료를 스캔한 글이 있었다. 거기엔 내 머릿속에서 수도 없이 재생된 사건이, 다른 이의 관점으로 서술되어 있었다.

웹페이지의 글에 따르면, 1998년 7월 18일 저녁, 케네스 이——가 채닝 웨이와 풀턴 스트리트가 만나는 모퉁이의 건물, 라파누이에서 집들이 파티를 열었다.

이——의 집에서 파티가 막 시작했을 무렵 발레호의 한 젊은 커플이 바트 열차를 타고 버클리에 도착했고 역에 내려 자기들보다 스무 살가량 많은 남자를 만났다. 남자는 캠퍼스 외곽에서 열린 어느 파티 얘기를 꺼냈다. 세 사람은 그 앞을 걸어 지나가 봤지만 아직 이른 시간이라 발코니에 나와 어울리는 사람들이 몇 명 되지 않았다. 그래서 그들은 영화를 보러 갔다. 영화가 끝난 후에는 버클리를 둘러보았다. 두 남자가 앞에서 걷고 있었고 뒤에 있던 여자는 그 둘이 무슨 애길 하는지 듣지 못했다.

새벽 세 시경 일당은 파티가 열리고 있던 자리로 돌아왔다. 나이가 많은 남자가 모퉁이에 숨어 있는 동안 커플은 차고에서 대기했다. 그러다 이——가 계단을 내려오자 남자가 그에게 총을 겨누었다. 그리고는 차 트렁크를 열고 그 안에 들어가라고 했다. 일당은 그의 신발을 빼앗았다. 여자가 이——의 1991년식 시빅 자동차를 운전해 나이 많은 남자가 기다리고 있는 쪽으로 갔다. 남자가 여자에게서 차키를 빼앗아 자기가 운전을 했다. 도중에 경찰이 일당 옆으로 차를 세웠다가 잠시 후 지나갔다. 나이 많은 남자는 겁을 먹었다. 차를 길 한쪽으로 대더니, 여자에게 자기 대신 운전하라고 했다. 몇 분 후, 여자의 남자친구가 못마땅해하며 투덜대자 다시 바꿔서 운전했다.

그런 끝에 일행은 버클리 북부의 어느 창고에 도착했다. 남자들이 이——를 트렁크에서 내렸다. 그 후 세 사람이 그 자리를 떴다가 5분쯤 후에 돌아왔다. 젊은 남자가 이——를 다시 트렁크에 들어가게 했고 일행은 ATM이 있는 곳으로 차를 몰고 가서 300달러를 인출했다. 그동안 여자는 기다리고 있다가 이——가 숨죽여 말하는 소리를 들었다. 신발을 돌려주면 안 되냐고 부탁하는 소리였다. 여자는 대답하지 않았다.

이후 일행은 주유소로 갔고 그곳에서 두 남자가 차 밖으로 나가 얘기를 나눴다. 그러더니 나이 많은 남자는 가버렸다. 젊은 커플은 발레호로 차를 몰아 요크 스트리트의 어느 공터에 이르렀다.

여자는 남자친구가 이——를 트렁크에서 끌어내는 모습을 지켜봤다. 그러다 둘이 뒷골목으로 몇 걸음 걸어 들어갔을 때쯤 시선을 돌렸다. 이어서 두 발의 총성이 들려온 후 남자친구가 돌아왔다.

커플은 차를 몰고 나오며 방금 전의 일에 내해 아무 말도 하지 않았다. 이——의 차는 자기들이 사는 아파트 앞 잔디밭에 주차했다.

새벽 5시 30분에 한 어부가 이——의 시신을 발견했다. 방치된 지 그리 오래 지나지 않은 시간이었다.

19일이던 그 일요일, 커플은 친구 몇 명과 쇼핑몰에 가서 이——의 신용카드로 1,000달러 상당의 물건을 샀다. 그러면서 친구들에게 긴 밤을 보냈다며 떠벌렸다. 자기들이 보니와 클라이드*를 흉내 내느라 그랬다고. 그 사람은 죽었고 살려 달라고 애원했었다고.

경찰은 이 젊은 커플의 아파트에서 잠복하고 영장을 발부해 수색을 벌였다. 살해 도구뿐만 아니라 이——의 소지품도 발견했다. 나이 많은 남자도 체포했다. 최초 심문 보고서에서, 경찰이 어느 순간 피고인들에게 "그 아시아계 청년"에 대해 물었는데 나는 그들이 말하는 그 청년이 켄이라는 걸 잠깐의 시간이 지나서야 깨달았다.

보도에 따르면 여자는 그 순간에, 아니 며칠이 지나서까지도 뉘우치는 기색이 별로 없었다. 당국에서 친구들과의 통화를 도청해

★ 영화 〈보니 앤 클라이드〉의 실제 주인공으로, 1930년대 미국 중서부 일대에서
   살인과 은행 강도 행각을 일삼은 악명 높은 커플.

들어 봤더니 무죄를 주장하며 자기 손톱 상태에 짜증스러워했다고 한다. 이후에는 그날 밤에 남자친구가 뭔가 이상했다고 주장했다. 평상시에는 온순한 사람인데 그날은 폭력적인 랩을 따라 하기도 하면서 원래의 모습과 달라, 남자친구의 행동을 보며 내내 무서웠다고. 자세한 설명도 없이 남자친구가 처방받은 약을 안 먹었다는 얘기도 했다. 그래서 걱정이 되었고 자기는 남자친구가 무슨 생각을 하는지 분간을 할 수 없었다고.

켄이 살해된 지 2년이 되던 날, 나는 달빛 비치는 스프라울 광장 계단에 알렉과 같이 앉아 있었다. 알렉은 그때 버클리에서 바텐더 일을 하고 있었다. 우리가 진로 때문에 느끼는 그런 혼란은 졸업 후에 얼마나 자주 우리를 찾아올까? 그리고 그런 혼란은 새로운 공포와 실패를 겪고 있을 우리가, 살아가는 방식을 다듬는 데 얼마나 큰 영향을 줄까? 알렉은 밤에 일을 마치고 집에 갈 때 백팩에 마체테*를 넣어 다녔다. 우리는 뒤로 기대앉아 하늘을 멍하니 쳐다봤고 알렉이 너무 피곤하다고 했다. 그때의 우리는 이제 스물두 살이었다. 아니, 스물세 살일 수도 있다. 나는 대학원 수업이 없는 연휴 기간 중 베이 에리어로 와 있었다. 그날 밤 이렇게 썼다. (거의) 2년이 지나니 이해가 됐다. 그 일은 우리가 하는 모든 일에

★ 무기·벌채용 등으로 쓰이는 날이 넓은 큰 칼.

자연스레 배어들게 되었다. 우리 둘 다 공감했다시피 가장 힘든 시기는 몇 년 후에나 올 테고, 어쩌면 10년 후가 될 수도 있다.

에드워드 핼릿 카는 《역사란 무엇인가?》가 앞으로 나아갈 길에 빛을 비추길 희망했다. 그는 증손녀인 헬렌이 태어나고 6년 후인 1982년에 세상을 떠났다. 헬렌 역시 역사학자가 되어 평생 그 일의 본질을 놓고 증조할아버지와 '상상 속 대화'를 나누었다.

나는 《역사란 무엇인가?》를 읽을 때면 언제나 켄과 나란히 있는 기분이었다. 우리가 공감할 만한 순간과, 세상에 대한 켄의 실용주의적 감각이 나의 비주류적 과격론과 충돌할 만한 순간들이 머릿속에 그려졌다. 내가 밑줄을 그었을 만한 대목이나, 카의 장난스러운 여담에 그어 놓은 밑줄을 볼 때면 기뻤다. 밑줄 친 문장 중에는 종종 서로 다른 시간을 함께 말하는 문장이 있었다. "미래만이 과거를 해석하는 열쇠가 될 수 있으며, 오로지 이런 의미에서만 역사의 궁극적인 객관성을 말할 수 있다. 과거가 미래에 빛을 비추고 미래가 과거에 빛을 비추는 것이 바로 역사의 명분이자 이유다." 우리는 카의 이런 생각의 양 끝에 있었다. 켄은 과거에, 나는 미래에.

우리 둘의 밑줄이 모두 그어진 문장 중에는 역사 속 사건에 대한 구절이 있었다. "역사에서 불가피한 일이란 없다." 우리는 여러 가지 선택지를 따져 보고 잘못을 짚어 내지만 현실에서 시간을 되돌릴 수는 없다. 일어난 일은 그냥 일어난 것이며 일어난 적 없는 모든 일을 아무리 시적으로 표현해 봐야 다른 어딘가에 도착할

뿐이다. 역사가 아닌 믿음에. 미래를 이해하는 데 도움도 안 되고 과거에 치우칠 뿐이다. "나는 역사가로서 '불가피한'이나 '피할 수 없는'은 물론이고 심지어 '불가항력적'이라는 말조차 쓰지 않을 각오가 되어 있다. 삶이 단조로워지겠지만 그런 말들은 시인과 형이상학자에게 맡기자."

암시 같은 건 없을지도 모른다. 나는 한동안 범인들이 그날 밤에 무슨 영화를 봤을지, 살해범이 따라 했다는 노래가 뭘지, 그날 밤 버클리에서 또 어떤 파티들이 있었을지, 그자들이 켄의 차에 시동을 걸었을 때 음악이 재생되었을지, 그다음 날 그들이 산 물건이 뭘지 등등이 궁금했다. 그 일당이 이런 사소한 일들을 늘어놓은 이유는 어떻게 해도 자신들이 한 짓에 대해 해명을 할 수 없었기 때문이다. 어떤 맥락을 들이대도 그들의 행동은 '불가피'하거나 '피할 수 없는' 일이 아니었으니까.

하지만 과거의 이런 사소한 순간들을 샅샅이 추려 내는 일은 미래에 저항할 방법이었다. 카는 책의 마지막 페이지에서 자신의 동료들과, 역사를 일종의 과학으로 전환하려는 그들의 시도에 대해 거론한다. 그는 "격동의 세상과 괴로워하는 세상"을 마주 보면서도 어떻게든 낙관주의를 지킨다. 그 외에는 존재할 방법이 없다고. 이 삶에서, 이 일에서 유일하게 변하지 않는 것은 시간의 경과와, 그에 따른 변화뿐이라고. 갈릴레오의 말을 인용해 우리의 세계를 바라보며 "그래도 지구는 돈다"고 말한다. 책의 마지막 문장 밑에는 두 개의 단어가 적혀 있었다. 꾹 눌러서 휘갈겨 쓴 그 글씨는

볼펜의 빨간색 잉크가 번져 있어 아무리 봐도 켄이 무슨 단어를 써놓은 건지 알아볼 수가 없었다.

• • • • •

한번은 노드스트롬에서 일하는 켄을 보러 갔다. 켄은 아동화를 판매하며 겪는 일들을 자주 들려주었다. 매장에 별별 사람이 다 온 다며 그중엔 손님으로 맞고 싶지 않은 가족과 하도 거만하게 굴어서 티 나지 않게 퉁명스레 대했던 가족도 있다고 했다. 졸업식 직전에 손님이 밀려들었다가 졸업식 직후에 멋쩍어하며 반품하는 사람들이 줄을 잇는다는 얘기도. 나는 그런 얘기에 흥미가 일지 않았지만 그래도 예의상 잘 들어 주었다.

그날 나는 샌프란스시코에 갔다가 켄에게 매장으로 찾아갈 테니 같이 바트를 타고 집에 가자고 말했다. 나는 원칙상 백화점이나 쇼핑몰에서 물건을 사지 않았다. 그래서 아동화 매장이 어디 있는지 몰라 길을 잃고 헤맸다. 약속 시간에 늦을 판이었고 공중전화를 찾아 삐삐를 보낼 여유도 없었다.

한참을 헤맨 끝에 아동용 신발이 진열된 매장이 눈에 들어왔다. 켄은 보이지 않았다. 나는 얘가 퇴근해서 벌써 버클리로 간 모양이라고 생각했다. 카운터 앞쪽에는 신발을 보러 온 가족이 서 있었다. 그때 내 시야에 켄의 모습이 들어왔다. 뒤쪽 보관실에서 나오더니 풍선에 달린 끈을 손가락에 감아 조심조심 묶고 있었다. 켄은 그렇게 만든 고리와, 자기 머리 바로 위로 붕 떠 있는 풍선을 번갈아 보더니 바보같이 헤벌쭉 웃었다. 이내 카운터로 돌아가 부모님과 함께 있던 어린 소년에게 풍선을 건네주었고 아이는 훨씬 더 크게 헤벌쭉, 하고 웃었다.

잠시 후 켄이 고개를 들었다가 나를 보고 다시 웃음 지었다.

어린 나이에는 주목받고 싶은 마음에 이런저런 행동을 한다. 옷이나 자세로 주목을 끌려고 하거나 음악 취향으로 관심을 받으려 하기도 한다. 그러다 이상한 어른들이 넘쳐 나는 진짜 세상에 발을 딛으며 점점 관대함과 사려 깊음에 대해 생각하게 되고, 어른스러운 행동이 어떤 건지 시험해 보기도 한다. 나는 그날, 모든 기억이 서사를 만들기 전이자 기억하는 일이 어떤 절망감으로 물들기 전인 그때, 별 노력 없이도 배어 나오는 친절을 눈앞에서 보았다. 내 친구의 그런 좋은 행동을 목도한 게 대단한 행운처럼 느껴졌다.

• • • • •

대학원 2학년 때 찰스 강 강변에 있는 오래된 집으로 이사를 갔다. 룸메이트인 브라이언의 생일이 켄이 죽은 7월 19일인 게 의미심장하게 다가왔다. 나는 자주 야구장을 찾아, 잘못된 세계에 출몰한 유령이나, 보스턴의 후덥지근한 공기 속으로 땅콩을 던지는 일본계 미국인 로스쿨 학생을 얼핏 보게 되길 바랐다. 내가 지도하는 수업에서는 주위를 둘러보며 켄과 나의 모습을 보게 되길 기대했다.

어느 날 문득 나처럼 박사 과정 프로그램을 밟고 있는 학부 동기들 모두가 우리 학교의 무료 심리 상담을 이용한다는 걸 알았다. 한 동급생의 농담처럼 미국의 신화를 분해하며 다양한 방법론과 학문을 넘나드는 우리 일에는 독특한 무언가가 있는지도 모를 일이었다. 나에겐 이런 심리 상담이 이스트 코스트에서 사람들이 받는 것과 비슷하게 느껴졌고, 그래서 상담 약속을 잡았다.

당시에 스스로에게 똑같은 이야기를 반복하고 있었던 나는 심리상담사가 일종의 편집자 역할을 해주며 그 멜로드라마를 적절한 톤으로 조정하게 도와줄 거라고 생각했다. 상담일 날, 보건 센터 건물의 작은 사무실로 안내받아 들어갔다. 옆은 회색 책상에 한 여성이 앉아 있었다. 그녀의 뒤쪽 책장에는 편안한 느낌을 주려고 공들여 배치한 진단 매뉴얼, 자잘한 장신구, 식물 등이 있었다. 상담사는 빨간 머리에 호기심 많아 보이는 눈매였고 나이는 나보다 조금 많았다. 나는 자리에 앉아 말을 꺼냈다. "가장 친한 친구가 살해당했어요. 그날 저는 레이브 파티에 가느라 걜 두고 나왔는데 몇 시간 후에 죽었어요." 백팩을 맨 채로 말을 이어 갔다. "그냥 있었어야 했는데. 그랬으면 제가 뭔가를 할 수 있었을 텐데."

상담사가 더 자세히 얘기해 달라고 했다. 나는 우리의 역사를 짤막하게 얘기했다. 켄과 대화를 하다 떠난 것, 그 모든 끝나지 않은 문장에 대한 나의 후회, 내 가장 친한 친구가 죽어 가고 있을 때 내가 첫 성관계를 갖고 있었을 가능성. 우리가 정말 베스트 프렌드였을까요? 사실은 잘 모르겠어요. 그럴지도 모르죠. 그런데 베스트 프렌드가 뭘까요? (상담사가 메모를 한다.) 나는 그날 밤에 그 집에 있었던 모든 사람들에 대해 말했고, 살해범들이 우리가 오고 가는 모습을 봤을 거라는 사실에 미쳐 버릴 것 같던 기분도 얘기했다. 정말 미칠 지경 아닌가요? (가볍게 고개를 끄덕여 준다.) 제가 켄이 다음 날 전화하지 않길 내심 바랐던 게 어떤 주문을 걸었던 건 아닐까요? (메모를 한다.)

대학원에서 나는 풀지 못하는 문제들에 매혹됐다. 이론, 언어학, 해체주의, 진실과 언어의 관계, 재현의 윤리, 트라우마적 경험과 바바리즘, 이런 고상한 개념들은 내 세계관에 강하게 와닿았다. 적어도 내가 읽고 이해한 부분은 그랬다.

나는 차츰 내 얘기가 거짓은 아닐까, 죽은 사람이 켄이 아닌 다른 친구였다면 무언가 달랐을까, 하는 생각이 들었다. 최악의 시나리오를 그리면서 살았다. 집에 들어가서 전화하기로 한 친구에게서 전화가 오지 않으면 그 친구가 죽었을지도 모른다는 생각에 휩싸였다. 구글에서 경찰에 신고된 사건들을 열람할 수 있는 방법이 없는지 찾아보다가 결국 가까운 경찰서에 전화를 건다. 머릿속이 분주한 채로 밤을 새우지만 내 생각을 글로 적는 건 너무 무서웠다. 무언가 끔찍한 일이 일어나리라는 생각 때문에 내가 본 사람들의 마지막 모습들을 늘 생생히 기억했다. 그들이 어떤 옷을 입고 있었는지까지도. 언제나 끔찍한 일은 벌어지고 있다. 우리가 알아채지 못할 뿐 우리는 이미 비극의 벼랑 끝에서 살아가고 있다. 심지어 친구가 내 맞은편에 앉아 있을 때조차, 나는 일어날 수도 있는 잠재적 상황에 지나치게 몰두했다. 알고 보면 친구의 핸드폰 배터리가 나간 것뿐이었다.

대화를 하거나 쾌활한 목소리를 내는 게 쉬운 날도 있었다. 하지만 대개는 그 모든 게 불가능하다고 느꼈다. 간단한 말을 버벅거리거나, 어떤 학생이 내가 말하는 도중에 한눈을 파는 게 느껴지면 나는 내가 말한 모든 단어가 부끄러웠다. 그런 날이면 나는 웹서핑을 하거나 이메일을 쓰면서 남은 하루를 보냈다.

내가 켄의 죽음과 얽힌 얘기들을 풀어내자 상담사는 이마에 주름살을 지었는데, 나에겐 그것이 과도하게 적극성을 드러내는 제스처로 다가왔다. 나에게 말을 할 책임을 지우기 위해 시선을 돌리지 않고 계속 응시하는 것을 직업적 의무로 여기는 듯도 했다.

그랬다면 결과가 달라졌을 것 같아요? 정말로 친구 집에 그대로 있었거나 나왔거나가 이 일에서 중요한 문제였을까요? 상담사가 물었다. 그런 일이 일어나지 않게 막을 수 있었을 것 같아요. 내가 말했다. 상담사는 내가 길거리 싸움을 벌일 만한 사람인지 제대로 가늠하려는 듯 나를 찬찬히 살폈다. 그들이 당신들 둘 다를 죽이진 않았을까요? 나는 잘 모르겠다고 했다.

"그게 당신의 잘못이라고 생각하는 이유가 뭐예요?" 상담사가 물었다. 나는 내 잘못이 아니라고 생각한 적이 없었다. 우리들 모두가 그렇게 느낄 거라고 대답했다. 틀림없이 그럴 거라고. "확실해요?" 당연하죠. "그걸 어떻게 알아요? 누구한테든 물어본 적 있어요?" 물어본 적은 없었다. 나는 우리가 똑같이 느끼고 있을 거라고 짐작했다. 설령 그런 감정들 — 분노, 증오, 갈망 — 이 우리의 몸을 통해 각기 다른 방식으로 전이된 것일지라도 말이다.

나는 다른 누구에게 묻기 두려웠다. 내가 나의 슬픔을 가면 삼아 혼자 뒤처진 지 오래되었기 때문이다. 상담사는 내가 붙잡고 있는 것은 슬픔이 아니라 죄책감이라고, 죄책감을 느껴 봐야 할 수 있는 일이 없으므로 다 부질없는 일이라고 했다. 그 죄책감이 나를 과거에 붙잡아 두고 있다고. 일당은 세 명이었고 그중 한 사람은 총을 가지고 있었다고. 이제는 그런 죄책감을 그만 놓아주는 것이 어떻겠냐고.

그런 생각을 안 해봤던 건 아니지만 다른 사람의 말로 직접 들으니 기운이 났다. 나는 그다음에 일어날 일이 두려워 몇 년 째 똑같은 문장들을 쓰고 있었다. 심리 상담 이거 대단한데. 나는 속으로 생각했다. 입 밖으로 소리 내 말할 수도 있을 것 같았다. 심리 상담이 아주 효과적으로 이루어져 내 상담은 겨우 20분 만에 종료되었다. 남은 10분간은 잡담을 나누었는데 상담사에게 관심사가 무엇인지, 이쪽 분야에 종사하게 된 계기가 뭔지, 다른 환자들은 어떤지 등을 물었다.

상담이 끝났을 때 진심으로 감사 인사를 했다. 정말 좋은 시간이었습니다. 상담사는 그래도 전 회차의 상담을 신청하고 다음 주에도 또 와야 한다고 말했다. 이제 시작일 뿐이라고.

나는 상담사가 계속 나를 캐내려는 이유가 그렇게 하도록 훈련

받았기 때문이라고 생각했다. 그리고 나는 벌금을 물을까 봐 걱정스러워 그다음 주에도 다시 갔다. 배낭을 벗고 코트를 걸 때 이번 회차의 30분은 어떤 얘기를 할지 궁금했다. 행복감은 사라졌지만 여전히 기분은 좋았다. 우리는 켄에 대한 얘기를 했고 상담사가 다시 죄책감의 문제를 꺼냈다. 이런 감정이 왜 그렇게 마음 깊이 맺혀 있는지 이해하고 싶어 했다. 신앙심이 깊은 편인가요? 나는 아니라고, 아마 그 반대일 거라고 대답했다. 부모님이 신앙심이 깊으신가요? 이 물음에는 나보다도 부모님이 훨씬 신앙심이 없을 거라고 대답했다. 부모님은 종교를 정말로 못 견뎌 하는 분들이라고. 상담사가 이어서 더 신중한 어조로 얘기했다.

어머니와 아버지에 대한 질문이었다. 두 분이 사랑한다는 말을 해준 적이 있어요?

나는 주뼛주뼛 웃으며 아니요 라고 대답했다. 그러니까 부모님이 그런 말을 해주는 건 맞아요. 사랑한다고 말해 주세요. 제가 아니요라고 말한 건… 이 문제와 부모님은 상관없다는 얘기였어요.

상담사가 다른 말로 바꿔 부모님에 대해 질문했고 나도 다른 말로 바꿔 대답했다.

부담감은 어때요? 두 분이 이민자신가요? 당신에게 부담감을 많이 주시나요? 어쨌든 여기가 하버드니까 꺼낸 얘기예요.

글쎄요, 사실은 이 학교에 오고 싶어 하지 않았었어요. 원래는 뉴욕대에 가고 싶었거든요. 이 학교에 온 게 선생님이 짐작하신 의도와는 상관없어요. 제 말은 그냥 그렇다고요.

나는 깊은 우려가 밴 상담사의 시선을 피해 상담실에 꽂힌 책들을 쭉 훑었다. 소수 인종 학생들 특유의 심리 기질과 관련된 책들이 많았다. 이주 체험자의 심리 구도를 파헤치는 데 도움을 주는 지침서도 있었다. 세대 갈등과 우울증을 다룬 얇은 책들도 보였다. 나는 상담사에게 내가 특별한 이유로 그 자리에 와 있음을 상기시켰다. 내 친구가 죽었고 나는 아직 슬프다고. 이 문제는 내 가족과는 상관이 없다고.

두 분은 훌륭한 부모님이세요. 믿을 수 없을 정도로 비전형적인 부모세요.

대학원에 들어가기 위해 집을 떠나기 전, 나는 어머니와 쇼핑몰에 갔다. 각자 떨어져 둘러만 보고 있었다. 나는 스니커즈를 보러 갔다가 어머니가 어떤 백인 할머니 옆 벤치에 앉아 있는 걸 보았다. 내가 그쪽으로 다가가자 그 할머니는 일어났다. 나에게 부드러운 미소를 지어 보였다가 다시 어머니를 보며 행운을 빈다고 말했다. 누구예요? 어머니는 모르는 사람이라고 했다.

같이 푸드코트로 걸어가면서 어머니는 그 할머니와 얘기를 나누었다고 말했다. 날씨와 메이시스 백화점에 새로 문을 연 제과점 얘기, 쿠퍼티노가 얼마나 변했는지에 대해 얘기했다고. 어머니는 처음 보는 그 할머니에게 아들과 같이 왔다며 사연을 풀어놓았다. 아들과 아들 친구들에게 아주 안 좋은 일이 있었다고. 설명하려면

7월의 그날 밤 얘길 꺼낼 수밖에 없어서 그 일이 뭔지는 얘기하지 못하고, 그냥 아들이 슬퍼하고 있어서 힘이 되어 주고 싶은데 어떻게 해줘야 할지, 어떤 말을 해줘야 할지 모르겠다고만 했다고.

나는 뭐라고 말해야 할지 모르겠어서 아무 말도 하지 않았다.

어렸을 때 나는 부모님의 억양을 유심히 들으며 얼마나 오래 지나야 옛 삶의 티가 완전히 사라질까, 생각했다. 부모님의 구어체는 이주해 들어왔을 당시에 멈춰 있었다. 우리는 우리가 아주 빨리 말을 익히는 것도, 부모님들이 새로운 표현을 제대로 쓰지 못하는 것도 신기했다. 부모님에게 새로운 표현을 알려 줘도 항상 틀리게 써 소용이 없는 것 같았다. 쓰기와 말하기는 우리가 부모님을 대신해 배운 기술이었다. 하지만 그 기술이 우리를 어디로 데려가 줄 수 있었을까?

내가 십 대일 때 어머니는 중국인 이름을 가진 사람들이 쓴 책을 집에 가져왔다. 의사와 발명가, 심지어 록 음악 저널리스트의 자서전, 전쟁과 기근을 끈기 있게 버텨 낸 가족들, 철도의 역사, 청일 전쟁의 자세한 내막을 다룬 베스트셀러, 하버드대에서 교편을 잡고 있는 중국계 미국인의 인터뷰가 실린 저널리스트 빌 모이어스의 인터뷰 모음집 등이었다. 이 책들은 나와 비슷한 이름을 가진 사람도 지면에 오를 수 있다는 가능성을 보여 주었다. 어머니는 내 모든 꿈과 두려움을 귀 기울여 듣다 나만 그런 게 아니라고 얘기해 주었다. 앞으로도 그럴 거라고. 하지만 그때는 이런 책들에서 별 공감을 느끼지 못했다. 나는 이런 사람들, 그들의 이야기와는 공통점이 없다고 생각했다.

이민 2세대인 우리는 시제와 표현 형식, 문법, 문체까지 완벽히 터득할 수 있다. 하지만 그 결과 조부모님과의 대화가 삐걱대기도 한다. 물론 조부모님은 내심 그렇게 세대가 진보하길 바랄 수 있겠지만 말이다. 아이는 혼자 말하는 법을 배울 뿐 아니라 말대꾸하는 법도 배운다. 누가 가르쳐 주지 않아도 '좋게[well]'와 '좋은[good]'을 구분해서 쓸 줄 알게 된다. 하지만 그들 역시 언어와 자신의 관계를 내면화해, 그 언어를 모어로 쓰고 자란 아이들과 내내 거리감을 느낀다. 그런 것들이 중요하다고 믿게 되기 때문이다. 단순한 1인칭 대명사 '나[I]' 혹은 '우리[We]'가 대체 누구를 말하는 건지 헷갈린다. 우리는 우리의 정체성을 명백하게 드러내는 글을 쓸 수 없었다. 우리가 놓인 자리에는 흥미로운 면이 없었다. 흑인도 백인도 아닌 우리는 시시한 존재로 보일 뿐이었다. 나 자신을 어디에서부터 설명해야 할지도 난감했다.

나중에야 알았지만 상담사는 아시아계 이민자 부모들의 강압성을 비방하려던 게 아니었다. 내가 어떤 과정을 거쳐서 그날 자신의 앞에 앉은 그 사람이 됐는지를 물었던 것이었다. 나는 상담사의 책장에 꽂힌 책들을 보며 그녀가 자신의 연구와 흡사한 이야기를 끌어내려 한다고 넘겨짚었다. 단지 내가 어떻게 길러졌는지보다 나의 부모님이 어떤 사람이었는지 궁금해하는 질문이 더 많았을 뿐이다. 그들이 상상했던 미래, 그들을 가르친 사람들, 그들의 부모님도 근면하고 조용히 살아가는 것을 최선책으로 생각했는지 등을.

상담사는 이렇게도 물었다. 역사가 뭘까요? 그 안에서 당신도 보이나요? 삶의 모델은 어디에서 찾았어요? 사랑과 존경, 연민과 자부심, 동정과 희생을 어떤 식으로 배웠어요? 상담사는 전환점을 찾고 있었다. 어떤 감정, 삶에 대한 태도, 특정 음색의 웃음소리, 말을 잘 들어 줄 때의 머리 각도 등 혈통을 통해 전해져 온 감지할 수 없는 온갖 특징을. 꿈의 유형과 크기를.

나는 이스트 코스트에 고립된 채로 버클리의 내 친구들과 더 멀어졌다. 켄의 부모님께 편지를 보내는 횟수도 줄었다. 두 분에게 나의 슬픔을 보내는 게 부끄러웠다. 나는 내 슬픔에 대한 자의식 과잉 상태였고 현재로 돌아올 수 있는 법을 몰랐다.

켄과 관련된 물건을 넣어 놓은 봉투에서 옛 물건을 쏟고 골라내 붙잡을 때마다 그것은 어떤 감정을 상기시키기 위해서였고, 어느 정도 예전의 호흡 패턴으로 돌아가기 위해서였다. 그러던 어느 날 맨 윗장에 '베리 고디스 임브로글리오'라는 단어가 찍힌 종이를 끄집어내게 되었다. 〈라스트 드래곤〉에서 영감을 얻은 후에 썼던 영화 대본의 사본이었다. 들춰 보니 내가 기억했던 것보다 쪽수가 많았다. 켄이 원본은 노트북에 저장해 놓고 나에게 사본을 한 부주었는데, 사실 읽은 적이 없었다.

플롯이 직설적이었다. 한 여자에게 홀딱 빠진 남자가 깨우침을 얻기 위해 이런저런 오해와 고뇌를 이겨 내야만 하는 이야기였다. 남자가 여자와 잘 되는지는 기억나지 않는다. 하지만 이 영화가 그저 빈둥빈둥 시간을 보낼 핑계이자 우리끼리의 농담을 연장하는 방법일 거라고 생각했던 건 지금도 기억난다. 진짜로 카메라를 구하려고 한 적도 없었다.

제목의 또 다른 후보는 '패자 클럽[The Losers Club]'이었다. 핵심 인물들은 데이브('오해받는 사람'), 파라그('우두머리'), 제임스('꾸준히 만나는 여자친구'), 켄, 그리고 나였다. 켄은 영화의 주제적 관심사인 '여자', '친구', '부모'에 대해서도 빠짐없이 다뤘다. 켄은 언젠가 자신이 갖고 있는 세상에 대한 기대, 소속되고자 하는 열망, 기사도 정신과 근면성에 대한 믿음이 어릴 적 본 시트콤에서 시작되었다는 걸 깨달았다. 대본에는 온갖 TV 프로그램의 이름이 쭉 쓰여 있었고 그 리스트로부터 뻗어간 화살표가 "백인 우월주의"라는 메모를 가리켰다. 우리 영화 속에서 남자 주인공은 실패하고 마는데, 그건 그가 그 모든 교훈을 받아들여 모두가 함께 행복할 수 있다고 생각해 버리기 때문이다. 그는 TV에 나오는 캐릭터를 따라하고 진짜 자기가 어떤 사람인지는 모른다. 켄은 종이의 여백에 아시아계 미국인의 정체성과 관련한 여러 메모를 끄적여 놓았다. 〈라스트 드래곤〉에서 따온 인용문도 있었고, 진정한 자신으로 살게 되는 방법에 대한 켄 나름의 이론들도 있었다. 우리는 미국인으로서 우리의 미래를 어떻게 발견할 수 있을까?

어떤 이유에서인지 켄은 니를 님자 주인공 역할로 설정해 놓았다. 시작 장면에서, 제임스와 내가 캠퍼스의 시계탑을 지나가다 제임스에게 짝사랑 상대를 털어놓는다. 마침 그녀가 제임스와 아는 사이이다. 제임스는 내가 그런 쪽으로 사교성이 부족해 혼자서는 아무 시도도 못 할 거라며 자기가 소개해 주겠다고 나선다. 정말로 그녀가 나온다. 나는 그녀와 말을 하려고 자리에서 일어나지만 백팩 끝이 테이블 모서리에 걸리면서 바닥으로 굴러 넘어진다. "육체적 매력 같은 건 없어." 켄이 우리가 나눈 대화에서 차용한 대사였다. 이 말을 글자로 보니 완전히 가소롭게 들렸다. 한 파티 장면에서는 내 짝사랑 상대가 내 무릎에 토를 한다. 그리고 영화는 '대중문화'와 니체의 '비도덕적 의미에서의 진리와 거짓'에 대한 얘기로 미끄러진다.

그동안 잊고 있었어. 네가 이 대본을 쓰느라 얼마나 골머리를 썼는지. 네가 글씨를 얼마나 작게 쓸 수 있는지도. 네가 쓰는 'C'자는 어떤 글자든 그다음 글자를 삼키려는 것처럼 보인다는 것도. 네가 이 글들을 쓰고 있는 모습을 봤던 기억이 나. 네가 글로 나를 표현한 걸 보고 나니 이상한 기분이 들기도 해. 넌 내 독특한 버릇과 기벽을 알아봤던 거야. 빈정거림에 가려진 진지함을. 그리고 내가 여기에 그려진 사람과 더 비슷해지고 싶어 했던 기억도 나.

대본의 중반쯤부터 상황이 별나게 전개된다. 웃음소리가 나오고 패러디 장면들과 바보 같은 슬랩스틱극이 펼쳐진다. 저녁 데이트가 아주 뻔한 전개에 따라 어긋나고 나는 한 친구가 해준 신빙성 없는 조언대로 '여자들이 은근히 좋아하는 스타일'을 따라 하는 식이다. 가령 한 장면에선 예전에 내가 조롱한 적 있는 어떤 백인처럼 하와이안 셔츠 차림에 샌들을 끌고 문을 열어 주러 나간다. 'Crash into Me'가 틀어져 있다. 집 데이트를 제안하고 포장 음식을 사다 내가 직접 만든 것처럼 꾸미기도 한다. 그러다 어찌어찌해서 주방에 불을 내고는 같이 불을 끄면서 센 척을 한다. 내 일생의 사랑은 결국 집에 가겠다고 말한다. "이건 시트콤이 아니야." 이어서 미리 녹음된 관객 효과음이 나온다. "오~"

잠시 후 네가 등장해. 우리는 카페에서 공부 중이야. 너는 쿨하고 의심 많은 친구로 나와. (이건 틀림없이 네 아이디어였어.) 언제나 뭔가 알쏭달쏭한 말을 할 준비가 되어 있는 인물이기도 해.

네가 우리가 어떻게 사회화되었는지 말하기 시작해. 우리가 아메리칸드림을 어디에서 배웠더라? 우리가 따라 할 만한 롤모델이 누가 있었지? 넌 마이클 창*의 의미에 대해 거드름 피우며 이야기해. 책이나 영화나 TV를 통해 전해진 희망이 우리의 삶에서 실현되고 있는 걸까, 아니면 오히려 우리를 부적격자처럼 느껴지게 하는 걸까? 우리는 왜 항상 그렇게 열심히 공부하고 똑똑함을 증명하면서 다른 사람의 기준에 부응하는 걸까? 이 모든 게 올가미일

★ Michael Chang. 대만계 미국인 테니스 선수. 1989년에 17세의 나이로 프랑스 오픈에서 우승하여 최연소 그랜드 슬램 우승 기록을 세운 것으로 유명하다.

지 몰라. 우리는 왜 도움을 찾고 있을까? 이미 우리 주위에 다 있는데 말이야. 우리는 문화가 없는 사람들이 아니잖아. 그냥 우리 나름대로 해내면 돼.

예전에 우리 둘이 나누었던 대화가 생각나. 너는 우리의 뿌리에 대해 설명하려고 애썼어. 우리가 쿨함과 정상의 의미를 어떻게 배웠는지, 그리고 어떻게 그런 의미를 서로를 보며 알아 갔는지 얘기했지. 우리는 부모님을 아주 많이 사랑하고 존경했지만 부모님이 우리에게 가르쳐 줄 수 있는 것에는 한계가 있다는 얘기도 했고. 서로가 있다면 롤모델이 굳이 필요할까, 하고 의문스러워도 했어. 그때는 네가 우리의 삶에 대해 얘기하는 영화를 쓰고 있다는 걸 알지 못했어. 이 대본 외에 추가 내용이 있었는지, 이쯤에서 대본 작업을 마무리했는지, 아니면 너 혼자 대본을 계속 썼는지 기억이 안 나. 어쨌든 너는 계속 꿈꾸고 있었을 거야.

너는 아직 만나 본 적 없는 사람들을 그려 내고 있었어. 우리가 될지도 모를 사람들을. 우리가 잊지 않도록 우리 사이의 농담들, 우리가 봤거나 저질렀던 바보 같은 일들을 모두 담을 그릇을 찾고 있었어.

나는 보스턴이 아니라 뉴욕으로 갈 수도 있었고, 보스턴에 가서 마침내 너와 같이 살 수도 있었고, 어쩌면 자연스럽게 서로 사이가 멀어질 수도 있었지. 그래도 영화나 라디오에서, 혹은 지금은 알 수 없는 어떤 멋진 기술을 이용할 때 어떤 노래가 나오면 여전히 서로를 떠올리며 살았을 거야. 내가 이 모든 걸 기억할 이유가 없었을지도, 또 글쓰기에 의존하지 않았을지도 몰라. 최근 몇 년간 점근선이라는 개념에 마음이 끌렸어. 처음엔 아무리 뻗어 나가도 닿을 수 없다는 사실이 비참하게 다가왔지만 직선과 곡선이 영원히 지속될 수 있다고 생각하니 위안이 되었어. 서로 맞닿지는 않더라도 같은 방향으로 움직이는 거니까.

내가 글쓰기에 의존하지 않는 다른 세계에서는, 내 유일한 글쓰기가 파드리스의 패배 후에 이메일 보내기였을지 몰라. 우리는 편지를 끝맺을 때 진실하자, 라는 말을 쓰지. 이 말을 탄생시킨 농담은 시간에게 졌지만 나는 그 농담에 뒤따랐던 복잡한 악수는 아직 기억해. "게임에 진실하자"를 나중에 "진실하자"로 줄여 말했지. 자신에게 진실하자. 훗날 될 수도 있는 사람에게 진실하자.

심리 상담이 끝나갈 무렵에 나는 나 자신에 대해 말하는 것이 아주 지겨워졌다. 나 자신이 지겨웠다. 그래도 매주 의무감에 상담을 받으러 가서 지난주에 했던 얘기를 다시 꺼냈다. 그날 밤의 일을 상세히 재연하면 적어도 나와 그 사건의 관련성은 이해하기 쉬워졌다. 아니, 더 정확히 말하면 비관련성이겠지만. 어쨌든 그 일이 다른 식으로 끝날 수는 없었을 테니까. 자신의 이야기가 아닌 이야기 속으로 자신을 끼워 넣으려 애쓰는 건 역사가들이나 할 일이다.

이야길 아무리 많이 해도 네가 그립다는 사실은 조금도 줄어

들지 않아서 이제는 그 감정을 여러 시대로 구분할 수 있게 됐어. 1998년 10월경에 너를 그리워했던 때가 그리워. 뒤를 조심하며 다니지 않던 때가 그립고, 밤에 저녁 먹으러 나가던 때가 그립고, 너희 집 발코니에서 담배를 피우던 때가 그리워.

나는 무슨 말을 해야 할지 정확히 안다고 느꼈던 그 느낌이 그리웠다. 완벽한 문장을 쭉 써나가고 있다는 그런 느낌도. 어떤 의미에서는, 몇 년이 지난 후에도 나는 여전히 장례식장의 연단을 내려와 느린 걸음으로 신도석에 앉았다. 데리다는 바로 이런 점 때문에 추도문 양식에 거부감을 가졌다. 추도문은 언제나 '우리'보다는 '나'에 대한 얘기다. 추도문 낭독자는 고인에 대한 진실된 이야기를 전하기보다 자신의 감정에 광을 낸다.

진실된 이야기는 필연적으로 침울하기보다 큰 기쁨을 주게 될 테고 기쁨에 굴복하는 게 내가 너를 버린다는 뜻은 아닐 거야. 단지 분노와 증오의 이야기가 아닌 사랑과 의무의 이야기가 되고, 꿈, 한때 미래를 기대했던 기억, 다시 꿈꾸고픈 갈망이 가득할 거야. 지루할지도 몰라. 네가 그 자리에 있어야 할 테니까. 그 이야기는 역사가 아니라 시가 될 거야.

이제 상담이 거의 다 끝나 갔다. 나는 상담사에게 많은 도움이 되었다고 말했다. 정말로 평범한 사무실에서 나 자신이 이런 문제를 소리 내서 말하는 걸 들어 보니 내가 완전히 바보같이 느껴졌다. 나는 믿기 어려울 정도로 자기중심적인 사람이었다. 언제나 문제의 첫 징조를 향해 돌진해, 내가 뭘 할 수 있었을지를 생각하는 사람이었다. 하지만 상담사의 도움 덕분에 내 머릿속을 어느 정도 재배치하게 되었다. 이제 뭘 해야 할지 알겠다고, 상담사에게 말했다. 이제는 플란넬 천 옷에 배어 있는 담배 연기 냄새, 과음한 다음 날 생딸기를 얹어 슈거파우더를 뿌린 팬케이크의 맛, 황금빛 도는 갈색의 독특한 석양, 이제는 날 비탄에 빠뜨리는 노래에 대해 한때 느꼈던 아주 상반되는 감정, 새 부츠가 닳기 시작한 순간, 기말시험 주간에 끝까지 돌아간 믹스 테이프가 쌕쌕거리는 소리를 어떻게 묘사하면 좋을지 구상해 봐야 했다. 어떤 비유가 쓸 만하고 어떤 비유가 별로인지, 어떤 부분을 밝히고 어떤 부분을 비밀로 묻어 둘지를 가려내면서. 누군가 너를 알아볼 때의 표정도 묘사해야 해.

언젠가 이 모든 것을 글로 쓸 거라고, 내가 말하자 상담사가 미소 띤 얼굴로 바라봤다.

감사의 말

켄, 앤서니, 그웬, 사미, 파라그, 숀, 데이브, 데릭, 찰스, 조, 시그마 알파 무 프래터니티 회원들, BMP, 미라, 알렉, 모모. 말하거나 말하지 않은 모든 얘기에 귀 기울여 준 이 모두에게 고마움을 전한다. 이라미, 벤과 토니, 젠과 로사, 헨리, 주빈, 그레이스, 케이시, 크로슬리. 네이트, 에릭, '차이나타운', 제임스, 키와, 수지, 우수리, 알리샤, 레이와 세스, 에디와 샌 퀜틴의 학생들, 버니스, DHY, 해리시, 로긴, AYP / RYP / REACH!, 데이비스 진의 제작진과 리젠트 하우스, 〈슬랜트〉와 〈하드보일드〉의 직원들에게도 감사드린다.

캐롤은 평화의 비전을, 제케는 미래의 이유를 보여 주었다. 이 책을 읽지 못할 윌라에게 감사 인사를 보낸다. 내 가족들에게 말로는 표현할 수 없는 사랑의 마음을 전한다.

이 책은 좋은 친구가 되어 주는 이야기다. 나에게는 이 좋은 친구란 말이 가끔씩만 들어맞는 말이지만 다음의 이름들은 현재나 예전에 나에게 좋은 친구가 되어 준 이들이며 그 우정, 믿음, 끈기에 감사드린다.

PLO, 오덥, 재즈보, 존, 론도하트, 젠, 에드, 마오스, 손야, 살라미샤, 치니와 리치, 크리스와 사라, 애미, 커비, 켄, 허브, 조시와 사라, 피오트르와 케이트, 윌링, 하갈룬드, 렘닉, 윌리스-웰스, 사샤, 레이칠 (LP), 빌 H., 제이, 수크데브, 줄리안, 로스, 나는 있는 줄도 몰랐던 구석구석들을 알아보게 인도해 준 폴과 로렌. AMST/AMCIV, URB massv, Soundings, AAWW의 후원자들. 대화를 나눠 주며 수수께끼를 풀게 도와준 메스, 스콧 S., 밋치, 에릭, 사나, 신희, 그랜드 푸바, 쿨 크리스, 미키, 아만다, 세이크 원과 히서. 나를 가르쳐 주는 나의 학생들에게 고맙게 생각한다.

나는 이 책을 20년이 넘게 썼다. 하지만 출판 에이전시의 크리스가 어엿한 책으로 봐주기 전까지는 책이 아니었다. 감사 인사를 전한다. 사라와 커너트 컴퍼니의 다른 직원들에게도 감사드린다. 뉴욕공립도서관 쿨만센터의 지원이 없었다면 글이 다 마무리될 수 없었을 것이다. 더블데이의 토마스는 불후의 명성을 가질 만한 사람이다. 이제는 절친한 친구 사이이기도 한 사람과 함께 일하게 되어 행운으로 생각한다. 그의 기발한 생각으로 영입하게 된 올리

버의 기획 덕분에 내 이야기에서 새로운 면을 이해할 수 있었다. 조안나, 일레나, 린제이, 카미를 비롯한 디블네이의 훌륭한 팀원들에게도 감사드린다.

옮긴이 **정미나**

출판사 편집부에서 오랫동안 근무했으며, 이 경험을 토대로 현재 번역 에이전시 엔터스코리아에서 출판기획 및 전문 번역가로 활동하고 있다. 역서로는 《스티비 원더 이야기 : 최악의 운명을 최강의 능력으로 바꾼》, 《엘라와 미카의 비밀 : 제시카 소런슨 장편소설》, 《안데르센을 만나다 : 칠학사 고양이 토머스 그레이》, 《피싱 : 인간과 바다 그리고 물고기》, 《강으로 : 버지니아 울프와 함께한 가장 지적인 여행》 등 다수가 있다.

우정과 상실 그리고 삶에 관한 이야기

진실에 다가가기

1판 1쇄 인쇄 2023년 11월 10일
1판 1쇄 발행 2023년 11월 24일

지은이 후아 쉬
옮긴이 정미나

발행인 양원석 **책임편집** 황서영
디자인 남미현, 김미선 **영업마케팅** 양정길, 윤송, 김지현, 정다은, 박윤하

펴낸 곳 ㈜알에이치코리아
주소 서울시 금천구 가산디지털2로 53, 20층 (가산동, 한라시그마밸리)
편집문의 02-6443-8860 **도서문의** 02-6443-8800
홈페이지 http://rhk.co.kr
등록 2004년 1월 15일 제2-3726호

ISBN 978-89-255-7573-5 (03840)